幸 福

Happiness

[美] 希瑟·哈芬（Heather Harpham）| 著

史梦阳 | 译

中信出版集团 · 北京

图书在版编目（CIP）数据

幸福 /（美）希瑟·哈芬著；史梦阳译 . —北京：
中信出版社，2018.3
书名原文：HAPPINESS: The Crooked Little Road
to Semi-Ever After
ISBN 978-7-5086-8356-0

I. ①幸… II. ①希…②史… III. ①回忆录—美国
—现代 IV. ① I712.55

中国版本图书馆 CIP 数据核字（2017）第 288410 号

幸福

著　　者：[美]希瑟·哈芬
策划推广：中信出版社（China CITIC Press）
出版发行：中信出版集团股份有限公司
　　　　　（北京市朝阳区惠新东街甲 4 号富盛大厦 2 座　邮编　100029）
　　　　　（CITIC Publishing Group）
承 印 者：上海盛通时代印刷有限公司

开　　本：880mm×1230mm　1/32　　印　张：12.5　　字　数：237 千字
版　　次：2018 年 3 月第 1 版　　　　印　次：2018 年 3 月第 1 次印刷
京权图字：01-2017-8362　　　　　　广告经营许可证：京朝工商广字第 8087 号
书　　号：ISBN 978-7-5086-8356-0
定　　价：48.00 元

写给我的母亲，
杰西卡·弗莱恩，慈爱的艺术家。

目　录

序　幕

　　我大学时代最好的朋友苏西因为我对往事记得不够清晰或者不够充分而埋怨了我好多年，包括我们去过的派对、吻过的男人、八卦过的女生、去东南亚的旅行。我记得我们在东南亚待了十个月，在苏门答腊和巴厘岛的一条小船上，苏西的卷发间落了一只拳头大小的蟑螂。我记得自己当时吓得说不出话，只顾着一个劲儿地喊"大虫子，苏西，大虫子"。我记得，我们去了派对，在那里和男人接吻，八卦其他女生（我们还没那么有远见和老练，去亲吻女生和八卦男人）。但大多数细节都模糊不清，或者干脆烟消云散了。

　　这并不是因为我是个酒鬼，恰恰相反，我很少喝酒。也不是因为我不想回忆，其实我非常想记住。只是因为我的大脑全被局限在当下。我是个即兴演员，接受的训练就是关注此时此地。就在写下这些文字的同时，我完全知道正在发生什么。我和一群朋友在新墨西哥度年假。其中两个人正在门廊一个昏黄的灯光下写东西，他们中间放着一只绿色的花瓶，插了四枝菊花。其中一个朋友用的是闪闪发亮的金色钢笔。她是欧洲人，很有钱，用的一切物品都闪闪发亮，还总喜欢把它们送给你。另外一个朋友用的是一截铅笔头，上面有着咬痕，黄漆几乎都掉光了。这位朋友是美国人，聪明过人，身无分文。伴随着他们的笔落在纸上的声音，蟋蟀也加入进来，合奏出一曲节奏多样的晚祷。要是你让我下周再描述一下这个时刻，我可能会记得蟋蟀，其他部分——金笔、铅笔头，甚至是因为好朋友齐聚身旁静静陪伴而弥漫在四周的满足——都会消失无踪。

我的记忆会捕捉那些闪光、漂亮又毫不费力的东西，而让其他部分飘散而去，关注细枝末节。比如，我记得遇见苏西的那天晚上。我和大学时代的男朋友开着车，沿着狭窄蜿蜒的道路驶向北加州一座山顶的校园。苏西行走在中间的车道上，身材苗条，顶着一团波涛汹涌的卷发。我们停在她身边，提出载她一程。这个我已经久闻大名的女生突然活生生地坐在我的汽车后座。我转过头打招呼，她的脸庞不时被路灯照亮：唰，高颧骨，唰，红扑扑的爱尔兰肤色，唰，友善的双眼，又大又友善的眼睛。

我不记得我们在 1991 年一起去过的每一个印度尼西亚岛屿，却清楚地记得 1987 年一个秋夜里苏西的样子。

记忆顽固不化，善于修正，变幻无常。我将要告诉你的都是经过扭曲、充满偏见和欲望的回忆，正如任何历史一样，全是我的一家之言。时间以回溯的形式塑造事物，常常把它们修改成我们希望的样子。我试着记住一切重要的事情，即便是那些我不想记得的事。我反复阅读一直以来所做的记录，但即便是这些记录，也是观点更多于事实。最重要的是，我试着找到一种方法，来讲述一个并非严格意义上属于我的故事。

东海岸和西海岸

Two Coasts

1

我的第一个孩子是个女儿，她出生在周五晚上七点之前。一切完美。小巧结实，完完整整，体重五磅多一点。她闻起来有一股切好的苹果片和椒盐脆饼的味道，就像是她刚从那个咸咸的世界降临到这里，天真无邪。

但助产士很担心。"就孕龄来说，她偏小了。"她说道，"怀孕期间有什么麻烦或者问题吗？"

我想问，心碎算不算。和一只善良的狗狗而非她的父亲同床共枕，这会有影响吗？

"另外，"助产士继续说道，"她看上去有点黄疸症状。"

"那是遗传了希腊血统的缘故。"我妈妈插嘴道，"我们都黄。"

助产士终于把她递了过来，那个软乎乎、皱巴巴的小东西。沾着血迹，脏兮兮的。她并不像我小时候看到的那些娃娃一样温和地微笑着，而是一个真的娃娃，我的宝宝。

我闻着她身上的味道，一条直接而明快的突触路径直通大脑深处，每个神经元都在向邻居们窃窃私语。是的，是的，是的，是的，就是她，是的。这种反应是一种硬编码。动物通过味道辨别自己的后代。但对于我来说，这就像魔法一样。我想，闻她的味道引发的欢欣感如同第一次吸食可卡因所带来的纯粹的愉悦。子宫外的生命在几个小时后，她开始闻起来不那么像苹果了，更像是一种元素，比如锡或者铁。更加实际的东西，像是园艺工具或者旧硬币，从黑漆漆的土壤中一跃而起，落在我的掌心。

经过了对这个孩子几个月来的期待，躲过了急于想透露她性别的超声医师宽泛的提示，在不幸的荆棘中独自入睡，祈祷着跳过孕期，直接进入母亲的角色——终于，她来了。像个小足球一样的小人儿，裹在我的臂弯中，自己呼吸着，发出微弱的声音。她在忙着活呢。在她柔软的头发边缘，在她软软的头骨下，我发现了一个淡粉色的草莓状胎记。

在接下来的十个小时中，我清醒地躺着，呼吸着她的气息，为我旁边蜷缩着一个小人儿的身体而震惊不已。我不知道她到底是从哪来的。在生物学的意义上，我明白。我懂基因组、微光、理查德·巴克纳的音乐、DNA卷曲的螺旋。但那些都无法解释她的存在。她的出生再平常不过（每分钟有二百四十五个婴儿出生），但同时又是令人惊掉下巴的奇迹，足以令一切物质利益黯然失色。这世上本没有她。然后，哇，她出现了。

我没有睡觉。我无法入睡。我不想错过任何瞬间。要是她叹气了怎么办？或者噘起她的嘴，或者张开手指，或者举起胳膊？

一直到快凌晨三点的时候，我还醒着。这时，一位面容和善的护士走了进来。看到我醒着，做着典型的新父母行为——闻着宝宝的味道，他似乎毫不惊讶。他颇为随意地对我说，他们想带她去护士站做几个检查。凌晨三点做检查这种不符合常理的事情并没有引起我的注意。很显然，我的孩子非常健康，做几个检查能有什么坏处呢？

我所知道的只有健康的宝宝。我还是个小女孩的时候，会对着一排安静而微微散发着香草味道的玩具娃娃咯咯笑上好几个小时。它们有着腼腆的笑容和精心制造的塑料头发。我把它们抱在怀里，轻轻拍抚，在它们小小的塑料耳朵边上低声哼唱。它们没有哪个发过烧，或者出过荨麻疹。就连婴儿时代的耶稣（自古至今最著名的宝宝）也是个健康的小人儿。圣婴温柔又宁静。

护士向我保证，会立刻把她送回来。没有了她，我感到茫然无措。我操纵着病床，把它抬起来又放下，心神不宁，等待着我的那颗定心丸。一个小时以后，护士空着手回来了。"我的孩子呢？"我问，声音就连我自己听来也是异常惊慌。

他给了我一个若有所思的眼神，半是同情，半是安慰，然后说："我们还得再多做几项检查。"走到门口，他又说："过几分钟医生会来跟你谈谈。"我还对医院一无所知。一位医生天亮之前就会出现在我的床边，我当时懂的太少，还不知道这有多么可怕。

我所想象的未来孩子可能面临的威胁都是外在的。穿着灰色运动衫在操场边游荡的陌生人，在锋利的岩石上磨损腐烂的秋千绳，无处不在的汽车，冷血无情、目光严酷的杀手。这些是我能想象的可能性。疾病从来不在我的焦虑范围内，弯曲的脊柱，凹陷的双颊。就算它曾经进入过这个范围，我可能也一无所知。严重的疾病，危及生命的疾病，都超出了我的想象。如果不得不考虑这个问题，我可能会说，我从来没有想过，所以不存在这种可能。我可能会说："如果我连想象都想象不到，它怎么可能发生呢？"

第一次与这个五磅重的小姑娘的父亲约会时，我们去了格林尼治村珍妮街转角一家舒服的小店。就是那种为了走到你的桌子，你不得不侧身挤进过道，还得向屁股碰到的陌生人道歉的小店。落座之后，我们靠在小桌子上，呼吸着同样的空气，彼此了解。他说，他最近读到每个人都有自己的"乐商"，也就是生命中的快乐已经确定了，与环境无关。他说他的很低，但猜想我的很高。

我从来没听说过"乐商"这个词。我一向都把快乐看作默认状态，是偶然不顺心之后的归宿，再无其他。如果小时候有人让我说出一件对于我的未来确信无疑的东西，我会说："我将会度过快乐的一生。"

并不是说我有一个盲目快乐的童年。我没有。我的童年处在一系列动荡中，但又充满着深切的爱。我那热心又风风火火的妈妈是一位单身母亲，我是她唯一的孩子，她一直在不懈探索着各种选择：男人、工作、生活方式。那是上个世纪七十年代的加利福尼亚。有一段时间，我在一座山顶上的网格穹顶建筑里上学。一群山羊吃着外面田野里长长的金色的草。有时，我们无论男生女生都赤裸着上身在它们之中奔跑。有一位男性老师很喜欢看，喜欢得出奇。我的世界里，一切都移动得太快，我的任务就是跟上它们的速度。不过，我萌生的念头是，等长大以后，我会很快乐，不会再有任何不幸。这就是青春的乐观。我一直保持着这种乐观，直到三十岁甚至三十一岁的时候。

　　在珍妮街的第一次约会中，在我看来，"快乐的一生"并不包括生一个需要大量新生儿医学治疗的孩子。或者独自一人在心碎中度过孕期。这些可能性在珍妮街的转角丝毫不见痕迹。我所看到的只是眼前这个男人，他穿着熨烫得平平整整的蓝色正装衬衫，带着害羞又狡黠的幽默讲着一个个笑话。我们的沙拉上桌时，我发出惊讶的轻呼，他眼中露出愉悦的目光。"你总是如此热情地迎接食物吗？"他问。"不总是，"我回答，"只是有时如此。"只是现在。

　　早上四点钟来的医生个子不高，戴着方框眼镜，有一张柔和的圆脸。神色愉悦，带着坏消息，他看上去为即将要说的内容深感痛苦。他先解释说，孩子有种什么东西很高，但是我没听懂。他强调"患者"需要转诊到更大的医院去。"好。"我说，试图在软塌塌的睡衣上找回一点尊严，"但她到底怎么了？"

"你的孩子有脑损伤或者……"他停下来，环顾四周，仿佛在寻找遗失的东西，"死亡的风险。"

我为他感到尴尬。很显然，他走错了房间。他一定是把我的孩子和另一个孩子搞混了。我尽量柔和地指出："我的孩子是晚上七点出生的，那个五磅五盎司重的女孩，脖子后面有个草莓形状的胎记。"

"是的。"他说，"我知道。"

但我还是拒绝把"死亡"或者"脑损伤"这样的字眼安到我那好闻的襁褓中的女儿身上。死亡简直荒唐可笑。脑损伤也毫不可能。绝对，绝对，绝对不可能。事实上，我想问的问题和脑损伤这个字眼根本不相关。我的问题是：我什么时候能带她回家？但是，医生还是认真而诚恳。我决定配合他。"好吧，"我说，"好，是的，好吧。然后我们怎么做？"

他解释说她的红细胞缺少稳定性，会在血流中破裂，里面的铁进入血液，在她的血液里自由流动，有进入脑部软组织的风险。"你到底想说什么？"我问，"她可能会脑子不灵光吗？"

他以考量的目光看着我，沉默了好一阵。"这是幽默，"他终于开口，"常见的应对机制。"

他走到门口，又说："我们需要立刻清理她的血液。我们会把你们转诊到加利福尼亚大学旧金山分校医学中心。救护车已经在等了。"加利福尼亚大学旧金山分校医学中心，我不会选择在那里生孩子，那个大城市里的医院。跨过金门大桥，高高的银色堡垒矗立在山顶。那是世界上任何一个新生儿最不想去的地方。

第二次约会，我们在第七大道一家明亮又吵闹的小饭馆吃饭。我告诉自己，如果粗糙的照明灯下面的胶板可以让人觉得浪漫的话，那这算是命中注定。他让我写下我的"小饭馆里的担忧"，那些担心无足轻重得能够写在盘垫纸那柔软如羊皮纸般的表面上。我不记得自己写了什么。应该是编了一些东西，让我看起来有种法式的理智，或者在政治上具有勇气，如果达不到这两点，至少能够看起来神秘莫测。我那时还年轻，在纽约城有一套公寓，在大学里有份不错的工作，看起来与一位严肃而和善的男人正处在一段富有意义的关系的巅峰，根本没什么"小饭馆里的担忧"。

但是他问了，他希望把我关注的事记在一张盘垫纸上，我很喜欢这点。之后，我了解到，他通常会把学生说的话、他们的目标、他们喜欢的文学作品中的英雄记录下来，以此来避免他们误入歧途，不断了解他们所希冀达到的目标。一开始，这看起来有些过头。但后来，我着迷于他的行为方式。他想要了解、理解并记住人们是谁，他们怎么样。最好的一点是他知道，探寻真相最好的方式就是写下来。在纸张上，他能够看到自己学到了什么，能够弥合手眼之间的距离，或者是眼睛和心灵之间的距离。他可以把一个女孩的"小饭馆里的担忧"累加起来，看看会得出什么。

救护车司机让我坐在前面。

"孩子怎么样了？"我问。

"她会待在后面，和护理人员在一起。"他说。

"护理人员很好，"我说，"但是他们并不了解她。"

"我们只是过个桥，"司机说，"她会没事的。"

这个时候，我可能会在这次出车日志中被记录为好斗的妈妈。逻辑上，我明白司机对我出生不到二十个小时的女儿需要紧急转到新生儿ICU并不负有责任，但他也不明白，我的整个世界是如何与她一起关在保温箱那个塑料盒子里。我的任务是和那个塑料盒子在一起，不论发生什么。

"事实上，我打算和她坐在一起。"我说。我试着让自己听起来像衡量过他提出的诸多选择，最后决定如此。不知怎地，这起作用了。

在救护车后面的车厢里坐着四个人：两位护理人员、我和她。驶过金门大桥的时候，天开始亮了，我们把马林郡抛在身后，进入了旧金山。在黑漆漆一片的海湾和灰色的云层之间，一道浅淡的粉红色细线摇曳着，黎明了。我稍稍放松了一点，办公时间里不会发生什么灾难。

我母亲的车在救护车后面跟着。我知道她满心忧虑。在这种情况下，忧虑无法逃避：救护车、黎明、新生儿、坏血。但是孩子在我的掌心下安静地沉睡着，这击退了所有忧虑。她的嘴唇如同玫瑰花蕾，眼皮精致得隐隐透出血管。就连司机打开警报以便在红灯的时候加速，她也没有丝毫动作。我轻抚她小小的额头，试着让我的思绪围绕现在的情况展开。就在这个小人儿的身体里，显微镜才能看到的红细胞不断破裂。她的身体很紧张，竭力要向身体的各个部位输送足够的氧气。她怎么能看起来如此安详呢？

爬虫类的大脑指令——战斗、逃跑、拒绝、装死——对紧急情况来说堪称完美。它在突发事件和本体之间挤进了空间。从那个圆脸医生说"救护车"的那一刻开始，我就在拒绝和战斗（我最喜欢的两个选择）之间来回摇摆。现在，和孩子坐在一起，我感到高级推理正在回归，对此，我毫不欢迎。我连珠炮似的向护理人员抛出问题，希望获得信息：到医院之后会发生什么？我可以和孩子待在一起吗？清洁她的血液需要多久？这种情况下孩子会有什么危险？

其中一个人解释说，清洁血液的方法叫作"交换输血"。她说，交换输血就是把身体里所有血液抽出去，让它流过一台可以提取出过量铁的设备，加热血液，重新回到体内循环。

你疯了吗？我想问。放血？这么陈词滥调，这么过时，简

直就像中世纪一样。就算不为孩子着想，也该考虑一下你们的
声誉吧。

我沉默地坐在那里，试着想象血液清洁或加热机器长什么
样子，怎么连接到她身上。我突然意识到，接下来几个小时很重
要，非常重要，就连闻起来毫无瑕疵的婴儿也可能会离我而去。

我低头看着我的女儿。她睡着，呼吸着空气，把它转化成
氧气。

"所有血液？从她的身体抽出去？同时？"我问，"这稳妥吗？"

护理人员把手放在我的肩膀上，说："她会没事的。婴儿们
比看起来强壮得多。"

透过救护车后面的小窗户，我看到一抹绿色稳稳地跟在后
面。我妈妈的沃尔沃轿车跟在我们后面。我感到，她会跟着我
们去任何地方，无论多快，无论多远。我在一小时之前给我妈
妈打电话的时候，她在睡觉。"血生锈了是什么意思？"她问，
"是那个孩子的事吗？"

"开车过来。"我说，"我们需要你。"

她来得正是时候，救护车刚好启动。对她来说，我是女儿，
这整辆救护车就是我的塑料盒。

第三次约会之后，我们就回到了他的公寓。他住在上西区
位于二十六层的单间公寓里，可以俯瞰以他所崇敬的乔治·华
盛顿命名的桥。一整面墙的落地窗，其他东西很少。他有一口

单人锅，还有一叠书。四壁空空的房间里，他尽可能少地做了装饰——一张装饰邮票，乔·路易斯。

这就是我爱上布莱恩的开始。就在空无一物之中，突然出现一张黑白的巴黎明信片，或者贝克特的小照片，如同隐蔽的活板门，通向更丰富的一切。

我尽量把自己的公寓装点得十分富有艺术气息：来自国外艺术馆的巨大海报，我把它们带上飞机一路拿回来，生怕留下折痕，但它们注定被放在廉价而尺寸过大的宜家相框里。我最喜欢的是墨西哥画家鲁菲诺·塔马约的作品，那是一个人，低头坐在桌旁，头的四周满是粉色、黄色、淡粉色，充溢着周围的空间。这幅作品叫作《放射快乐的男人》。

与布莱恩相反，我的日常生活飘忽不定，缺少规划，我吃大量的咸味零食，煲电话粥，看垃圾杂志，优哉游哉。上午，我在公立学校和纽约大学创造艺术团队一起当"演员"或"老师"，和来自全市的孩子们一起演戏。下午，在应该做作业（我还是在读研究生）或者排练新独演片段的时候，我会在城里四处闲逛。如果我赶回家，那一定是一边看《综合医院》高潮迭起的最后一季，一边吃冰淇淋。如果有朋友打电话邀我一起去炮台公园看河景，我会欣然前往，即使有一堆迫在眉睫的事情等着我去做。大概到了晚上十一点，按小时计费的工作室费用降下来之后，我才有可能去排练。如果我马上有演出，我会集中精神。除此之外，我像在创意十足地泡病号。

但是布莱恩知道如何用功。他的人生井井有条，边界极为分明。他承认，自己每天晚餐都吃西蓝花配糙米和蒜酱油，为了整体性而每天都穿法式蓝色正装衬衫和黑裤子，体内仿佛有钟表，日复一日促使他在同一时间坐下来写作，用厚厚一层"习惯"的枝叶保护着自己的天分。

我们截然相反，却不可救药地相互吸引。从晚餐到音乐会，再到朋友聚会，我们飘飘欲仙。手牵手，触摸着彼此的衣服。当我们肩并肩沿着第六大道走过村子，我感到一种流动的富足感。我们深陷彼此迷恋的痛苦之中，内心温柔，很轻易地就以性兴奋作为彼此天作之合的证据。但是这轻率的举动背后有一种奠定基础的特性，我以前从来没有发觉过。和他在一起，给了我一种陌生的感觉——我是一个成熟的女人。

抵达加利福尼亚大学旧金山分校医学中心几分钟后，我们匆匆上楼，来到 NICU（新生儿重症监护室）。我站在保温箱旁边。保温箱有两个窗口，可以把手伸进去，触摸你的孩子。这是你在 NICU 里对孩子所做的最大限度的动作——站在盒子旁边，轻抚着毯子下的手指、脚趾或者小巧的胳膊肘。我抚摸着女儿的膝盖。

一位身材小巧、金发梳成一个髻的医生穿过病房。

"听着，"她说着，朝婴儿的方向点了点头，"她需要立刻在肚脐置入中央输液管，用于交换输血。"这位医生明显带着胜利者的神色，觉得自己的成就超出预期，仿佛班师回朝的女王，如同告别演说的致辞者，又好像网球冠军。她可能刚演奏过拉赫曼尼诺夫作品中比较困难的那几首来取乐和消遣。"请签署这份同意书。这只是治疗，不是手术。肚脐没有神经，所以她不会有感觉。"她的实验室大褂领口和袖口露出她的真丝重磅女装衬衫，是奶油色的。她太年轻，太漂亮，野心太明显，成不了优秀的医生。但她是我们拥有的一切。我试着理解她说的话：只是治疗，不是手术。她想在孩子身上连根管子。这就是我所理解的程度。

我想和那位有着孩子般柔和脸庞还戴着眼镜的好心医生聊聊，就是马林综合医院的那位。但他让我们来找她。金发医生还在等待着我的答复，我允许她在孩子身上连管子吗？她递过来一张表格和一支笔。

但是一个塑料零件能真正改善婴儿本身的状况吗？

布莱恩会怎么做？我试着回忆起他的稳重，他用理性解决危机的能力。我签了字。她呼出口气，肩膀放松下来。令人惊讶！这个女人对我的评价和决定与我对她的一样紧张。一位护士抱起孩子，离开了房间。

2

　　这世上每个人都应该有机会爱上纽约的春天，至少一次也好。纽约的春天如同历史的新纪元。泥泞退却，树木返青，文质彬彬地伫立在街道两侧。你的恋人终于卸下所有令人迷惑的外壳，肌肤清晰可见。正如约什·里特的歌中所唱："已经有过十万次，但这次属于我。"

　　我们恋爱三个月后的一个周日，我在布莱恩位于二十六层的公寓窗边，俯瞰着上西区的繁华街景。我想去画廊，想去咖啡厅，想去河滨公园，还想沿着哈德逊河骑自行车。我想坐火车去市中心的蒙古利亚面包房买柠檬糖霜杯子蛋糕。做什么都行，只要投入这城市的滚滚红尘之中。但是布莱恩坐在桌前，陶醉在他的苦恼之中，与想象出的事物较劲，全神贯注。显现着，寻找着，日复一日。他的双手放在键盘上，闭着眼，寻幽探微，掘地三尺。这就是他偶尔会做的"盲写"。他与自己的无意识、自己的想象力、自己内心的魔仆深入交谈。不论是什么写就了他的书，他都在与之交谈。只有他们两个，促膝长谈。

他看起来不需要柠檬杯子蛋糕。

我知道我们等会儿会出去。我看着落日沉入河中，将脸颊贴在凉凉的玻璃上，等待着。世界在外面，真实存在，但它同时也在这公寓里面。

当我们终于出门去和朋友吃完饭的时候，外面还有暖意。脚下的人行道几乎算得上柔韧，能够在任何方向承载我们。我们挽着手，向市中心走去。我贴心的不谙世事的男朋友，走出来融入了这个世界，四处闲逛。我把一只手塞进他裤子后面的口袋里，这简单动作带来的回报夸张得令人咋舌。我想看看大脑的扫描图像，想知道在布莱恩也把手插进我的口袋的时候，突触是如何传递电流，形成明亮的电网的。

他们允许我旁观给孩子插管的过程，但我听到大厅传来哭声。是我的女儿吗？无从得知。更不可能知道的是她的感受、想法或者她对世界的理解——孤身一人在一个房间，周围来来往往都是白大褂。

我妈妈给我拿来一杯茶。我小口啜饮着，觉得反胃。我想让孩子回来。我们应该躺在家里的床上。我应该穿着法兰绒的睡衣，紧紧怀抱着她，发出最重要的信息：你是被爱着的。

当我再也无法忍受听着那些不知是不是我孩子的哭声时，我走进等待区的投币电话亭，关上门。终于，我能有一块小小的私人空间，可以感受一些事情。

我妈妈敲了敲电话亭的玻璃，端着茶。"别放凉了。"我打开玻璃门，接过茶，心生恼怒。如果多年以后，我自己的女儿也处在相同的境地中，毫无疑问我会徘徊在她身边，劝她喝茶。但这还是很烦人。我想过给布莱恩打电话。我想要他的支持，但把孩子的病情告诉他并不足以让这一切变得真实。相反，我拨通了健康保险公司的电话。一位业务代表接起电话后，我把自己的姓名和组标识号码告诉她，对她说："我女儿生病了，我们已经转诊到加利福尼亚大学医学中心。"这是我第一次说我女儿。

我哽咽了。电话中的女人停了片刻。"会没事的，亲爱的。"她说。她可能在俄亥俄州、新加坡或者一个街区之外。她可能在任何地方同情我，所以她又怎么可能知道？

回到等待区后，我拿起一本过期的《纽约客》。封面上印着小小的卡通人物，穿过灰色的泥泞和雪的漩涡，举着横幅，上面写着"悲惨日游行"。是二月号。我把它拿给我妈妈看，指着印着小小手写体字母的横幅，悲惨日游行。"哦，宝贝儿，"她说，"我懂。"她的确懂。她在理解别人上非常专业，堪称治疗师。她是少见的具有真正同情心的人。也许是因为童年受了太多苦，也许是因为她天生如此。她从来不可怜别人，只是同情。

但恰恰在我最需要同情的时刻，我却并不想要这种情感。

她每一个安抚的姿态都只是强调了显而易见的事实：她是我妈妈，所以，她不是布莱恩。

举个例子，我爱他的书。不仅仅是他写的那些书，还有他读的那些。它们到处都是，占据了一切平面：洗手间水池边上，窗台上，DVD 播放器上，堆叠成摇摇欲坠的一叠，门厅里，还有床上也是，没完没了。

枕头上扣着书，脚下也是书。他会带着他的知识伙伴爬上床：普鲁斯特、乔治·西亚拉巴、G.K. 切斯特顿、罗杰·安吉尔、欧文·豪威、罗伯特·B·帕克。贵族领主所作关于古代英语语法的书，关于工作地点效率的书，劳动史，骇人听闻的犯罪小说。他并不是单纯地在阅读他人的理念，而恰恰是这种阅读，一字一句地让他得以成为今天的他。

他不会把自己称为作家，事实上他更像是建筑师或者糕点师。阅读和写作对他来说犹如空气和水。他是作家，是写作的人。日复一日，一天写好几个小时。他是小说家，出版获奖作品的小说家，自我怀疑、进度缓慢、常常灰心丧气的小说家，但他也是严肃的艺术家。他存在的核心就是写作，其他一切都围绕着这一核心展开。

就算他没有在写，他也始终处在写作中，在发明，在尝试。有一次，我让他给我讲讲他名字的由来。他说，他的父母差点就用一位匈牙利亲戚给他命名为巴罗①。这位亲戚是做胶水的，也是位战斗英雄，最后喝醉了酒，头朝下栽进胶水桶里死了。他给我讲这些的时候非常严肃，我很庆幸他没有取名叫巴罗。因为这有可能改变他人生的道路。我们还会相遇吗？当我向他妈妈问起表兄巴罗那悲剧而讽刺的胶水桶溺死事件的时候，她大笑起来。"对你这么实诚的人来说，"她说，"布莱恩真算得上世界头号大骗子。"

他有他的书，他的乔·路易斯邮票，他的习惯，他的西兰花，他的蓝衬衫，他想象出来的朋友们，他的知识氛围，他内心与诺姆·乔姆斯基永无休止的争辩。他在键盘前夜以继日地工作，身上从头到脚贴着孤独的作家这个标签。虽然他很享受和我在一起的时光，但很显然，他并不想要孩子，也不想成家。所以，这样的日子能持续多久呢？

如果我们继续下去，如果他允许我进入他更加隐秘的内心世界，然后呢？恐怕我会心生叛逆，把一切都搞砸。就是你想在教堂里大喊，或者从古根海姆博物馆最高层一跃跳进波光粼粼的小池塘的那种冲动。

怀孕头几周的时候，尽管清楚自己的状况，我还是冲进目之所及的每一家星巴克。我不明白这种突如其来的冲动。我从来就不爱喝咖啡，一点都不。事实上，我曾经因为吃了一袋浓

---

① 巴罗，字面意思为桶。

缩咖啡巧克力豆而觉得心悸，于是去了纽约大学医学中心。医生问我："你今天喝了很多咖啡吗？"我义正词严地说："我不喝咖啡。"随后我想起来了，却没有承认，只是羞愧地溜走了。我可能是纽约城里唯一一个受不了咖啡因的女人。

我点了拿铁、玛奇朵、卡布奇诺，所有含浓缩咖啡的泡沫咖啡。尽管困惑，但我还是成了咖啡因温顺而驯从的仆人。我感觉这些精致的饮料有种时髦感，我喜欢它们的意大利名字，喜欢那些长元音。在我看来，端着一杯泡沫丰富的玛奇朵等同于穿着一件蓝色的羊绒大衣。然后我开始思考，怀疑的种子悄然破土。我为什么如此渴望咖啡？为什么如此渴望牛奶？为什么，如此渴望？

我正好在加利福尼亚探亲。穿过树木繁茂的停车场，十分钟就能走到附近的商店。这条路我走过成百上千次，小时候是去买糖果，后来少女时代是去买化妆品和杂志。我径直走向女性卫生用品区，我曾经厌恶被人看到在此徘徊。我买了不同牌子的四种验孕棒，所有都保证快速准确。

你要在一天某个时候往验孕棒上尿尿，满足特定的条件（读说明书的时候我的耳边一直回荡着小时候喜欢的一档收音机节目的口号："这就是科学！"）。但我等不了科学了。我拿出一根验孕棒，努力不尿到自己手上，然后把那个小帽盖上，等待着。一分钟，两分钟。一条浅浅的线出现在其中一个显示窗中，只是极浅极浅的一道紫色，然后是另一条线，与第一条线相交，形成了一个加号。多了一条。老天。老天的老天。

我拆开另一根验孕棒的包装，强迫自己往上面尿。然后是另一根，然后是最后一根。它们都显示出横线、对勾和模糊的蓝色线条。我无法相信这些小棍。但它们众口一词，不愿沟通。

我找到自己的跑鞋，穿好并系上鞋带。我要走去山上。回来的时候，也许怀孕这件事也烟消云散了。

我的鞋旁边是布莱恩的一只黑色匡威跑鞋。他和我在加利福尼亚住了两周，见我的家人，和我的大学朋友谈笑风生。我们沿着海岸和一号公路开车兜风，从洛杉矶到马林郡，路过大苏尔。这是世界上最美的地方，我们开下公路，停在大海上方凸起的一处僻静地方，只为了亲吻。我们整整两周都住在自己制造的泡泡里。

我把他留下一只跑鞋这件事视作好兆头，说明他希望留在这里。我把它捡起来，出门，喘着气爬上山，走向防火带，吸收着这一信息，紧紧抓着他的跑鞋。山顶是一条长长的狭窄山脊，高大的桉树如同卫兵伫立两旁。从我十岁开始，这个地方就一直是我的避难所。树上长着精致的镰刀形叶子，剥开银色树干的外皮，里面是粉色的。孩提时代，我喜欢把脸贴在光滑的内层树干上，或者把树叶放在掌心揉碎。那味道让我头脑清醒，让我步履恢复如常。现在还不是时候。

我到底应该做什么呢？或者说，我们。既然孩子是两个人造就的，那么同样的两个人也应该决定要不要把这个孩子生下来。但我不想要这种形式的民主。我早就告诉过布莱恩：我要是怀孕了，就会把孩子生下来。我想手中举着妇女选择权的标语站在雨中（尽管我从来没做过任何跟这种高贵行为沾边的事），但我并没有将其视作选择。我想做母亲，而他是我深爱的男人。不管公不公平，他都可能选择退出；不管公不公平，我都可能会恨他。但这个孩子则是预先的决定。

走回家的路上，群山吸尽了暮色，变成了蓝黑色。然后，它们慢慢地亮了起来，一家一户，如同夜空。每一点灯光都是一户家庭，快乐还是痛苦，外人无从得知。我现在算是一个家庭吗？我的体内有一群细胞，飞速地分裂着。至少，我可以算作一行两人吧。

我边走边拎着布莱恩的跑鞋晃荡着。离我家车道还有几英尺的时候，我一定是松开了手，布莱恩的鞋飞了起来，离我而去，高高地画出一道弧线，落在蓝莓丛中。我的胳膊穿过带刺的卷须，指尖触到的泥土湿润柔软。我什么都看不到，只是在我认为鞋应该在的地方有条不紊地画着圈。但那里只有泥土和腐烂的蓝莓，还有什么圆形的黏糊糊的东西，可能是狗的玩具。我开始向更深处探索，然后停了下来，收回胳膊。我突然害怕那些领地被我所侵犯的生物咬伤。

时间好像过了好几个小时，金发医生回到房间里，兴致勃勃，身后跟着一个护士，抱着我的女儿。她睡着了，看上去丝毫没有不妥。"好消息,"医生说,"她脱离了紧迫的危险。我们现在避免了输血,但还是可能需要给她输入红细胞。我们接收你们入院。"

这算哪门子好消息?

"那管子呢?"我问,"你们给她接管子了吗?"

"是的,"医生说,"我们置入了中央输液管,以便输血或者给药。这是最简单的方法。"

我从护士手中接过孩子。她的身上还是她自己的味道。至少,我交出去的那个女儿又回到了我手中。

我害怕看她的肚子,脑子里勾画出弗兰肯斯坦式的画面,锈迹斑斑的螺栓或者废弃的自行车零件固定着中央输液管。但正如他们所描述的,一根柔软的橡胶管从她的肚子里伸出来。

"好,"我妈妈说,"我们可以接受。"

"所以,"我问,"铁不会进入她的脑子了?"

"是的,目前铁元素不会跨过血脑屏障。"医生说。

我应该松一口气,医生看上去松了一口气,但我觉得困惑,还有种异样的失望。不久之前,他们还说需要把她的血弄干净,所以把血弄干净不应该仍然是个好主意吗?

"如果你们不打算把她的血弄干净,那她身上连这根橡胶管有什么用呢?"

"宝贝。"我妈妈说着,把一只手放在我的胳膊上,看了我一眼。心存感恩。别自找麻烦。

当我最终接受了怀孕这个事实，不再想象怀孕神奇消失的时候，我给布莱恩打了电话。电话是个不够准确的工具，但它是可以立刻跨越大陆的唯一工具。拨号的时候，我的牙齿不住格格打战。这在以前没有过，我想，身心失调的牙齿。冷静点，我对自己说。别小题大做，人都会怀孕。但我冷静不下来，我甚至都没想好如何宣布这个消息。"我怀孕了"听起来这么没有新意，这么像处在世界中心的少女，而且，现在直戳我痛处的是，这么说好像这件事只和我有关系。当我终于说出口的时候，他的声音柔和起来。"亲爱的。"布莱恩说，"我的宝贝。"然后，他沉默了。他沉默了很久，再开口的时候，他的声音纠结着痛苦，半是气声，仿佛字面意义上无法吞下这条信息。

想到孩子对现在的一切带来的影响：风生水起的成年人的生活、爱情、你的沙发、你的汽车、你的时间、你的钱，最重要的是，你的艺术，要孩子就成为我怀孕之前几个月始终徘徊在我们对话中的低沉旋律。这件事很奇怪地让我们在建立关系后六个月就开始接受治疗。它就像是房间里的一把枪。他一直说，如果他想和任何人生孩子，那就是和我。如果。

但是"如果"只是一个轻飘飘的词，既挂不住帽子，又承载不住人生。另外，布莱恩已经有了自己的人生，他是个作家，是上西区一个快乐的单身汉，也是一位内向而性感的犹太知识分子。他还是一份左倾杂志的编辑，厌恶爵士乐，喜欢看电视，是位友善的朋友，也令人惊讶地喜欢八卦。但首先、最终、最重要的是，他是个作家。他的成年生活中的一切都围绕着写作展开。如果他有人生信条的话，那一定会是尼采的"天地之间最要紧的……就是恒久专一的顺服"。

他顺服于坐在桌前的生活，顺服于在书页上闪烁的生活。真实生活桀骜不驯的使者们——食物和花朵、雪、烂泥、佛蒙特州的夜空、性爱、大峡谷、东村、变形的脚踝、酸了的红酒、近处的哈德逊河——这些都很好，但都干扰着他的核心任务：推动高尚的世界观。

好，没问题，作家。为思想而生，为你的艺术和那一类东西活着。我尊重他所受的感召，尊重他的需要。但他到底为什么和我在城里闲逛？我与他相反，从来不掩饰自己想要孩子的愿望。我热切地说过很多次，我不能也不会允许自己的生命中没有孩子。绝不可能。他也明白表达了他不想要孩子的愿望。那么，我又为什么和他在城里闲逛呢？

在开场白亲爱的，我的宝贝之后，布莱恩听起来心烦意乱，快快不乐。但我始终相信我们会解决这个问题。如果我们能够见面，一切就都会井井有条：人生，艺术，孩子，爱情，写作——每个人不都会在沙发上有个位置吗？多元主义，这不就是他相信的吗？

我提醒他，我们还是神魂颠倒地胯顶胯走在人行道的那两个人，他可是造就如今这个两难局面的那个欲火中烧（而明知没有保护措施）的人。

明知没有保护措施：布莱恩，四十五岁，从来没有让哪个女朋友怀过孕；我，三十二岁，从来没怀过孕。也不知道是运气还是最佳实践的缘故，这很难说，但我们奇怪地对彼此放任不管。像全世界天真的笨蛋一样，我们觉得，既然以前从来没发生过，现在也不会发生。我们将幻境变成了令人头晕目眩的现实。

这些年来，两位医生曾经告诉过布莱恩，他可能会有射精困难的问题，他选择相信他们。他觉得，自己有空间能够玩弄这个自己心底隐隐盼望的可能性。我们在没有保护措施的情况下做爱时，我低估了布莱恩在每周治疗时说的那些不想要孩子的话语。我深信，有某一部分的他只存在于床第之间。但我遵从自己心底最深的愿望。

我希望他也是如此——他对于避孕的漫不经心实则是潜意识里希望有人把悬而未决的事项为他做好了决定。为我们。而现在看来，这种解读介于极端的自欺欺人和彻底的自我毁灭之间。

在我们等待正式住进 NICU 的时候，孩子小鸟一般的胸膛节奏稳定地起伏着。我坐在她身边的摇椅上，看着她睡觉。我注意到，她喜欢的睡姿是把头扭到后面，支棱着一只耳朵，好像在等待问题的答案。偶尔，她发出一声高而短促的尖叫，像是一件小小的管乐器。

一住进病房里，护士就鼓励我像对待其他新生儿一样对待她。"她不是瓷杯子，不会碎在你手上的。"一位年轻的爱尔兰护士对我说。我一眼就喜欢上了她。她的五官分得很开，有着浅淡的雀斑，一头红发剪成厚厚的、活力四射的波波头。"听着，"她告诉我，"婴儿最喜欢的事就是你把他们光溜溜地抱在衣服里，肌肤接触。"

"她不会感冒吗？"我问。

"只要你没死，她就不会感冒。"爱尔兰护士说完朝我眨了眨眼。

我们住进那里最初的短短几个小时里，我把孩子放在衣服里，紧贴着我的皮肤，终于放松到有精力注意 NICU 的节奏。有人为了缓和这地方的冲击力，贴了小猫的海报，放了摇椅。但这还是一间巨大的房间，放着塑料盒子，里面是病情严重的婴儿。有时，我旁边那个小男孩的年轻母亲会给墨西哥的家人打电话。她用西班牙语对自己的母亲说话，我虽然不会说，但能听懂一些。她告诉妈妈她很害怕。她怀疑，儿子的心脏没什么把握能治好。

这个男孩的旁边是个女孩，她那十来岁的父母早些时候来过一次，穿着脏兮兮的运动衫，有着两张饱受挫折的脸。他们看了看自己创造出来的小生命，很快离开了。女孩头上的小姓名卡上一片空白。她在睡梦中用一只手握住另一只手的两根手指，已经开始练习自我安慰的艺术。我女儿的姓名卡也空着。在婴儿死亡率高的国家，人们总是迟迟不给他们取名。尼泊尔的习俗是在"扬库"(Janku)，即婴儿大约半岁第一次吃米饭之后才给他们起名字。我的孩子才出生两天，但我的家人和朋友已经在催了。

"快决定吧，"苏西说，"这已经有点奇怪了。"

3

终于抵达肯尼迪机场的时候，我还看不出已经怀孕了。我小心地哭了，以免惊扰到其他乘客。我正飞向布莱恩，而没有得到他想与我或者孩子共度未来的任何保证。我甚至不确定，他是不是会来机场接我。舷窗外，云层仿佛淡紫和靛蓝色的蛋白霜，简直像是可以吃的。我知道我应该为这样的美景而瞠目结舌，我应该止住眼泪说谢谢。但我没有。加利福尼亚的每个人，特别是苏西，都跟我说别哭了。"你用压力荷尔蒙淹着孩子了。"对不起，孩子。

在肯尼迪机场，我步履艰难地穿过人群，黏糊糊，矮墩墩，心事重重，寻找着布莱恩的蓝色衬衫。他就在那里，在纷乱的人群中，是一抹凉爽的色彩，令人平静。我想向他跑过去，但我只是站在那里等他发现我。

我们决定直接开车去汉普顿见我们时髦的法国治疗师。她在避暑别墅，但愿意见我们。

我们还没敲门，她就开了门。"很好①，你找到了我们。"她的口音让一切都带上些许哲学色彩，"开了这么长时间的车，要来杯葡萄酒吗？"

一方面，怀孕还喝红酒，她这点可真像欧洲人，无忧无虑的！不过也许现在时日还短，她还不知道我身体里孩子的存在。

在她的办公室里，她听我们总结了现在的情况。布莱恩想和我在一起，却不想当父亲。他觉得做父亲不应该是强加到一个人身上的事情。他不是要求我中止妊娠，但明确地表示他不愿意也不能成为我希望的那种伴侣。他拒绝接受自己参与创造的东西（人），尽管我很想和布莱恩在一起，我还是为此感到大受伤害。治疗师沉默地坐了一会儿，然后对我说："希瑟，你生活在幻境里，必须从梦里醒过来。布莱恩不想要你想要的那些东西。"我现在最想要的，就是把她颇有品味的陶瓷艺术品砸在她那光溜溜的法国脑袋上。

我站起身来。"该走了。"我说，"时间到了！"我还想说，滚回法国去。这里是机遇之地！是真相之地！

布莱恩和时髦的法国治疗师看着我。两人都没有站起身来。我还站着。最终，布莱恩开了张支票，也许我也开了一张？我们一直是 AA 制。我们走到精心铺设了碎砂砾的私家车道上，

---

① 原文为法语。

坐进车里。

我们开到海边，一起坐在一段圆木上。

"你觉得这是幻境吗？"我问。

"我觉得我们都看到了自己想看的东西。"布莱恩说。他拉着我坐在他的膝盖上。

我们之间，在我的体内，是我们的小人儿。一颗细胞不断分化的苹果种子。这么小的人儿却能够惹出这么大的裂痕，真让人惊讶。

"我们该怎么办？"我问。

他哭了起来，将头放在我的肩上。"我爱你。"他说，"我只知道这个。"我震惊无比。他和我一样感觉自己孤立无援。在他看来，我的决定让我们不可能再在一起了。

在我看来，他的决定是从过去到现在最糟糕的决定。我从认知层面上理解他的难处，能理解一点，但是在我心底，我只是想着，到底怎么回事？如果两个人彼此相爱，其中一个人怀孕了，告诉我这有什么问题！指出来！这根本没有问题。

我们驶回曼哈顿，一路无话，都在默默舔舐着自己的伤口。西区高速公路上，河水在我们身旁流淌成一条平静无波的银色丝带。车里的气氛紧张得我想爬出车外，跳进河里，一路游回城里。我们在布莱恩家旁边找了个地方把车停下。天很黑，我又饿又恶心。布莱恩形容憔悴，双眼蒙眬，奄奄一息。我觉得自己可以一觉睡几个月，在睡梦中度过孕期，醒来就看到我的孩子。也许这能起作用。如果布莱恩看到孩子，他就会想要孩子。

"你要上来吗？"布莱恩问。

"什么意思？"我问。这是我们之间的老玩笑，用一个问题来回答另一个问题。

"上来吧。"他说。

我跟他上楼。我们从最喜欢的墨西哥餐厅叫了外卖，一起洗了个澡，躺在他的日式床垫上。这个床垫名叫"将军"，因为它占据了小公寓的大部分地方。

第二天，我们吃了饭，看了会儿电视。我们没有谈关于孩子的问题。我们对未来避而不谈。与此同时，我体内的细胞还在不断分裂、繁殖和分化。它们逐渐成形，小小的，肉眼几不可见，但确实存在。

整整两周，我们走钢丝一般地生活着。我们几乎可以说是快乐了。我们吃早餐，下午散步，在一个房间写作，这些时光犹如礼物。每一天都像是一场小丑表演，我们就是小丑。

当我们终于积累起足够的勇气来谈孩子的问题时，布莱恩的答案还是一样的。他无法想象做了父亲以后的生活。

"你还是会像现在一样生活，"我说着，拍打着"将军"上我们之间的一片区域，"只是旁边有个孩子。并不是说你要成为一个完全不同的人，只是挪一点地儿。"

但挪地儿并不是他的强项。如果一起吃饭的人在去洗手间的路上撞到了他的椅子，布莱恩会吓一跳，然后皱起眉。空间神圣不可侵犯。他并不是对旁人生气,而是他自己的界限十分模糊。我喜欢比较他和里尔克,后者甚至无法和狗生活在一起,因为狗的情绪,它的伤心和喜悦,都极端地影响着里尔克。我曾经觉得这是布莱恩的魅力之一,但现在想起来,里尔克不和妻子生活在一起,也不抚养自己的孩子。

也许我对他的抗拒解读得太狭隘。也许布莱恩对于成为父亲的恐惧并不是害怕失去作为作家的身份。也许他是害怕像人爱自己的孩子那样对另一个人投注太深刻的情感。他极度具有同理心,孩子的忧虑,孩子的苦恼,也会成为布莱恩的忧虑和苦恼,一毫秒又一毫秒。就好像他们共用一套中央神经系统。这样的共生状态就连我听起来都无法忍受。他的人类依恋领域有着绝对性的界限,他接受自己作为这样的人。

布莱恩曾经告诉我,他梦见过在房子周围挖壕沟来保护他"陷落的自我"。我想,祝你好运,祝你能够找到一个壕沟,足够保护你不受这个纤细而微小的神经系统的侵害,而它马上就要到来了。

NICU 凌晨三点换班以后,一切都变得非常非常安静。就连机器都入睡了。孩子发出高声又几不可闻的尖叫。我相信自己能够从上百万种尖叫里认出她的那一声。尽管我享受 NICU 中更加柔和的时光,但深夜时分也正是事实最为凸显之时。远处的发电机那柔和的嗡嗡声,护士的橡胶鞋底在地板上发出悄然的啪啪声，医生耳语出的指令，偶尔的尖声警报，一切都传递着同一条信息：你的孩子会死。

环顾房间，人们很容易升起上帝般的同情：营利性医疗，无辜者受苦；荧光灯，无辜者受苦；塑料鞋，无辜者受苦。无辜者受苦。无辜者受苦。

当我再也睁不开眼的时候，我穿过大厅，走进他们安排给我睡觉的那间陌生而狭小的房间。这是一个偏僻的房间，是奇怪的椭圆形的，只有壁橱那么大，与世隔绝，小得甚至都不够用来当玄关或者休息室。屋里只有一个窄小的塑料沙发和一把椅子。我怀疑这里是专门用来向患者宣布坏消息的地方。最糟糕的那种消息。我尽量少待在这里，以免招致厄运的降临。

第二天早上，住院医师们鱼贯而入，如同一群迟疑的鸟儿，身穿白衣，凝视着我的女儿，好像她是他们决心解开的数学问题。但没有人知道为什么她的红细胞无法稳定存在。安排给我们的这组实习医生是"红队"，我立刻对他们产生一阵冲昏头脑的忠诚。"红队加油！"那天晚些时候，我见到他们的时候几乎喊出了这句话。其中一个医生给了我一个"有毛病吧"的眼神，其他人只是不停地在他们完全一样的记录板上写着什么。记住，NICU里不开玩笑。这里没有任何可笑的地方。

也许，要是我足够有耐心，布莱恩能够解决问题。但怀孕这件事自有其迫近的方式。每一秒过去，我的孕期就进展一点。

有一天晚餐后，我们看着乔治·华盛顿桥，我说："我想我该回家了。"

"你是说加利福尼亚？"布莱恩问，他听起来半是惊慌失措，半是松了口气。我只不过是想说回城里，回到第十二街。但他说得有道理。如果他不会改主意，那我为什么还要留在纽约呢？

我会把回到自己的公寓作为第一步，停下来给布莱恩一个回心转意的机会。如果他还执迷不悟，那我就回加利福尼亚去。

坐在回我自己公寓的地铁上，我盘算了一下自己手头的资源。我可以把公寓租出去，租金比贷款要高得多。另外，我爸爸的妈妈，祝福她，上帝保佑她，最近开始每年给每个孙子孙女一笔钱。依靠奶奶给的钱和第十二街公寓的租金，就算我有一段时间不工作，也能在加利福尼亚过下去了。特别是如果我妈妈愿意让我在她的小单间有一席之地的话。她会的，一定会的。我能撑到孩子出生、布莱恩支付抚养费的那时候，如果走到那一步的话。我知道，不论我们变成什么关系，他都会完全承担起财务责任。所以我能行。我可以回加利福尼亚。只是我不想。

日子应该能过得下去了。至少。

到了第十二街，我朝东望向第六街，又朝西望向第七街，看着战前建造的那些美轮美奂的大理石般的建筑。布莱恩在我们相识之后告诉我，每次踏足这个街区，他都会想到《你居住的街道》这首歌。这个世界上我不想去其他任何地方……

我的公寓充满了空旷而陈腐的气息，像是在阁楼的热气中不断萎缩的纸板盒。整座公寓陷入遭到忽视的腐臭之中。我打开所有窗户，躺在床上。床罩是白色绉纱织物的，非常滑。我曾经觉得，这床羽绒被让我的整座公寓都更加时髦。现在我认识到，这完全不实用：孩子会从床上滑下来的。我扭过头，把脸埋入柔软的薄纱里，为过去的自己曾经愚蠢到买这么个东西而哭泣，也为现在仍然在意公寓样子和气味的自己而哭泣，同时还为将来无疑会创造无数麻烦的自己而哭泣。

我试图扭转心情。我不仅仅是丝毫不被爱人需要的孕妇，而且还有其他身份。我有一位超级爱我的妈妈。我是凯西、苏西和大卫挚爱的朋友。我还在二十岁的时候作为唯一的外国人在一座尼泊尔村庄生活了三个月。而且我还有两个硕士学位。数数看，两个！

我还是个演员，在肢体剧场受过训练，进行了十年即兴表演。我曾经很多次站在空空荡荡的舞台上，没有台词，没有计划，仅仅依靠我的想象和灵活的身体，顷刻之间。我并不害怕。事实上，这让我快乐。

但这——独自一人成为母亲，一边经历一边想象——我不是为此而生的。

我一直哭到没了力气，然后起床倒了杯水。冰箱里空空如也，只有一个发霉的柠檬和一壶上面结了一层黄膜的苹果汁。

我压下一阵恶心，竭力不去打开电脑。如果我不查收，就还有一线机会收到来自布莱恩的邮件，写着：我错了，我在出租车上，五分钟就到。如果我查收了，机会就荡然无存。

我的收件箱里有好几封来自苏西的邮件，有的写着别忘了吃孕期维生素，有的写着面包和奶酪会让孕吐更严重，有的写着先吃水果再吃鸡蛋，有的写着尽量别难过。健康点儿。想想小东西。小东西应该度过开心的一天。你的荷尔蒙也是小东西的荷尔蒙。还有一封来自爸爸的短信。好好照顾自己，孩子。也好好照顾我孩子的孩子。还有一封当地剧院邀请我春天去表演的邮件。到了春天，我会成为一个婴儿的单身妈妈，这样的人还能表演吗？

我给布莱恩写了一封邮件，说：我很遗憾，我们不能彼此理解。然后删掉了它。我又重写一封：你真是个混蛋。然后又删了。然后写了第三封：艺术和成为父母并不是对立的。嘿。然后又删了。第四封写着：周三做超声检查，如果你想来的话。我把这封发了出去。

他打电话过来："我不能陪你去做超声检查，我不该这样。但我想知道你有什么感受。"

"你能这么问，真是个超级大好人。"我说，"我好极了。这是我人生中最他妈好的几周，你这个无敌大混蛋。"

一阵令人不知所措的沉默。我们没有像这样吵过架。我们平静地吵架，我们像大人一样吵架，我们用完整而标点清晰的句子吵架，不带脏字儿。

"听见了吗？"我说，"你是个无敌大混蛋。简直出类拔萃。你找到了你的使命。也许做混蛋和作家比做父亲和作家更轻松。"

还是沉默。

我很痛苦。布莱恩也很痛苦。而且我们没办法让对方少痛苦一些。

从本质上来说，管你孩子的父亲叫混蛋感觉像是轻微犯罪，就像受贿。

我从来没有见过布莱恩有混蛋的行为，这让我感觉更糟糕了。事实上，他完全是混蛋的反面。他是全美国最后一个会给其他人拉门、会安静聆听他人说话、会记得别人生日、会问候你姨妈的男人。真的，他真的会问候姨妈。

在我们刚恋爱的那几周里，他偶尔会调整我们的计划，这样他可以去探望西蒙娜，一位他在《异议》杂志工作时的同事。她的身体逐渐衰弱，濒临死亡，他很照顾她。他每天下午都去医院看她，而且不是"嘿，看啊，我来探望生病的朋友啦"那种招摇的姿态。他只是想在那里，和西蒙娜在一起，在她离开之前尽可能与她共度时光。如果他是个混蛋，也只是对我这样。我完全陷入认知紊乱的状态，无法言语。

我挂掉了电话。

在 NICU 的第二个晚上，我手里握着手机在保育室旁边的小房间里醒来。我想给布莱恩打电话。应该说，我不想让自己有"想给布莱恩打电话"的念头，但更多的是，我想给布莱恩打电话。现在加利福尼亚是午夜十二点，纽约是凌晨三点。我生下孩子后他给我打了个简短的电话，他知道孩子是女儿，但还不知道我们已经转诊到这家医院，也不知道为什么。布莱恩清醒地接起电话，好像自我们上次通话以来的六七十个小时里一直攥着电话坐在那里。我告诉他我们已经转诊到加利福尼亚大学医学中心，跟他说了她体内的小管子，还有（还没用上的）血液清洁机器，还有医生不能理解为什么她的红细胞不稳定，还有她似乎完全没有为这一切所困扰。

"她还不到五磅重。"我说，"包括中央输液管在内。"

"中央输液管？"我听到他用铅笔记下来时发出的柔和的沙沙声。布莱恩感到困惑的时候会记笔记。这是他的方法：将担忧用符号和音节外化出来。他说："你能几个小时之后再打给我吗？或者我能给你打电话吗？"听到他对于孩子的恐惧，我松了口气，但也觉得有点厌烦。他在等我的电话？如果我是他，我会直接坐飞机过来。但他还是他，三思而后行，害怕边界外的生活。

在睡意淹没躺在塑料沙发上的我之前的几分钟，我试着理解现状。我和我的女儿住在加利福尼亚大学旧金山分校医学中心的新生儿重症监护病房里。她小得能放进手提包里，却已经坐着救护车跨越了金门大桥。目前，我是一位单身母亲。我每天吃医院食堂，溢乳浸透了我的哺乳胸罩，打湿了我的衬衫。我决定不了给她起什么名字，叫艾米莉亚还是格蕾丝。我满脸憔悴，蓬头垢面。无论从哪种意义上来讲，都像是悲惨日游行。

但在我沉入睡眠前，浮上我意识表面的是她的脸。圣婴温柔又宁静。想到她，我忧心忡忡，因为她的父亲而倍感孤独和寂寞。我很害怕，同时又有种油然而生的喜悦。她总算来到了这个世界，尽管她并不能治愈瘟疫或者平息国家纷争，但这个世界因她的存在而变得更好。

我自己去做了超声检查，听着一连串如同骏马飞奔的声音，血流涌动，像是弹指奏出的切分音，这就是心跳的声音。超声技师向我展示了我的子宫表面，就在弯曲的地方，一个调皮古怪的外星人正向我们挥着手。你好，小外星人，欢迎来到地球。

她问："需要我打印出来给你丈夫看吗？"

我们在电话里吵了一架之后，好几天都没有再联系。超声检查的那天晚上，我回家后发现有一条布莱恩的留言，说想谈谈。电话是从附近打来的。我回拨了过去，让他上来。从走廊上走过来的他看上去很有布莱恩风格，只是疲惫不堪。他瘦得像小灵犬一样。他一直脸色苍白，现在更是痛苦而憔悴。看到他日渐消瘦，看到他无法再维持往日的生活节奏，这让我很满足。至少他在受苦。但他在远远的别处受苦。他再走近些，我开始哭了起来。

打住，我命令自己。有点尊严，有点骄傲，弄死他！但我刚刚拭去泪水，眼泪又潸然而下。

"这不是我想要的。"他说，"但我真希望这是。"

我想杀了他，当场杀了他，不是因为我所不能相信和接受的决定，而是因为他语法上的严谨，我真希望这是。他他妈的以为自己是谁？亨利·詹姆斯小说里完美无缺的主人公？

在对他愤怒的同时——除了怒火中烧之外，我对他无法表达任何情感——我可怜他。我知道，从长远来说，我会快乐的。但对布莱恩来说，这永远不会过去。不能抚养自己的孩子，他永远不会快乐。

"我不想这样。"布莱恩说，"我不能给你想要的生活。"

我们中间的沙发上放着我的手包，里面放着孩子的超声照片，是那个以为我有丈夫的技师拍摄的。她为孩子充满活力的动作而喜悦，"这家伙真有劲儿！"她用浓重的东欧口音说道。

我把一只手伸进手包，寻找着超声照片。我在等待正确的时机。这是我的王牌。我相信孩子长得像布莱恩。他（她）像他一样有着长而突出的额头。也许所有胎儿都是这样，但我相信这个孩子长得像布莱恩，因为它是布莱恩的孩子。如果他看了孩子，他就会想要它。我知道这很荒谬，会让我好像在求他，好像游击战一样，但我的决心丝毫没有动摇。他所拒绝的是理论上的孩子，是面目模糊的想象中的孩子，而不是这个小东西，不是"有劲儿的家伙"。

布莱恩的目光跟随着我的手，进入手包中。"谢谢。"他说，"我应该把我的钥匙拿走。"

我抬头看着他。钥匙？钥匙和超声照片有什么关系？

然后我反应过来。他以为我会闯进他的公寓？一把火点了他的电脑？把他小说的最新一版手稿扔出窗去，然后看着纸页从二十六层纷飞撒落在阿姆斯特丹大街上？

我会吗？

我可以想象自己把他的钥匙扔出窗户，只需随意而秘密地一丢。运气好的话它们会落在排水沟里，被水冲向大海。或者落在街上，等待一个陌生人把它们捡起，一个邪恶的、图谋不轨的陌生人。他永远不会知道是谁。没有什么能比他的钥匙流落在外更让他发疯了。他对钥匙神经过敏。丢了任何东西都让他坐立难安，特别是钥匙。

我向着窗户扬起手。但我太累了，做不了这个充满戏剧性的姿势。相反，我把钥匙放在他的手里，没有碰到他。

"谢谢。"他说。他的声音冷淡而正式。他像是因为我把他放到伤害我的境地而恨我。我强迫他在自己的好日子和其他人的幸福之间抉择。

布莱恩站起身来："我该走了。"我们在门口流连。我不知道什么时候能再看到他。我们接吻了吗？我不记得了。他离开了。我关上门，锁好，回到卧室，钻进滑溜溜的白色羽绒被，安安静静地。一只鸟停在火灾逃生通道的熟铁栏杆上，用摩斯密码鸣叫出无法破译的喜悦。"闭嘴。"我说。

楼上的邻居从阳台探出身来："你是在跟我说话吗？"

"简，"我说，"不是！我是在跟那只疯鸟说话。"

"什么鸟？"她喊回来，"吃晚饭了吗？"

我可以闻到她的木炭火盆上烤着的腌肉。我知道，如果我走上楼去，简会给我吃的。她生来就是个友善的饲养员，一个临终关怀护士，一个手工卡片的作者，一个消除艾滋病耻辱感运动的先驱，也是一个在你最需要的时候手捧野花从楼上出现的人。如果我把自己的困境告诉她，她会感叹，会咋舌，会真的关心我，会把冰箱里所有东西都给我吃。她是一位有些年纪的女性，有着深蓝色的双眼，没有孩子，把自己的母爱分给所有人。我能做到吗？不，我太自私了。我想把自己奉献给一个人，或者三个人。我想要自己的小部落。我在心里还是挺封建的。

"谢谢，简。"我说，"我很好。"

"你听起来可不好。"她喊道，"你听起来糟透了。来吃肉吧。"

我起床，静静地关上了窗户。

一个小时后，出于我也不知道的原因，我走进走廊。我不是想上楼去简那里，我只是……走进走廊。布莱恩坐在白色大理石的平台上。我坐在他身边。这一刻，我们让彼此惊诧莫名。过了一会儿，他问："你怎么知道我在这儿？"

"我也不知道自己知道你在这儿。"我说。

如果我们在这里坐得足够久，我想，一切就会改变。我们会意识到，我们是两只被吸引于同一个极点的鸟儿，就是我体内的那个不断撞击着的极点。但沉默着并肩坐在台阶上，我们还是和一个小时之前完全相同的那两个人。十分钟后，布莱恩站起来。

"好吧。"他说。然后他离开了。他走下楼梯，穿过大堂，走上第十二街，然后走到第六大道，在那里，他向北拐，然后走了。

第二天，我一醒来就知道，我必须回加利福尼亚了，回到我妈妈的房子旁边的车库间里。我需要我妈妈，不管我喜欢与否。成为受过高等教育的单亲妈妈让我很尴尬，但我在东西海岸都有人支持我，这已经无比幸运。是时候向前走了。这意味着接受布莱恩的拒绝，这意味着从这颗苹果种子的父亲身边飞走，这意味着面对最不快、最难堪的现实。但另一条路是在曼哈顿无精打采地闲逛，追逐着一个幻影，无论他可能多么爱我，都不想要我想要的生活。至少，他给了我一个毫不含糊的答案作为分别的赠礼。

每天早上 6:30 的 NICU，红队都会走进来，讨论孩子，忽视我。之后一天的早上也是如此。第四天，我决定巧妙地加入他们私下的谈话。

"她的胆红素下来了，这很好。"一个人说。

"但她的比容也下来了。"另一个人说。

我想让他们慢点说，重复一遍，等一下，这两个词怎么写？但他们的对话如同菲利普·格拉斯的音乐，充满重复而不完整的声音，停不下来，不停向前。即使我开口问了，他们也好像没听见。他们有着急切而纯净的脸庞，不停看着主治医师，寻求确认。他们到底知不知道自己在做什么？主治医师很平静，很有耐心，是个好老师。但这里有一屋子生病的婴儿，她一刻不能停。

"盯住比容，三小时后再测一次。"她说。我在笔记本上写下"比容低（不好），胆红素低（好）"，希望之后会明白。

当天夜里，一位新的护士值班。她不是惯常来这里的人，和我最喜欢的爱尔兰护士一点都不一样。自我介绍之后，她说："这些婴儿都很不高兴，所以他们一直哭。"我把孩子的保温箱挪远了几英寸。

她报复一样地打开一小罐苹果汁，一饮而尽，说："我得补补水。"她的手是不是在抖？她在橡胶脚垫边上绊了一下，喃喃自语："这破地方。"她的声音很小，我不确定她是不是说了这句。如果她说了又怎样？我可以投诉她说脏话吗？向谁投诉？她一直催我上床。

如果她是个卡通人物，愤怒的浪潮会像蒸汽一样从她的身体中升起，她的周围会有闪电做成的攻击力场。现实中，她是个穿戴整洁的棕发女性，制服的袖子有紧紧的折痕——恶魔穿着熨烫过度的棉布衣服。我意识到，由于缺少睡眠、母性的恐惧和全部来自食品贩卖机的饮食，我对她的印象好像经过了夸张。我可能将她作为了一个图腾，代表我的所有恐惧。但我仍然不回去睡觉。我不会把我的孩子交到这样一个女人手上：她认为 NICU 的婴儿在哭是因为它们"不高兴"，而不是因为他们茫然无措，他们为活下去而不懈抗争，又或者，是因为想妈妈。

我把一张摇椅拉到保温箱旁边，我可以睡在那里。这里对于我抱她和她待在保温箱外的时间都有限制，但因为我是在哺乳的母亲，理论上他们不能把我赶出病房。我在椅子上一个劲儿地打盹儿，竭力保持清醒，看着那个疯护士有没有掐附近的婴儿。就在这时，她碰了碰我的肩膀。"我又测了一下比容，结果不好。"我发现"比容"是医院里对"血细胞比容"的简称，也就是说婴儿的红细胞数又降低了。

"多低？"我问。没有回答。从我的经验上来说，在医院里，如果一个直截了当的问题没有得到确切的答案，就意味着结果差到工作人员连说都不想说。

我重复了自己的问题："她的数值有多低？"

"低到需要输血。"

"这是什么意思？"我问。

"意思是我们得介入了。"

"介入哪儿？"我立刻后悔提了这个问题。

在医学术语中，将一根静脉注射针插入血管就是"介入"的意思。孩子的低血红蛋白还意味着很多其他的事情。但对于这位护士的这一班来说，她的首要任务是将一根针扎进非常非常细的血管。向一个极度贫血、体重只有五磅重的婴儿体内置入静脉注射针是一件集技巧、运气、自信和信仰于一身的工作。本质上来说，每次尝试都足以让人喊万福玛利亚。要是我们还让那根橡胶软管连在她的肚脐上就好了，他们昨天刚刚把它移除了。没有中央输液管，没有明显的介入方式。

4

　　我的妈妈和我儿时最好的朋友凯西到机场来接我。凯西帮我在伯克利找了一间转租房，我可以住到妈妈说服她现在的房客搬走，让我住进小单间。转租房是间混凝土阁楼，冰冷而满是尘土，但立刻可以入住。凯西扫了地，买了花，囤了食物——烤杏仁、鸡蛋、年糕、牛奶、果汁、巧克力和水果（那么多水果，放在一只巨大的蓝碗中）。她在花下留了一张纸条："没有什么比刀刃更厚的东西能够分割幸福和忧伤。——弗吉尼亚·伍尔夫。"在这句引言后面，她用自己纤细秀气又充满权威的字迹加了一句："反之亦然。"

　　我把纸条放在钱包的一个小口袋里，拉上拉锁。凯西，妈妈，苏西。也许我会没事的。

　　我躺在床上，拿起唯一一本勉强可读的书《霍比特人》，我试着将精力集中在可怜的毕尔博身上，关注他的恐惧和困境。

我想象自己在一座霍比特房子里安顿下来，有一道圆形的蓝色大门，没有怀孕，没有痛苦，甚至不是人类。相信我，我宁可当个微生物。什么都好，只是不要做现在的我，离布莱恩2904英里之遥的我。

我断断续续地做着梦，梦里，挫败接踵而来——在雪地里狂奔，没有方向，没有目的。然后我梦见了一个婴儿，我的孩子，健康地出生，发出一声精力旺盛的啼哭，有着粉色的皮肤，一切都很完美，只是当你迎着光举起她时，你的目光可以穿透她。她像一张透明皮纸一样，半透明而脆弱。

如果一个婴儿是两个人高深莫测的结合，那么如果其中的一个因为发现婴儿的到来而改变主意，又会发生什么呢？我在生理学层面上困惑不已。我的身体里带着一个人的遗传材料，而他说他不想当父亲。同时，他的基因和我的基因正描绘着一个人的蓝图。如果我在用一堆满心抗拒的砖块来建造一个人，用那些不无保留和后悔的基因，按部就班，有条不紊，但出于强迫，会发生什么呢？

那个护士又喝了一罐苹果汁，说："我再叫个护士来抱着她。"

"我抱着。"

"最好让另外一个护士抱着。"

"不用了，谢谢。"

她先试着在孩子的手上插入静脉注射针，换了好几个位置都没有成功。这过程中我不能抱着孩子，只能把手伸进保温箱抚摸着她的小脚。每次针头穿透皮肤的时候，她都会发出一声我闻所未闻的号哭。她来到这世上还不到一周，已经需要扩充表达愤怒的声音库。因为疼痛。

带着汗流浃背的决心和些微的享受换着地方扎了二十分钟，那个护士不情愿地放弃了，说叫儿科静脉注射团队过来。团队？团队！这儿他妈的有个团队？这个医院有个团队专门给儿童置入静脉注射针，而她花了二十分钟把她当个针插一样扎来扎去？后来我了解到，医院的政策允许每个护士试"两针"。众所周知，如果不能很快成功，紧张和焦虑会影响之后的尝试。两针，然后你就没机会了。但我那时候并不知道。

静脉注射团队来了之后，他们几分钟就扎"进去"了。

血是从血库调来的。"确认血液已经洗过和照射过。"当班的住院医师说。我记了下来。"2B血液已清洗，已照射。"我还是不明白这是什么意思，不过也没精力去问。

"他们知道自己在做什么。"我妈妈前一天告诉我，"他们让所有这些婴儿都活着。"

经过清洗的血液送到了，挂了起来，开始流进我女儿的身体。她一度很苍白，但几个小时后，她的皮肤红润了起来。我最喜欢的爱尔兰护士现在重新当班，过来检查我们。"他们让血慢点输，这样不会冲击到她的心脏。"她说。我喜欢她说她的心脏，而不只是心脏。我意识到，她比我想象的还要年轻。可能只有二十二三岁？她当然还没有孩子，但有着令人惊讶的灿烂笑容。温暖，真诚，还有两个小酒窝。我很感激她，因为对一切都无法确定，所以想握住她的手。我想让她在我握住孩子的手时也握住我的手。也许在平行宇宙中，这会成为可能。我们可以坐着围成一个圆圈，手拉着手——她、我和孩子——这之中会产生治愈的效果。

而在这个宇宙中，我所能希望的不过是一次之后能感谢她的机会。我在笔记本上写下"给爱尔兰护士小饼干"。

我临产的那天夜里，我和我还没起名字的小累赘还有妈妈的狗露露待在一起，住在我长大的那间房子隔壁的小单间里（以前是车库）。这座房子所在的一公顷土地是我妈妈在 1977 年花七万美元买的，这块土地位于马林郡中心的一座小城圣安塞尔莫。现在的马林郡和我小时候大不一样了。（几乎所有）那些剥落着柔和色彩的时髦小屋都不见了，那些在健康食品店门前踢沙包的嬉皮士也不见了。这里屈从于金钱的力量，到处是景观过度奢侈的庭院和从头到脚珠光宝气的人。但这里仍然是马林郡，有着绵延起伏的金色山丘、桉树林和拉古尼塔斯湖。这里是我的家，所以我要在这里生下孩子。

到我临产的时候，我表面上是勇敢的单身妈妈，但大多数的夜里，我都是啜泣着睡去的，边哭边想布莱恩在做什么。他是不是在刷碗？如果是的话，他的头会抵在水池上方的橱柜上，形成一个异常倔强而深思熟虑的姿势。但即便一边刷着碗，他还是一边在缔造新的社会秩序。他有没有想过见见自己的孩子？

这些都不在我的计划之内。我本打算做一个身着宽松衣服、双臂有力、肌肤闪亮的孕妇。就像是电影明星怀孕一样。我在日常生活中丝毫不像电影明星，但这并不能打消我希望像电影明星一样怀孕的计划。我会在曼哈顿做瑜伽，胎儿就像一个小心翼翼又活力满满的球，进行深沉而哲学性的思考。未出世孩子的父亲会一边笑着一边在我的肚子上抹椰子润肤乳。

相反，在过去的六个月里，我越来越宅，内心苦闷，对自己的身体糊里糊涂。我几乎只靠着本和杰瑞纽约超级软糖冰淇淋和拿铁来为孩子提供营养。只有孩子和我，我们两个莫名其妙地深爱着咖啡因。还有露露。她在过去几个月里一直忠实地代替了人类，在我最需要的时候成为床上的另一具身体，没有要求、没有纠纷、没有安排的身体。我叫她奇妙狗狗露露。她、胎儿和我每个夜晚都紧紧依偎在一起入睡。但露露尽管惹人喜欢，却从不会给我的肚子上涂椰子润肤乳。这是男人的工作，而在我此刻即将临产的时候，我几乎可以肯定，他正关在上西区那个小房间里。我想象他双手捂着耳朵，紧闭双眼，像我们四年级时一样反复唱着"香蕉、香蕉、香蕉"，来淹没那些我们不想听到的声音。

我躺在床上，置身于黑暗之中，腹部传来明显的紧缩，打破了黑暗。我和布莱恩三个月没说话了，可能有四个月。我能感受到电话放在床头柜上，跃跃欲试。在进行让我们一直以来反反复复的行动之前，我不该听听他的声音吗？

他不配知道，但我想让他知道。孩子呢？不应该让她父亲知道吗？我拨通了记忆中的号码。听到我的声音，他似乎并不惊讶。"我要生了。"我说，然后沉默下去。再没有什么可说了，我也没有什么重要或者需要澄清的事情要说。布莱恩也沉默了。至少，这是痛苦的一种定义。电话中的沉默。

"我想我该挂了。"我说。

"好。"然后是长长的、长长的停顿，"我爱你。"

我想他是这么说了。记忆如同液体，随着我们所希望的而改变形状。但我仍然认为他这么说了。

我还记得自己试图压抑他可能来敲门的希望。

当我试图坐起身来的时候，露露把一只爪子压在我的胸口，凑过来用鼻子蹭我。我期待她能更像灵犬莱西，英雄般一跃而起，闯进我妈妈的房子，把她叫起来。但比起挽救大局，她更想维持现状。我把她从身上推开，向隔壁走去。

我妈妈第二次结婚生了两个弟弟，伊凡——其中大点的那个还醒着，正在看《法律与秩序》的重播。他比我小十六岁，我们又像姐弟，又像母子。我让他上楼把妈妈叫醒。"自己叫。"他说，带着贵族挥退佃户的轻蔑神色。

"我要生了，伊凡。"我说。

这一次，他没有讽刺地回复。至少有什么东西击败了少年的傲慢：生孩子！他站起身，关上电视，飞奔上楼。

我妈妈看了看我，然后说"我们给医生打电话吧"，好像这是件乐事，就跟点泰国菜来吃一样。

听说我的宫缩间隔是七分钟，有时五分钟，而且非常规律，医生还是无动于衷。"别急，"她说，"这是第一个孩子。苦日子还长着呢。"所以我们待在家里没动。中午的时候我们又打了一次电话，她说："七点之前都待在你们那边，不然你会被堵在桥上的。"

我气喘吁吁，面目狰狞。当我把这条信息告诉我妈妈的时候，从不屈从任何权威的她说："显然她不知道自己在说什么。我们这就走。"

她和凯西半拖半扶着我向门口走去。"我能走，"我说，"放手。"她们碰我也疼，动起来也疼。站着也疼。她们一放手，我立刻伏在地上开始爬。这是移动到车那里的唯一方法。妈妈和凯西蹲在我的两边。"好吧，"妈妈说，"这样能行，稍微快点，宝贝。"她的声音中带着不希望自己的第一个外孙或外孙女降生在车道上的急迫感。

车库间的门和汽车之间隔着一条日式小径，铺着鹅卵石和铺路石，我一直把这里看作宁静的过渡区。大错特错。当你四肢着地，怀孕九个月，而且可能宫口都开全了的时候，鹅卵石是碎石的一种残忍的委婉说法。"总有一天你会为这个大笑的！"妈妈说。"可能就是明天。"凯西加了一句。"闭嘴。"我说。这话没针对什么人，又或者是针对她俩。

我试着让自己想起寻找马厩的圣母玛利亚，或者她可怜的瘸腿骡子。我同情那头骡子。可真够它受的。我要做的就是爬到沃尔沃，开车去最近的医院——马林综合医院，在那里他们有法律义务来接诊我。

　　"你能行。"妈妈鼓励我，"就快到了。"一个善意的谎言。车就像费尔班克斯、挪威、月球那么远。只怕等孩子都要上大学了我还在爬呢。

　　到医院之后，急诊室门口有轮椅在等着我。我咕哝着，表情扭曲，挥舞着双臂。他们明白了我需要轮床，而不是轮椅。推轮床的人名字非常简洁，叫泰德。他推着我走进电梯，按了产科那层的按钮。

　　在电梯里，我重新找回了自己的言语。"泰德，嘿！泰德，听着！我要用力了。"

　　"别用力。"泰德说，"请不要用力。"

　　我惊讶于他对我的信心，他觉得用不用力是我能用意愿控制的。

　　让泰德和我都感到震惊的是，我并没有在电梯里生，而是把孩子生在了妇产科。一小群护士和一位温柔的助产士围拢过来：突然入院的产妇，宫口已经开了十厘米，宫颈已经完全软化。助产士在轮床末端站定，说了几句我没听懂的话，妈妈握住我的手，弯下腰轻声说："她说你会撕裂，试着别用力。"每个电子，每个质子，不仅来自我的身上，同时也来自轮床，来自房间，来自走廊，来自电梯井，来自马林郡招摇的金色山丘，金门大桥下锯齿状的海岸，马林郡上空的云层，海面之下的暗礁，一切的一切都怒喊着同一个指令：用力。

妈妈靠过来："她会给你做侧切，这样就不会撕裂了。"

"赶快！"我喘息着，或者尖叫着，或者只是在脑海中默念。我看到银光一闪，金属器械穿过我的双膝，然后一个人闪现在房间里。出生时间，下午6：54。

妈妈凝视着她，寻找着阴茎。也许是因为我们都暗暗希望这是个女孩（单身母亲抚养女儿在我们想来要容易得多），所以我们都相信我怀的是男孩，以此来避免失望。另外，我梦见过是男孩。有几个先知一般的女人也确认我怀的是男孩。当婴儿出现在我们眼前，没有阴茎，我们简直无法置信。

"是女孩。"助产士又说。一个真实的女孩，崭新的女孩。五磅五盎司重的女孩。一个健康的小女婴。他们把她抱到我面前，我碰了碰她覆盖着蜡样物和鲜血的笑脸。她没有哭，睁着还蒙着薄膜的蓝棕色双眼，还未通人事，只是睁着。我们看着彼此，嗨。我的内心雀跃起来，载歌载舞，还来了段爱尔兰吉格舞。

孩子第一次输血两天之后，红队认为我们可以回家了。他们还是不知道我的孩子为什么不能"保持数字稳定"。但他们已经稳定了她的情况：她的血液足够支撑几周，不管红细胞有什么问题，他们都希望它能够自行修复。另外，他们已经厌倦了每天早上到我们床边茫然无知地面面相觑。

金发医生说："我会把你们转诊给加州大学一位出色的血液学家。你女儿很有可能很快又要进行一次输血，但现在她的情况稳定下来了，就不能再占床位了。"没有得到诊断就出院，我不确定是应该害怕还是应该松口气。这就像是没有道德说教的寓言故事，但我没有反驳。

终于，我能给她穿上几个月前就买好的连体服，那是一件白色麻制的衣服，领口有小小的玫瑰花蕾，还有一顶配套的帽子。她太小了，这件衣服几乎把她一口吞没。但她现在穿上了商店里买来的衣服，与病号服相比是极大的改善。

当我妈妈第一次看到孩子穿自己的衣服时，她潸然泪下。"她看起来更真实了。"她说。

我知道她的意思。去掉了臂环和身份手环，去掉了连接各种监护仪的无数线缆，孩子现在不像在经受痛苦试验，而更像原本的她了：正在回家路上的一周大的婴儿。

妈妈和我头晕目眩地坐电梯下到大堂，开玩笑说得在他们改变主意之前赶紧走。

出了医院，我很惊讶地看到了天气。我已经忘记了天气。旧金山覆盖在它著名的烟雾中。我颤抖着跪在后座，想安上婴儿座椅，与此同时妈妈抱着孩子在大堂等待。座椅的一侧是用各种颜色标记的表盘，有一根指针显示座椅是否调节到安全的角度。如果座椅调得过直，婴儿的头可能会前倾，导致呼吸困难。你可以转动把手，让指针进入正确的颜色区域，调整座椅到安全的角度。绿色好，红色不好。我想让我们一直停留在绿色的区域，但旧金山颠簸的路况让这个过程很复杂。妈妈开着车，我坐在后座，看着指针摇晃出黄色的区域，进入红色区域，疯狂地调整着把手。这是婴儿安全的速成班，荒诞的恐惧与我如影随形，如同脚后跟连着一串叮当作响的易拉罐。

如果我能预见女儿未来会面对的恐惧，我会现在就从车里跳出去。但我什么都预见不到，只看到她坐在那里，头向后仰着，睡着，听着。

我能给她的包括毫无用处、周而复始的担心，没错，但也有喜悦。快乐——狡猾、灵活、鬼鬼祟祟、敏捷——进入最不可能快乐的房间，毫不受限制。它几乎无时无刻悄然而来，也同样静悄悄地离去。她活着，穿着柔软的棉质衣服，带着玫瑰花蕾的小帽子，在昏暗中呼吸着车里的空气，雨触摸着一切，E.E. 卡明斯曾经形容为"这样小的手"。

圣安塞尔莫

San Anselmo

5

在雨夜回到我的单间，孩子在婴儿提篮里沉睡，这感觉就像是奇迹。十天前，我四肢着地爬出门去，多少还算是独自一人。但现在我们两个人一起回来了。这就像是从帽子里变出鸽子，是世界上最伟大的魔术。

我环顾着房间。角落里放着一个摇椅，我在临产之前曾经想把它刷白。现在，它是游泳池底一般的蓝色，很丑，但能摇。在我的臂弯中，孩子正睡着，我的女儿格蕾西。我最终选定了名字，把艾米莉亚和格蕾丝结合起来，取了个折中的名字。我悄悄走到摇篮旁，小心地把她放进去，注意不惊醒她。头，肩，身子，腿，小脚，我把她交到重力手里。离开我的手，她的骨头仿佛一套脆弱的小棍。

我坐在摇椅上，试着接受我们的好运气。孩子没事，我们回家了。露露转着圈嗅着摇篮，嗅着婴儿提篮。这是一场嗅觉的盛宴，给她的气味目录里又添了新的词条。

"露露，"我说，"她是个女孩，和你一样。你能相信吗？"也许露露比我还先知道。狗能够知道胎儿的性别吗？我给了她一块狗粮："你怎么不警告我呢，神奇小狗？"她抬头看着我，眉毛显示出关切的形状，咧开嘴笑了。

我妈妈送晚饭过来，怀里抱满了烤的全食（Whole Foods）买来的蔬菜，还有一块牛排（"孩子需要你吃肉。"她说。）和整个巧克力蛋糕。孩子睡着，我们在厨房忙忙碌碌。正吃着饭，门铃响了，是爸爸和他的妻子送来的鲜花，一大束白色的百合和一张字条："欢迎回家，格蕾丝宝贝。"我把一朵花递到她的鼻子旁边。"闻闻姥爷送来的花。"我说。但她依旧睡着。

晚饭后，我那两个还是少年的弟弟来了，带着礼物。他们几乎比我要年轻一代。我妈妈生我的时候二十一岁，生伊凡的时候三十七岁，生迪伦的时候四十岁。他们对彼此大喊大叫着走进来，击打着对方的胳膊，好像在摔跤一样。好一对自作主张又举止不端的三博士之二。

迪伦喊道："伊凡，闭嘴，宝宝在睡觉。"

"你才要闭嘴，迪。"伊凡回敬，"我就跟忍者一样安静。"他模仿忍者踮起脚尖走路。孩子仍然睡着。

迪伦拿着一个形状奇特的礼物，看起来像一个穿着垫肩西装的小罗锅。"我给她带了点东西，"他说，"你给她起什么名字？艾米莉亚还是格蕾丝？"

"我还没想好。"我说。

"好吧，送给宝宝。"他递给我那个罗锅，外面包着圣诞节的包装纸。迪伦什么都会做：熟铁楼梯、好吃的蓝莓冰淇淋、一整张原创民谣专辑，还有很多很多。我想不出来这是什么，撕开包装纸，发现……是个小帽架。底部像是形状不规则的池塘，刷成了粉色，向上竖着一根坚固的白色线轴，有很多小钉子，用来挂她收藏的小帽子。我喜欢帽子，他在我怀孕的时候就一直嘲笑我，说我会把这个爱好投在孩子身上。

"谢谢，迪伦。"我说，试着用粗暴的语气掩饰哽咽。我的弟弟们喜欢把感伤掩盖起来。

伊凡的手工没那么好，但当舅舅的热忱一点不少。他的礼物包在餐巾纸里，外面套着一根橡皮筋。

"包装不错，伊凡。"

"别客气。"他说。我打开看到一件手缝的婴儿连身裙，是用一件旧 T 恤做成的，一面印着骷髅头和莫霍克人像，另一面是闪闪发亮的 Metallica[1] 字样。这是他高中时代几乎每天都穿的 T 恤，并不是因为他特别喜欢 Metallica，而是因为他从小就知道，讽刺是解决一切的手段。这件 T 恤穿了又洗，洗了又穿，穿穿洗洗太多次，棉布洗得起毛了，柔软无比。

伊凡低头看着她。"她好小，"他说，"而且活着。"

---

[1] Metallica，美国著名重金属乐队。

"你真有总结的天赋，伊凡。"我说。

"迪，"伊凡说，"看看她的小指甲。"

迪伦看了看，说："酷。"

两个男孩在她的上方聊着天，她一动不动。我们的出院文件上写着："容易满足需求。"所言非虚。喂奶或者哼歌就可以轻易安抚她。她会醒来几分钟，然后又重新睡过去。在我的意识深处，我知道我们从此远离医院的机会十分渺茫，但我只是拒绝思考这点。这很有用。

我们在一起，远离医院，我们是一个狂热又愉悦的互惠系统。

她的每一边前臂都宛如毛茸茸的天鹅绒坐垫，我可以抚摸亲吻上几个小时。唯一让我警觉的是她现在存在于我的体外。任何伤害都可以不经我而直接降临到她身上，这简直是新手的设计缺陷。

每一天，每一个小时，格蕾西和我沉醉在婴儿期的核心活动中，用隐喻的手法来修饰，则是婴儿时期的三部曲——拉，睡，吃。循环往复。

我们回家后的第三天，凯西带着姜汤和一本安·卡森的书来看我们，也带来了兴高采烈的氛围。她给我们烤了布朗尼（严格地说是给我烤的，因为婴儿只能在奶水中吃到布朗尼的副产品）。凯西和我坐在妈妈的花园里，露露在山丘上跑来跑去，追逐着只有她才能嗅到的气息。孩子在我们身边沉睡。这是加利福尼亚绝佳的好天气，微风习习，天高云淡。

凯西身着红色真丝衬衫和黑色牛仔裤，是四月的午后坐在加利福尼亚花园里最美的女人。她并不在意，亦不自知。她关注内涵更甚于表面，她一直如此。

我们是在十岁的时候认识的，在选修课上，老师伯尼是个愚蠢却可爱的男人，喜欢用格言警句来激励我们（"承担责任的唯一途径是用能力来回应！"）。凯西对我翻了个白眼，我也对她翻了一个。她从没有尝试让伯尼难堪，总是充满敬意地聆听着。她会想象在他的周围有很多圆圈。对她来说，五年级的教室是个太小太小的舞台。她生来是要做大事的。她可以冲锋陷阵，挽救法国于危难之中，或者进行一台抢救生命的手术，又或者写诗，特别是写诗。

我看她的时候，她通常凝视着窗外，目光如炬。又或者若有所思地抬头看着房顶。她是个安静的姑娘，常坐在教室的后面，进行着清晰而深刻的思考，大家都想知道，但只有幸运的少数人——比如我——才能听到。

每天放学后，我们会过马路来到凯西家。她的父母不在家，我们向伟大的马神祈祷，请求她赐予我们阿帕卢萨马、帕洛米诺马、黑白杂色马、北美野马还有任何可以拼命冲刺的皮毛闪亮的生物。我们想养马，想骑马，想了解马，想闻马的味道，想做马匹交易，想歌颂马，我们爱马，我们想成为马。

二十五年之后再看凯西，我这才发现她已经实现了我们的愿望。她如同矫健的动物一般拥有着一跃而起又灵活轻快的力量，几乎可以飞起来。在她身边，你可以感受到她的慷慨与活力交织在一起。生产前后失魂落魄的你只要在凯西的身边，就会感到自己活泼起来，更充满艺术气息。就好像她随时会卸下自己纤长的胳膊递给你。

"嘿，"凯西说，"在听吗？"她抱着孩子，向她微笑着，却在对我说话。

"我只是在想，"我说，"如果我开口的话，你可能会把胳膊借给我。"

"除非，"她说，"你保证用它们来指挥交响乐。"她拿起一块布朗尼，咬了一口，递给了我。我也咬了一口，又还给她。中间都黏黏的。我们传来传去，直到手中只剩下一小块。然后我们中的一个把那小块咬掉一半，又递给另一个。我们做得最好的就是分享。她又咬了一口，递还给我。小小的一粒掉在孩子的额头上，看起来好像印度教徒用来标记第三只眼的红点。受到了布朗尼的保佑，孩子继续睡着。

"她怎么样？"凯西问。她看格蕾西看得全神贯注，好像立刻可以给她下诊断似的。神秘的病症有救了。

"她看起来不错。她好吗？"

"我不知道。"我说。

"她身上有种东西，"凯西说，"绝对有某种东西。"

高中里一个帅气性感的万人迷曾经对凯西这么说过："你身上有种东西。"我们很确定他甚至都不知道她的名字，也绝对没有掌握用来形容她的词语，但他知道她是独一无二的，是不属于高中校园的。那时，我们把这看作可怜又讽刺的恭维。现在，这则是我们至高无上的赞扬。

"所有婴儿都有某种东西。"我说。

"有可能，"凯西说，"但她的最特别。"

凯西走后，孩子和我蜷缩回车库间的阁楼里，立刻睡着了。当一个新妈妈让你精疲力竭。几乎所有我在生孩子之前喜欢在晚上做的事，比如读书、写邮件、看《犯罪现场调查》或者去公园散步，现在都是不可企及的奢望。我所需要的只是这种经过重新规划的生活，有布朗尼、孩子还有睡眠。

最开始，我妈妈是我成为母亲的支柱。她洗衣服、做饭、扔垃圾，在我洗澡的时候抱孩子，还擦去我脸上和衣服上自己也没有发现的黏糊糊的东西。我的朋友苏西和大卫（她大学时代的男朋友，现在是她的丈夫）睡在我们的沙发上，这样他们可以在凌晨三点的时候陪着我。苏西会在凌晨时分躺在我的身旁，对我说："睡吧，希斯①，我会看着她，不会让她滚下床的。"甚至伊凡和迪伦也能派上用场。每次婴儿大哭后，他们俩其中的一个会从主屋那边大喊一声："帮帮她！"如果她没有立刻停止啼哭，他们会出现在我的门前，为婴儿鸣不平。

每个人都参与进来，每个人都溺爱她。但最终，我还是独

---

① 希斯，希瑟的昵称。

自一人。我没有工作，现在还没有，但有足够的一切必需品。不过和婴儿在一起的生活还是看起来复杂得难以置信。

上床睡觉简直成了一场滑稽的折磨。车库间的卧室在阁楼上，只有通过屋里原本就建好的木质梯子才能爬上去，梯子很陡。顺着梯子往上爬的时候，一只手把孩子抱在胸前，另一只手要不断去够更高一级的横档，这在物理上简直是个笑话。夜里，一旦我已经爬上去，就极不情愿再下来。我在黑暗中摸索的时候把孩子带上了吗？我是不是把她自己留在阁楼里了？她不会跌下床，摇摇晃晃走到阁楼边缘，对吧？这不可能！不会的！另外，一个连打嗝都没学会的婴儿应该不会擦着火柴把房子点了吧？

我发现，做父母会让你提出很多以前连想都没有想过的问题：你去小便的时候，会愿意让婴儿置身于危险，即便是想象的危险之中吗？如果你真的特别想小便，你会在黑暗的阁楼里尿在杯子里吗？你会怎么处理这个杯子？你愿意做出怎样的自我牺牲？定义危险，定义想象。

一点一滴，这些问题冲击着你对自我的感受。

最后，我妈妈说："把婴儿摇篮放在阁楼上。"我们可以合理地假设，除非婴儿可以违反物理定律，我在下楼去厕所的时候，她在摇篮里会是安全的。但冲突的需求所带来的困境才刚刚开始。如果电话响了，煎锅煳了，露露狂吠着要出去，我的裤子要掉了，孩子在哭——我应该先处理哪一件？孩子，当然是孩子，但这样一来，我就只剩一只手来处理其他彼此冲突的优先事项。我在这场舞蹈中还是笨拙的新手——左手抱着孩子，右手应对一切。

尽管我只有一只手空着，但我还是不想念布莱恩。我也不生他的气了。最重要的是，现在孩子已经出生，我觉得他除了抚养费之外，不欠我任何东西了。就如同她出生的那一刻，我的震惊，我孕期被抛弃的愤怒，已经成为上个时代的遗物。我们彼此之间的伤害无关紧要了。最重要的是她。我并没有原谅他，只是不再对他有任何强烈的情感了。我强烈的情感给了孩子，生活中的其他部分则是白噪音。单手生活是我选择的。我选择这个女孩，这个会尖叫的女孩，这个爱睡觉的女孩。

但他精神上的存在则徘徊不去，比我想象得还要多。他每天晚上八点会打电话过来，我告诉他最新情况。她吃了！她睡了！她拉了！他和我一样为这些成就而不知所措。

我们从不说"我们会每天打电话"，从没说过"我原谅你"，甚至从没说过"我不原谅你"。我们只是陷入一种联系的节奏，让我们都安心，而且至少是在我的想象中在艾米莉亚—格蕾丝的周围形成了保护层。虽然我们没谈过这点，但我想布莱恩生活在心潮澎湃的巨大冲突中：了解孩子，爱孩子，让一切见鬼去吧，或者安坐在 2 500 英里之外。我不羡慕他。她是无法抗拒的力量。

我告诉他，她的头发规则地一块块掉落。"她快秃了，现在的发际线很奇怪，像希区柯克一样。"我说。

我描述了她喜欢的睡姿，仰卧着，一只手放在头后，下巴仿佛好战地突出着，挑战着整个世界，要对它大打出手。也给他讲了她边吃奶边睡着了，一只眼睁着，好像一个酩酊大醉的醉汉，怎么都不舒服。他想知道一切，任何事情。

有一天夜里，我们聊了几分钟之后，布莱恩说："我能跟她说说话吗？"我把听筒举到孩子耳边。他在说什么？他是不是在悄声低语？还是在聆听着她呼吸之间发出的轻微口哨声？这看上去像一场私人谈话。他有没有对她道歉，说错过了她的出生？错过了她的输血？他有没有叙述自己人生的大事？我无从知晓。我不得而知。她轻轻颤动着醒来，仿佛聆听着一两声鼓点，然后又闭上眼睛。她又睡着了。

"你怎么这么多觉啊？"我问。

"什么？"布莱恩说。

"我在跟孩子说话。"

我们都停顿了，这阵沉默近乎让人感到舒服。

"她是个好看的宝宝。"我说。

我知道布莱恩会喜欢这种保守的陈述。这是他的风格。我们还在一起的时候，如果度过了一个兴奋的夜晚，第二天早上他会说："我和你度过了一个不错的夜晚。"

"她哪里好？"他问。

"凯西说，她身上有某种东西。"

"凯西肯定会这么说。但是你详细地告诉我，这个所谓的婴儿，到底哪里好？"

"首先，她的呼吸很好闻。我都可以为此卖票了。事实上她的整个身体都新鲜无比，好像每个细胞都是在西拉斯的山巅上灌注了空气。"

"这真是了不起。"一阵长长的停顿，"真希望我也能闻闻。"

坐飞机过来，飞机你总听过吧？

我沉默不语。因为你不该冲出去责骂那头在灌木丛后探头探脑的鹿。你按兵不动，静待时机，即便那头鹿行为十分愚蠢。如果我愤怒或者不耐烦，这就成了我的错。另外，布莱恩除了是我的前男友，他还是格蕾西的爸爸。我的任务是给他留出空间，让他哪怕是以冰川移动的速度，来了解他的女儿。

6

妈妈和我认为，出生二十一天听起来很吉利，所以我们在阳光下用尼斯沙拉来庆祝。就在这时，这个疯狂的计划出现在我们的脑海中。准确地说，是出现在我妈妈的脑海中。我甚至都没有想关于孩子的事。我正看着一对蹒跚学步的龙凤胎，在附近的喷泉边上玩耍，两个人都仿佛发射伽马射线一样展现出好身体。他们有着阳光亲吻过的肌肤，还有常在海边捡贝壳的孩子所特有的金棕色头发。看着他们，几乎无法想象我那脆弱苍白的婴儿能够长成这样活力四射、细胞中仿佛浓缩了阳光的孩子。

我对妈妈绝口不提。相反，我举起《人物》杂志，指着哈莉·贝瑞的一张照片。她穿着破洞牛仔裤、人字拖和白色的男款衬衫，正在打气。这些衣服穿在她身上着实不凡。解开扣子的衬衫性感得难以想象。

"看看她多轻松，"我说，"她的身子简直能飘起来。这是怎么做到的啊？"

"长时间做瑜伽。"我妈妈说，"或者光吃生的，其实几乎什么都不吃，再加上用浴盐按摩和芬兰桑拿。不管是什么，普通人可没时间变得这么轻松。而且不是所有事情都像表面上看起来的一样；肯定还有我们看不见的东西在把她往下拽。"

我们常常讨论名人，仿佛他们是我们扩展后的家庭成员。事实上，妈妈相信，名人文化已经替代了部落从属。

"她以前受到男友的虐待，几乎丧失了左耳的听力。"我说。妈妈看着我。我踏进了她尽量避免的领域。我吃了一口沙拉。"也许，"我说，"她有一群人，专门唱着赞美诗把她的肌肉往东西南北四面八方拉。"没有回应。"我愿意出一千美元看她的裸体。"我说，"我不摸，就有空的时候看看。"

身体轻飘飘得不可思议的哈莉·贝瑞毫无疑问也会有个漂亮活泼的宝宝，而不是个苍白嗜睡的孩子。

我等着妈妈的回答，但她看着孩子，认真地看着。她摸摸她的小脸，抬头看着我："我觉得你最好送她进去。"

我们都知道"进去"是哪儿，即便出院后我们很少提及医院。我将医院视作一次糟糕的迷幻游，事后提得越少越好。我低头看着孩子，又看看围着喷泉绕圈的龙凤胎，看看哈莉·贝瑞愉快地给汽车打着气，又看看孩子。

我不想送她进去。我想带她回家。

妈妈加重了语气："她太苍白了，而且从没真的清醒过。"

她不光是苍白，几乎可以看透，像一个半透明的解剖学娃娃。她的皮肤如同羊皮纸一样薄。在她的肚子、额头和手臂内侧，血管形成复杂如同蕾丝的纹路，汇集又分开，形成淡紫色的小块。我害怕碰她，害怕把她捅穿了。

我低头看着她，她像个小逗号，像蜷缩着的小东西，承载着空气。她的脸很平静，她的手放在毯子的顶端，她的嘴唇向前撅着，因为婴儿的不自主噘嘴微微湿润。她的眼皮丝毫不动。要么就是她没在做梦，要么就是她的梦是一片静止不动的风景。

"别离开。"我对着她柔软的金黄色耳朵低语。她没有反应。

妈妈是对的。她是一个需要医生的女孩，也许还是好几名医生。但我犹豫了。我不想拨动医院这个齿轮。我不想让她接受检查、诊断或者记录。我想边探寻着哈莉·贝瑞的性魅力，边吃完普罗旺斯的好东西（凤尾鱼、橄榄、一块块烤三文鱼）。

我想成为一个全心投入土地馈赠的人。一个来自另一个时代的人——我的曾祖母，在电子邮件、永久书面记录出现之前出生在一个橄榄庄园里，没有东西能够核实她的出生，除了她本身。她在户外养大了孩子，几乎没有医疗干预。他们奔跑在橄榄树丛里，渐渐长大。故事结束。这幅画面唯一的麻烦是，在那时，我的女儿活不过二十一天。

我最后看了一眼那古铜色的龙凤胎和仍然睡得毫无生气的格蕾西，收拾好尿布包，抬起婴儿座椅，然后说："好吧。"我向汽车走去，拨打着儿科血液病专家的呼机。妈妈跟在我的身后，说着："我帮你，我帮你拿那个。"我毫无理性地愤怒起来，把她甩开。

寻呼台立刻接通了，我输入了我的电话号码。我当时不知道，在下一年，我会重复拨打五十次这位专家玛丽安·科尔普尔的呼机。即便在这个号码弃置不用多年后，它还存在我的脑海中，这是我能在一天中任何时候都记得的号码，连想都不用想。

7

著名血液学家玛丽安·科尔普尔医生终于回电话了，她的声音听起来像是一位温暖而健谈的老祖母，像是会邀请你去她家吃覆盆子司康。当我告诉她婴儿苍白得近乎透明而且整天都在睡觉的时候，她用平静而权威的声音给了我确切的指引："带她去马林综合医院，那里可以检查她的红细胞数。我来打电话联系他们。第一步要看看是不是再给她输次血。"她停顿了一下，又说："你肯定吓坏了。"

我想在电话里拥抱她。我还不知道她长什么样子，还不知道她有一头桀骜不驯的银发，一缕缕仿佛有独立想法的长发飘在她的脸庞周围。我还不知道她有着灿烂的笑容，露出一口好得不真实的牙齿。但我知道，她的声音让我想蜷缩在她的膝头入睡。

最终，我知道她从六岁开始就想当医生了，有两个儿子，都在读医学院，她的丈夫也是医生。我知道了她在中西部长大，喜欢滑冰，不穿中跟鞋和连裤袜就觉得自己好像没穿衣服似的。我还知道，她总是对护士尊敬有加，即便在私下也是如此。

而她知道了我自己抚养女儿，对女儿身在纽约的父亲有着说不清道不明的情愫。知道我住在妈妈的房子旁边的车库间里，和一条狗住在一起，尽管我不时给它剃毛，白色和黑色的毛还是经常粘在婴儿的衣服上。知道我有时候对护士态度粗鲁，有时温和。知道我是希腊移民的外孙女，我的姥爷是个摔跤手，差一点就成了"希腊的皮特"。知道我也喜欢滑冰，我的家人里没有医生。还知道我既爱操心又优柔寡断，不是个能轻松带好婴儿的人。

第一天，她说："带她去马林综合医院，我会告诉他们应该做什么。"我相信她会好好照顾格蕾西。

马林综合医院的值班护士们认出了我们，因为格蕾西三周前就是在这里出生的。把我们转诊到加利福尼亚大学医学中心的那位面目和善的医生也在那里，他叫作席尔医生。"叫我埃里克医生。"他笑着说。这让我感觉自己像个十岁的孩子，但他想让我们舒心，这让我很开心。"你还记得我们？"我心中一喜。他笑着耸了耸肩。"不是每个新生儿都需要中央输液管或者用救护车转诊到加州大学的。"他说，"你的女儿很特别。"

有一个生病的孩子的一点好处就是：这证实了你内心深处偷偷相信的念头——你的妈妈在你的孩提时代咒语一般不断重

复的——你是特别的。当然了，技术上来说，只有你的孩子是特别的，但你是她妈妈，你造就了她，这是连带荣誉。

"埃里克医生"已经和科尔普尔医生在电话里谈了，记下了她的嘱咐。"你们的血液医生说，如果婴儿的比容低于二十，就让我们给她输血。"他说，"所以我们看看她的数值，然后就能知道该怎么办了。"他停顿了一下，检视着她，仿佛她是一个工程问题："她还有中央输液管吗？"

"没有，"我说，"我们出院的时候他们把它取出来了。"

"好吧，那我们得再介入了。我们可能会在抽血的同时插入静脉输液针。如果她需要输血的话，我们就已经准备好了。"

介入再次成为核心概念。

"好吧。"我说，根本不知道自己同意了什么，也不知道他是不是在征求我的同意。

一位护士走过来查看格蕾西的血管。"很难扎进去吗？"她问。我犹豫了。我不确定怎样才算难扎，我也不想让格蕾西变成难对付的患者。她还不到一个月大。但另一方面，如果她算难扎的话，是不是就能够得到一些特殊对待呢？我还记得她第一次输血的那天夜里与那个野蛮护士的经历。如果这里有一支杰出的静脉输液针置入团队，我希望他们现在就过来。

"她很难扎进去。"

"大多数婴儿都是这样。"护士说。她纤细柔弱，留着金黄色的清汤挂面头，脖子上戴着一个精致的十字架。她抚摸了一下格蕾西的额头，拉起一只手，在手腕处弯了弯，让手掌张开，与手臂呈九十度。皮肤和血管之间覆盖着一层婴儿脂肪，再怎么伸展也不会完全分散脂肪。血管隐约可见，很难精确地以必要的角度扎进去。护士摸摸格蕾西，看看她，又看看我，从这一系列动作中我可以看出，她永远都站在婴儿这边。

"你叫什么？"我问，心想一会儿要在记录本上写下"戴着十字架的友好护士"。

"玛丽贝斯。"她的注意力都在婴儿身上。

玛丽贝斯放下格蕾西的胳膊，抬起一只小脚。"我就看看，"她自言自语，也可能是在对格蕾西说，"我就看看，宝贝。"脚踝内侧有大血管，是静脉。随后我逐渐了解到，护士们不喜欢在脚踝的静脉进行注射，因为他们很难保证儿科患者不把输液针踢掉。而且脚踝异常敏感，充满末梢神经。但在紧要关头，静脉还是很可靠的。脚踝很容易转动，血管比较粗，足够针头进去。玛丽贝斯觉得左脚看起来不错。她转向我："你喂她喂得越多越好，保证她体内的水分充足有助于血管的膨胀。但别担心，我通常运气很好。"

我不想靠运气，我想要一个技术过硬的人，一个擅长把细小的针头扎进细小的血管中的人。但在她用酒精擦拭孩子的脚踝并拿起静脉输液针的时候，我并没有反对。

她用指尖感受了一下脚踝内部，试图找到脉搏。她短促地吸了口气，将针头滑了进去。搞定。一直在打盹儿的格蕾西尖叫抽搐着醒了过来。她睁开眼，然后立刻紧紧闭上，发出有节奏的哭声。针头的末端是开放的，血开始从那里一滴滴涌出来。玛丽贝斯把针头用胶带贴在皮肤上，在末端安上一只注射器，用来抽血。她允许我把格蕾西抱起来安慰。她安静下去。

"谢谢你。"我说，"上次试了六七次。"

"别谢我。"她用一只手转动了一下精致的十字架项链，然后向上一指，"谢他。"

孩子的血样送到了实验室。我在新生儿重症监护室和摇篮中的她一起等待着。又一次，我们待在放着一个个塑料盒子的房间里，盒子里都是生病的婴儿。

一对年轻的父母正试着透过保温箱壁与他们早产的儿子沟通。他们看起来像是从电影布景里走进了完全错误的房间。那个女人的头发光泽柔顺地披在后背上，男人个子很高，体格健美，穿着淡绿色的仿麂皮拖鞋。他们的孩子小得仿佛能放进茶杯里，四肢都连着各种线。那个男人抬头瞥了我一眼。尽管穿着昂贵的鞋子，他还是外表凌乱，濒临崩溃。我给了他一个无力的微笑。"他们比看起来要强壮。"我说。但我心想，没有任何东西能保护你们，青春，美貌，真爱，金钱，意大利拖鞋，什么都不能。任何人都有可能在无助和恐惧中低头看着自己的孩子。

任何人。

她还不到六磅重，但看起来比早产儿还是要大。我闻了闻她的小脑袋，味道仿佛混合着凝固的牛奶和烧焦的糖饼干，令人陶醉。我真想咬一口。或者把她整个儿吞下，让她躲开所有伤害。

护士玛丽贝斯拿着格蕾西的实验结果找到了我们。"她的数值还真低。"她说，"但几个小时以后她就能红润得多啦。"

我低头看看格蕾西，刚刚三周大的她马上要接受第二次输血了。"这可是个坏习惯。"我说，"真的是很坏很坏的习惯。"

埃里克医生过来告诉我们需要注意的事项。"给婴儿输血很棘手。"他说，"要注意不能给太多血，不然她的心脏会受不了的。"

"是的，"我说，"我记得第一次他们就是这么说的。"孩子还不到六磅重，我想知道她的心脏有多大——李子干或者棉球那么大？他们要如何准确地调整容量，以避免对"棉球"造成冲击？

"让他们算吧，"妈妈说，"这是他们的工作。"

"另外，"埃里克医生继续说道，"血液要经过配型，确保捐献者和婴儿完全相容。"他解释说这个筛选过程是必不可少的，因为如果不相容的话会产生负面反应，包括过敏性休克。他递给我一张同意书，上面都列着这些事项。我用又大又蠢几乎不可辨读的字体签了字，心想如果情势不妙我可以不承认这个签名。门的旁边放着一台急救车，有踏板，还有用来让心脏重新搏动的电流。"别担心，"玛丽贝斯说，"我们几乎用不着它。"

埃里克医生又说："为了减少反应出现的可能性，她要接受经过清洗的血液。"经过清洗的血液？不是所有的血液都要经过清洗吗？我绝对不会想让她接受脏血和来路不明的血。

我给布莱恩打了个电话。"我们又住院了。"我告诉他。尽管其中一方住在大陆的另一边，但有双亲的担忧总比只有一方担忧强。我还告诉他，新的血液学家看上去人很好，像是中西部的老奶奶，以最优生的身份从哈佛毕业。我还说，我们又在等着输血，他们要把血清洗一下，虽然清洗液体听起来荒唐可笑。另外，婴儿的心脏不比杏核大，所以他们要尽量不对它造成冲击，也不能让它停止。布莱恩沉默了好一会儿，电话里只能听到笔在纸上写字的声音。

我期待他说："我这就到。"

但他说："我一小时后再打给你。"

我们的血液到了，医生说："我们会把速度调得格外慢，让心脏有机会跟上。"我的脑海中出现一幅画面，格蕾西拼命划着一条独木舟逆流而上，身后，她的心脏也在一只小小的独木舟里，紧追不舍。

"我要把她放进保温箱吗？"

"抱着就可以。"他说，"把她的导线接上。"导线是我们和她体内唯一的联系。如果情况不对，导线会让我们知道的。

但警报并没有响起。她棉球一般的心脏欢快地跳动着，没有受到冲击，充满了来自不知名陌生人的血液。格蕾西真是从字面意义上依靠陌生人的善意活下来了。这是第二个陌生人。我试着想象她这些救命恩人的模样。爱喝酒的酒鬼？英俊善良的撒玛利亚人在从谷歌回家的路上走进血液银行？很闲的足球妈妈？不管是谁，我都想勾勒出他们的样子。一两分钟就好。

第二天，我们就可以出院回家了。穿过停车场，我跑了起来。

再次回到家中，她又是一个全新的女孩了。现在，她可以一连清醒几个小时，看着我，看着露露，看着一切距离适中的神秘物体，她认真地盯着。她变成了粉色，不再发黄。粉色！她咯咯咕咕地叫着，拍打着双手。她也会哭。她终于是个正常的婴儿了。一个有着充足血液、氧气和体力来大声宣示自己需求的婴儿。

"宝贝，"我在她用力吃奶的时候对她说，"你是奥林匹克吃奶冠军！"

后来，布莱恩打电话过来。"我们回家啦！"我用回答的语气说。"美好的消息。"他回答。我们开始用各种难懂的医学行话和新父母育儿经进行交谈。他会问："她还是喜欢弯脚趾吗？"或者，"他们有没有提过通过动脉通道介入？"我能感受他的担忧、他的关注、他关心的力量涌向我们。我把从医生那里听来的名词教给他，他花好几个小时在网上疯狂地查找着，比对着医学网站，还上了一个关于输血的速成班，想弄明白她到底是哪里出了问题，我们怎么能帮助她稳定住每一个红细胞。

我在脑海中把布莱恩想作《星际迷航》里的柯克船长（尽管布莱恩很有文化，但还是对柯克船长有种持久的敬爱）。我感觉，他像是乘着运输机从一段漫长的旅途中归来，一个粒子一个粒子地重塑我们的生活。

8

整个车库间弥漫着尼泊尔的味道。苏西在给我们做尼泊尔风格的晚饭，都是些平常的饭菜——豆子饭（小扁豆和米饭）配塔菜（蔬菜）再加上渍土豆（腌土豆小菜）。我最喜欢的就是渍土豆，煮过的土豆上撒着芝麻，配有磨碎的青柠、辣椒和盐。几乎不可能像我们在尼泊尔住在一起时那样做饭。但当苏西下定决心做一件事的时候，简直无法阻挡。她曾经给整间厨房的流理台和大型器具都喷上了"砂砾感"的人造漆，一次就用完了一整罐。

我用勺子蘸了一点。"看上去挺正宗的，苏西。好吃。"

"对吧？我就知道。"她笑了。

苏西、大卫和我三个人在世界学院西区上学的时候，几乎在尼泊尔待了一年。我们的学校很小，是一所文科院校，创建的理念是每位学生在毕业的时候都应该将自己视为世界公民。

世界学院西区要求学生选择一个发展中国家，在那里度过学业的第一年，可以在中国、墨西哥、前苏联或者尼泊尔中选择。所有从中国回来的学生都说那里的宿舍要冻死人，前苏联听起来太过于……令人生畏。墨西哥感觉像是我们之后自己也能去的地方。所以苏西、大卫和我都选了尼泊尔，这是一个让我们终身都感到快乐的选择。大卫回来之后有了尼泊尔名字达瓦，我们从那以后就这样称呼他。

　　即便十年后的今天，我们还是经常互相说尼泊尔语，为了好玩，为了说悄悄话，或者只是想说说而已。有时，我的梦都是尼泊尔语的，像个五岁的孩子在说话。尼泊尔语很好听，音调抒情，抑扬顿挫，充满长元音。Rungi chungi 意思是彩色的，Geeli meeli 意思是明亮闪烁的。我们为这个国家所深深着迷。这里风光秀美，洁白的喜马拉雅山下铺着翠绿的稻田。这里文化丰富，几乎每周都有节日，高潮总是节日公主身着红色丝绸盛装，端坐在木辇上由人们抬过庆祝者的头顶。尼泊尔人非常低调，而且基本可以算是我遇到过的最友善的人了。如果你能对小店主磕磕巴巴说上几句尼泊尔语，他们立刻就会给你端上甜甜的奶茶。

　　苏西、大卫和我想念尼泊尔，做尼泊尔菜总是一种能够安抚我们的行为。

　　苏西把大卫叫了进来。他刚才一直在和露露扔球玩，进屋之后露露也跟了进来，想把头挤进他的手里。神奇的狗狗，最有感情的狗狗。我们坐下来吃饭，露露坐在我们的脚边，等着偶尔有土豆块落在它的面前。格蕾西醒了一次，我把她抱在怀里，放在膝上，我们聊了聊共同的朋友，聊他们的女朋友、男朋友，或者两者都有。他们找到工作，或者丢了工作，还有一些聪明人在教堂区改建之前就在那里买了房子。我们聊了美国政治令人绝望的现状，还有更令人绝望的尼泊尔政治，还有吃什么甜点。晚饭后，达瓦跑出去买。

苏西和我坐在沙发上，格蕾西夹在我们中间，在把辣的食物送进嘴里的过程中尽量不撒在她身上。晚饭后，我说："达瓦，你能去买点纽约超级巧克力软糖冰淇淋吗？"他立刻去了商店，随时准备好进行小小的冒险。

苏西和我静静地坐着，我们各放了几根手指在孩子的肚子上，感受着那里的起起伏伏。

"她是你的孩子。"她说，"你都有孩子了。"

我们在各自十九岁和二十一岁的时候相识。从那时开始，我们就站在聚会的角落里聊八卦，我们一路搭便车从圣地亚哥活着到了下加利福尼亚，我们考虑要不要和鱼龙混杂的男朋友一起嗑摇头丸。

"我想我们长大了。"我说。

"你和布莱恩聊过吗？"

我犹豫了。说到布莱恩，苏西现在可算不上喜欢他。"嗯，"我说，"但没聊过我们之间的事，都是关于她的。他记了好多笔记，查了好多东西。"

"他记笔记？"

"他查那些我告诉他的东西。比如我告诉他，扎输液针的时候孩子哭叫，他就去查了婴儿的疼痛缓解。很显然糖会有帮助。但你要怎么喂一个婴儿吃糖？他在为她操心。"

"隔着老远。"

我没有告诉苏西，我们的谈话常常夹杂着长长的、无法穿透的沉默。我们都克制着自己，不发一言，害怕说出什么话，点燃我们之间的沉默。

吃完甜点之后，我们看了一部电影，有关枪、肌肉车和爆炸。我把脚放在达瓦的膝盖上，头枕在苏西的肩膀上睡着了。孩子也在我身上睡着了。他们两个都不想叫醒我们。露露趴在凉爽的瓷砖上。电影结束后，周围的静寂唤醒了我。

"谢谢你们。"我说。不仅仅是为了晚饭和甜点，也不仅仅是为了充当懒懒公子休闲椅让我在你们身上入睡。谢谢你们这一年来的友谊。谢谢你们在我怀孕和悲伤时的那些晚饭，让我在你们宽大舒服的沙发上过夜。谢谢你们在我怀孕和孤单一人的时候买了那个又大又舒服的沙发，知道我会在那上面度过很多个夜晚。谢谢你们陪我去买咖啡，谢谢你们在格蕾西出生的时候疯了似的开车赶到了医院，否则她会生在车上。谢谢，谢谢，谢谢你们。

在尼泊尔，人们不轻易道谢，也不常道谢。并不是他们不知感恩，而是因为搭把手、帮忙、普遍的善意、体现集体精神的行为都是理所应当的，交织在日常生活中。道谢这一行为相当正式。苏西、大卫和我也接受了这一理解。感谢并不是我们的友谊中经常交换的东西。

"不客气，哈珀。"达瓦说着，拥抱了我。

苏西站在门口。"她在睡觉呢，"她说，"别吵醒她。"

他们走后，我花了一个小时好好看了看孩子，心不在焉地用脚爱抚着露露。

接下来的日子一直是一样的神游状态，几周变成了几个月。和妈妈、弟弟们、苏西和达瓦或者凯西一起，甚至只和露露一起吃晚饭。日复一日地做着家务，轻摇婴儿，喂奶，完成着婴儿的三部曲：吃、睡、拉。

艾米莉亚—格蕾丝快乐又完美，粉嘟嘟的，充满活力，常常发出吱吱的叫声。然后，随着红细胞数量的减少，她如同一个玩具，绕圈的机制慢了下来，最终停止了。苍白的孩子，没有反应，是输血依赖的标准定义。

"至少我能摸着她的规律。"我告诉妈妈，"血足的时候有精神，不足的时候没精神。"我们重复了呼叫 K 医生和回到马林综合医院接受输血的过程。然后是一周多的幸福时光，她比以往更有精神，更机灵，全身上下都更粉嘟嘟。有了血液，她发出咕咕的叫声，朝我摆着小手，也更用力地抓住我的乳房。

我可以再次相信，她没事了，不用睡着睡着就起来观察她的呼吸了。然后，又是直往下耷拉的眼皮，长得过分的睡眠，像个没电了的小兔子。

我检查了她的下眼睑。粉色？还是苍白色？我按了她的甲床。如果还是粉红色的，这就是个好兆头。而苍白则是坏苗头。

焦虑一累积到无法承受的水平，我就立刻给科尔普尔医生打电话。她指导进行血液检查，我们会知道格蕾西到底有没有"维持数值"，这个短语频频出现，好像糖果一样，是一种甜美的可能性，可望而不可即。

科尔普尔医生不知道是什么导致了格蕾西拥有这样不稳定的红细胞，但这并没有打击她的乐观精神。既然不知道病因，她看起来很乐意多多少少编造出一些可能的答案，即便错了，也能带来心理安慰，而无关乎数据的准确性。她一再对我们做出保证，然后修改自己的期限。"可能三个月大的时候就能解决了。"她开始说。到了第四个月，她说格蕾西六个月的时候就能"维持数值"了。但到六个月的时候，格蕾西还是需要定期输血。她告诉我们，这种病有可能到孩子一岁的时候"自己就好了"。

我喜欢听到自己就好了这句话。我也希望我一夜之间自己就变好了，更加文雅高尚，更有耐心，少怼医护人员，更聪明，更和善，更可靠，可能的话还想更优雅。但没有什么在自己变好，数值总是维持不住，奇迹般的痊愈总是在一两个月之后，像是我们一直追寻却总也到达不了的海市蜃楼。

艾米莉亚—格蕾丝三个月大的时候，她已经接受了四次输血。他们接诊了我们四次，刺破她的皮肤抽血，用来与捐献者的血样进行对比。刺破她的皮肤把静脉注射针扎进她纤细的血管中。血袋挂在她脑袋的上方，静脉注射的管子接好，心脏和脉搏及氧气监护仪的导线也接好，以保证她的小器官不会淹没在新注入血液的洪流之中。等待着血液一滴滴缓慢地滴下。断开导线，滑出静脉输液针，让我们回家。四次了。

布莱恩从来没有亲身经历过一次。一天，一小时，一秒，都没有。他详细地听我讲述了这一切，在医学网站上全方位调查着。但这什么都不是，只是单词、图片、信息。他没有和一个会呼吸的婴儿相处过片刻。

一天晚上，他说："我过去怎么样？"

我希望他会想看看她，我希望他要求来看看她。但我下定决心，不用自己残留的愤怒或者期待去污染格蕾西与爸爸之间的关系。尽管我的父亲真的是误入歧途，不负责任，但我的妈妈却总是竭尽全力保护我爱爸爸、了解爸爸的权利，不受她对他批判眼光的影响。我也想对格蕾西做同样的事情。但从我个人角度来讲，我不确定自己还想见他。

我们那时候在聊加利福尼亚的热浪，孩子起了大片大片细小凸起的红疹子。

"我想知道的是，"那之前的一刻我还在说，"这种疹子是不是某种严重的症状，会带来令人激动不已的新医疗问题。"

"可能是痱子。"然后他说，"我过去怎么样？"

怎么样？太迟了，不够，绝对不够，让人糊涂，疑惑不解。不怎么样，糟透了。同时也好极了。再没有什么比这更好了。我们双方都理解，同时这看来也是布莱恩的本意，他要过来看他的女儿，而不是我。

"这值得一谈。"我说。

"我们这不是正在谈嘛。"布莱恩回答，"你怎么想？"

我想我要为他给我带来的痛苦而痛恨他。我想看在格蕾西的份儿上原谅他。我希望格蕾西的生命中能有爸爸，但不由他说了算。我希望她的爸爸在她需要的时候能在她身边，不管他有没有"准备好"。但布莱恩是她的父亲，她没有其他父亲。就算他陪伴她的方式有限，但总比没有强。

"见她是第一步。"我说。

"我想要第一步。"

"是吗？"

他重复了自己的话，不仅仅是那一次，而是在我们下一次通话的时候，然后是下一次，直到我开始发现，我对他的爱与恐惧的天平已经倾斜了，心理上有摇摆的余地了。我们制定了计划：他八月初过来，那时候格蕾西四个月大。

她差不多还是肉乎乎的一团——不笑的时候，从特定的角度看起来还是出奇地像阿尔弗雷德·希区柯克——但她是他的女儿。

9

布莱恩还没发现我。他靠在一根灯柱上，读着他永远也读不完的普鲁斯特，不时停下来打量一下街区。我心想："哦，布莱恩还是老样子。"我曾经期待他的外表能有大改变，但他看上去没什么不同：态度散漫又温和的书呆子。他不是我想象中那个怪兽一般的家伙，张牙舞爪，一遍又一遍地说着"我不想要你想要的那些东西"。即便距离他五十英尺，他脸庞的轮廓还是让我的内心充满爱情伊始时的那种富足感。我将这种感情挥去。他这次来访是为了格蕾西。我只是勉强容忍他的存在。

他又抬起头，看到了我。他的脸上有某种柔和与不加防备的神色。我希望自己能看起来更矜持。

他将普鲁斯特收起来，走向我停车的地方。

"车挺漂亮。"他说。

我那辆褪色的沃尔沃，他也付了一部分钱。

"很高兴你喜欢它，你还是股东呢。"

我们相视而笑，感觉仿佛月球漫步。

我们回到车库间之后，我带他参观了屋里的陈设，然后去隔壁妈妈家把孩子抱过来。我将她盛装打扮了一番。大多数婴儿在第一次见到父亲的时候都是裸体的。艾米莉亚—格蕾丝穿着她的白色棉质婴儿服，领子上绣着玫瑰花蕾，就是她从医院回家穿的那件。当时她刚出生，穿着还空空荡荡的，现在则很合身了。第一次和他见面，她穿着自己第一件真正的衣服，这多少看起来也算合理。我把她带回车库间："信不信由你，那扇门后面是你爸爸。"

布莱恩站在厨房的门口，犹豫着。他看看她，看看我，又看看她。我不记得他说了什么，也不记得他到底有没有说话。我记得他哭了，静静地哭泣，这样不会吓着孩子。她一直兴高采烈，十分好奇。她伸出手，拉掉了他的眼镜，拍着他的脸。他给她带了一些毛绒玩具，她看到玩具的颜色，咯咯地笑了起来，伸手去拉边缘的蝴蝶结。布莱恩看着她，看着她，一直看着她。

这次来访很短暂，只有三四天。他大部分时间都在盯着她看，试着消化她存在于这个世界上的事实。如果她发出咕咕声，而不是平常一直会发出的小笛子般的吱吱声，他会注意到。她打嗝，或者胀气，或者打喷嚏，他会注意到。她微笑的时候，他的整个宇宙都变大了。肯定没有谁被这样充满兴趣地凝视过。尼尔·阿姆斯特朗在月球上跳跃前进的时候没有过，穆罕默德·阿里在拳击场上叱咤风云的时候也没有，甚至那个马槽中的小家伙都没有被他的贤者这样崇敬过。他们都没有享受过比格蕾西现在所受到的更稳定、更全神贯注的凝视，来自她父亲的凝视。

他对她的喜爱也带来同等甚至更深的恐惧，他害怕不小心伤害她。他并不能轻松地抱着她，就连坐着的时候也是担惊受怕，除非是用婴儿背带包在他的胸前。就算是这样，他抱孩子的姿势也是千奇百怪，像是一个男人被错误托付了一件罕见而珍贵的物品。

布莱恩在这里的最后一天，我们开车去了塔姆山里的一座水库，叫作拉嘎尼塔斯湖。我们把车停在距离水库一英里的山下，走了上去，布莱恩用婴儿背带抱着格蕾西。我拿着带婴儿去任何地方都要带的装备。我们正往山上走着，格蕾西拉掉了布莱恩的眼镜，扔到地上，笑了起来。布莱恩停下脚步，双手抱着她，对我说："你能帮我捡一下吗？"他不愿意松开手，连松开一只都不行。我把眼镜重新戴回他脸上。格蕾西大笑起来，又把它扔掉了。然后又一次。她看起来很享受这个小游戏。最终，布莱恩把眼镜收进口袋里，然后格蕾西又莫名其妙地笑了一会儿。她笑的时候，小脑袋一上一下，像是淘气的哈勃·马克斯。在整个过程中，布莱恩都把她紧紧抱在胸前。她看起来并不在意额外的保护，这并没有阻止她调皮捣蛋，没有阻止她的头上上下下，也没有阻止她新生的幽默感。

爬到山顶的时候，已经是日暮时分。水面是灰白色的椭圆形，反射着高挂天空的银色云朵，偶然间杂着一抹蓝色。没有风。我们铺开一条毯子，把孩子放在上面，让她盯着桉树叶镰刀形的影子在自己的脸上和胳膊上嬉戏。

在此之前，我们一直永无休止地喂孩子、带孩子散步、轮流抱着孩子。肩并肩，却不是面对面。现在，我们坐在野餐桌的两头，看着彼此。好像过了很长时间，我们都没有说话。鸟儿啁啾，天光在格蕾西的毯子上蓄积成琥珀色的光斑。格蕾西发出一连串的咿咿呀呀，让人想起一个小鱼缸，带来一阵稳定的、安抚人心的水声。

"对不起，我伤害了你。"布莱恩说。非常简洁，非常直白，因为这就是他的风格。

"谢谢你。"我说。

我们又在那里坐了一会儿，相互对视，回头看看毯子上的格蕾西。她现在睡着了，仰着头，支棱着一只耳朵，像是在聆听一个只有她才能听到的答案。

"看见这个了吗？"我撩起她脖子后面丝绸般柔滑的头发，露出草莓形状的胎记。

"没有。"布莱恩说，"谢谢你指给我看。"

天快黑了。野餐桌是木质的，老旧开裂。我拉动一小块木头，把它撬开了。布莱恩又说："对不起。"我低头看着格蕾西，她的胸口随着睡眠中的深呼吸有节奏地上下起伏。他对不起？

"对不起"在这个语境里的含义是什么呢?

我想要的是他的好奇。我希望他问我,怀着孕独自一个人是什么感受,她出生那天是什么感受,还有每一次输血。我想让他说:"把一切都告诉我。"但他没有问,我也没说。我也没问他独自一人的时光,还有他的女儿出生在这个国家的另一端,对于这些他都是什么感受。

但我们之间浮现丝丝缕缕的原谅,不多,不是潮水般的原谅,更像是一顶帽子可以装下的那么多,就一点点。我们共同爱一个人,这是个开始。

我们彼此震惊的产物此时正在用我们脚边的一只手撑住毯子,抬起脸,等待着我们的夸奖、我们的微笑。她脸上挂着的微笑毫不设防,无拘无束,笑得眼睛都眯了起来。她像每次笑的时候一样,全身心投入到这个笑容里。现在,她第一次在小的时候微微抬起了左边的眉毛。

她的爸爸大笑起来:"这对于一个婴儿来说真是高傲的表情啊。"

"是你标志性的挑左眉毛!"

"是吗?"他说。但我能看得出来,他同意我的说法。

我们收拾好东西,向下山的路走去。天完全黑了,下山的路比我们兴高采烈的上山之旅看起来更危险。布莱恩把格蕾西紧紧抱在胸前。他害怕摔了她,我希望这保证了他永远不会把她摔了。

月亮还没有升起来,山间小道上几乎没有别的登山客。我们默不作声地嘎吱嘎吱踏过山路，树枝在我们的头上摇荡，水库成为我们背后圆滑光洁的黑色开阔区域。再过几个小时，布莱恩就要坐上回纽约的飞机，孩子和我会回到我们的车库间里，回到我们睡觉的阁楼上，回到忠心耿耿的露露、爱我们的朋友、舅舅们和姥姥姥爷身边。他们都无法带来此时这种恰如其分的感受：我们一家三口在黑暗中走下山去。

一对年轻的情侣正往我们相反的方向走，停下来逗格蕾西。"你的宝宝真可爱。"女人说。她对我俩说话，和所有人一样想象格蕾西是我们的孩子。她不会想象到她是我一个人的孩子，只能部分算是他的孩子，而只会认为她是我们两个人的孩子。我俩都没说话。谁会向陌生人喋喋不休地讲述冗长痛苦的爱情故事呢？呃，其实我怀孕的时候他离开了我，前天才第一次见到这孩子，也许是大前天。我们僵硬地微笑着，向前走去。魔法失效了。我们对彼此是半个陌生人，住在大陆的两端，恰好有了个孩子。

第二天，我们开车去机场，路上断断续续地交谈着。孩子不喜欢坐很长时间的车，所以我们把她留在家里，让我妈妈照顾。只有我俩单独相处，这感觉有些尴尬。没有她在后座嘟嘟囔囔，我们坐在同一辆车里的前提站不住脚了。

"你带她带得很好。"我必须得说点什么。

是真的。尽管忧心忡忡，但布莱恩在整个过程中都很成功，也许正是因为他的谨慎，孩子没有一点磕碰。告别的时候，他告诉格蕾西："我真高兴没有摔到你。"然后，他亲了亲她的头顶。

我认为，再次离开她，回到这个国家的另一端，也是某种形式上的"摔到她"。但我肯定不会让他留下来。如果不是困惑于我想和布莱恩共度的是哪种时光，我什么都不是。我是说，如果我还想和他共度时光的话。但他这次来对格蕾西来说绝对是好的。她正式认识了父亲，他也认识了她。

停在出发口外的路边，似乎一切皆有可能。布莱恩可能会飞奔回到车上，求我让他留下来，或者坐上飞机，此生不复见。又或者，我们两个都缺乏极端的勇气，就这样在纠缠中变老，低头盯着地面。但都没有。我们简单拥抱了一下，喃喃地说了再见。

布莱恩抬头看着我："谢谢你允许我和她在一起。"

"不客气。"我说。一位交警在空气中挥手。时间到了。我发动汽车，布莱恩走进航站楼。大家都回到自己原本的位置。

到家的时候，答录机上有一条留言，他登机之前在登机口留下的。"嗨，"然后是长长的停顿，"我打电话只是想说……"空气凝固了，然后是含混不清的机场光波。"过去的几天是我一生最开心的日子。"

10

接下来的几天，我把格蕾西看成一个气球，下面两只手交握着牵着她的线的，是布莱恩和我。我们会拉住她，两个人一起。但在我的希望旁边，是破坏欲那令人不安的比例。如果让那幅画面徘徊在脑海中，我会看到我狠踩布莱恩的脚，猛踢他的膝盖，怒咬他的脸，使劲挠他让他放手。这是我女儿，你给我松开。

怀孕的五个月，只有露露陪我入睡。独自照料格蕾西，带她一次又一次输血。我的单手生活。他离开了，没有明说什么时候会回来。甚至会不会回来。去死，他说这话真应该去死。但也要保佑他。

我没有把这条留言告诉任何人。连妈妈和凯西还有苏西都没有告诉，甚至也没有告诉我的治疗师弗吉尼亚。

我从五岁的时候就认识弗吉尼亚了。在我之前，她是我妈妈的治疗师。在上个世纪七十年代甚至八十年代，格式塔心理学更加流行。尽管现在人们对之大皱其眉，但它很适合我们。

我妈妈在自己的生活最为混乱的时候遇到了她。那时，妈妈二十五六岁，要抚养一个年幼的女儿，还有一个瘾君子男友，做着零碎的工作（尽管她有硕士学位），还有一对望女成凤的父母，希望我妈妈的外表、行为、性格都循规蹈矩，但即便我妈妈想变成这样也不可能，更何况她并不想。见到弗吉尼亚，可以感受到她的温暖和幽默，还有对诞生于七十年代早期加利福尼亚的那种混乱和懒散的宽容。她是我的世界中最平静和理智的人，无人可望其项背。但同时，她既调皮又爱玩。

一开始，妈妈在治疗的时候带我过去，让弗吉尼亚十几岁的女儿们照顾我，或者让我待在牧场的篱笆边，和她的马一起聊天。我最喜欢的马是一匹倔强的小马驹，名叫罗格莫斯。谁会给小马驹取名罗格莫斯呢？我那时候想。这名字是什么意思？我有一次问弗吉尼亚，她说："哦，我忘了，但这叫起来不是很有意思吗？"

弗吉尼亚常常迟到，一手挎着大包小包，另一只手试着把细软的头发拍蓬松，一边道歉一边飘然而至。但她一旦坐下来，你就占据了她全部注意力。这感觉像是直接坐在阳光下，她照亮了房间里的一切——你问题的关键，或者你潜力的巅峰。

我们的规矩是我要把一切都告诉弗吉尼亚。但在第一次治疗中，我没有告诉她过去的几天是我一生中最开心的日子。我想留下它，把这些话语中晦涩的承诺变成掌心的石头，散发着热量。我想自己思考，不希望受到脑海中任何声音的影响。

"我想这就是犹太人吧。"弗吉尼亚回应。

很好，我说，如果他真的在乎，那他怎么能容忍再一次哪怕一分钟离我们这么远呢？

"你是在问他为什么不能改变吗？"弗吉尼亚说，"人们会那么做吗？"

"我不在乎人们怎么做。"我说，"一个人对我的伤害超出了我的想象，我为什么还要为他冒险呢？"

"我不知道。"弗吉尼亚说，"为什么？"

我打量着她长长的若有所思的脸庞。我知道，弗吉尼亚将第四个女儿（一个意外）独自养大。她中年意外怀孕，孩子的父亲选择退出。鉴于她本人的过去，我一直期待弗吉尼亚能够提倡单身父母，觉得这种形式比混乱棘手的伴侣关系要好。也许我甚至期待她能够反男性。但看来这并不是她的立场。她像一直以来那样，敏锐地关注着成长的可能性。

上个世纪八十年代，波尔布特势头正盛，弗吉尼亚去过泰国的柬埔寨难民营。在那里，她出资帮助几个家庭在湾区安下身来，帮他们找到工作，在新生活中安定下来。如果人们失去一切——国家、生命、身份还有所珍视的人——却还能够找到前行的道路，不管多么没有把握。那么像我这样只有这种小磨难的人一定也会有希望的。

她秉持着这样一个坚定的理念：不论事情多么糟糕，一定会有转机。

那么人们在弗吉尼亚西马林住处的沙发上也一定能够找到希望。不过，她从不劈头盖脸地将其他人的痛苦扔给你。她从不让你觉得，你的问题微不足道。

我心神不宁地开车回家，把收音机调得越来越大声，以掩盖我自己的思绪，后来干脆把收音机关掉，脑海中只回荡着我思考的声音。布莱恩曾经指责我无意中在精心安排单身母亲的生活，因为考虑到我的家庭历史，我不相信任何男人能够成为安全的父亲。他说这话的时候我们正坐在一家古巴中餐厅里，我怀孕了，他刚刚重申了自己的意愿，不想成为我的伴侣，或者说不想以任何传统的方式做这个孩子的父亲。然后，他要求AA制付账。我当时太生他的气了，为了一切，包括他不肯为我付我那部分古巴—中国鸡肉的钱。我对他的指责不屑一顾，认为他只不过是在让自己为这个决定感到好受些。但开车下山的路上，慢慢沿着山路转弯时，我意识到，这其中也许存在着最小最小的真实因素。在我的童年里，我妈妈与三个男人生活过，他们都伤害过我。不是三个之中的两个，也不是三个之中的一个，而是三个之中的每一个。这些事实很难反驳。

我是不是借着自己无意中的愿望而陷入了现在的不幸？我

不知道。我们的行为是出于有意识和无意识欲望所结合而成的莫洛托夫鸡尾酒。而且，我们只是不停地做。

第二天，布莱恩又给我留了一条信息："你怀孕的时候我不在你身边，是我人生最大的后悔。"

我回了个电话给他。接电话的时候，他说："希瑟·哈芬。"

"嗨。"我说。

他又把这个词抛了回来："嗨。"

然后我们沉默地坐在那里。不是我们共同有意为之的那种沉默，不是因为愤怒、失望或者压抑而产生的沉默，其中浸满没有表达的憎恶。而是一种具有张力的沉默，充满感情的沉默。可能性在我们之间拉紧通电的电线上往来奔驰，这电线是由没说出口的话语构成的。色情的沉默。

最后，我说："好了，再见。"

"再见。"布莱恩说。我们放下电话。我希望是恰好同时。同步舞蹈，中间隔着一片大陆。五分钟后，他又打了回来："我一直在想什么时候能再来。"

11

布莱恩第二次来的第二天晚上，格蕾西和我送他回他住的
圣安塞尔莫旅馆。格蕾西现在差不多六个月大了，夜里还是会
醒。我不知道带婴儿去小旅馆算怎么回事，但我还没准备好带
布莱恩回我的车库间，向妈妈透露我们和好的消息。我知道，
不论我做什么决定，她都会支持我。我知道她有时候觉得我怀
孕时不和布莱恩联系太倔了，太不知变通。我知道她无论如何
都希望格蕾西和我幸福，如果这意味着和布莱恩重修旧好，她
一定会第一个高兴得跳起来。但不论过去一年在她看来我有多
悲惨，这都得一步一步来。更重要的是，在我还没想好我要怎
样的时候，我不想遵从她的意愿。

所以，我们去了旅馆。房间很黑，很小，充满了橘子空气清
新剂的味道。但格蕾西觉得棒极了。一个全新的环境可以用来受
挫！过去几周里，她一直四肢着地，前后摇晃着作势要开始爬。

布莱恩在地毯上放了一只鲜艳的蓝色玻璃瓶，距离她的手有几英尺之遥。她靠着膝盖和双手支撑起身体，又开始摇晃，身体起伏，竭尽全力，全力冲刺，全身抽动，都是不协调的前进动作所带来的。她重复着生命从大海走上陆地的挣扎，想让两个膝盖开始合作。她努力向瓶子前进，更多的是靠着意志，而非身体的动作。格蕾西扭过脖子，看着身后。我还在吗？在呢。布莱恩在吗？在呢。

"上啊，宝贝，"我说，"上啊，艾米莉亚—格蕾丝。"布莱恩什么都没说，只是把瓶子挪远了一点。格蕾西开始了更多的努力，拖着膝盖，脖子伸长又回缩，像乌龟一样。她是不是打算靠头去碰那个瓶子？然后她伸出手，五指张开，瓶子摇晃起来。她回头看着我们。我们朝她笑着，赞许和骄傲在我们这个小三角之间来回流淌。

"了不起的瓶子挑战。"布莱恩说。孩子的第一次爬行，这是一个平凡的时刻，但又是一个让我们感到格外甜蜜的时刻。无尽的甜蜜来自她，在我俩面前。

成功碰到玻璃瓶后，格蕾西和我收拾东西，准备回车库间过夜。我靠在门框上，一手拿着包，一手托起孩子靠在臀部："再见。"

布莱恩靠在门厅，我们之间的距离只有几英寸。

"你可以留下来。"布莱恩说。

我们第一次约会结束的时候，那是两年前，也是有孩子之前，我们站在我位于第十二街的公寓门口，布莱恩宣布："我要吻你了。"我在这个门厅里，与那时一样感受到一股相同的兴奋。只是现在，其中夹杂了悲伤、担忧和不确定。

"带着她不行。"我说，"她夜里会醒，会哭。"这是一次佯攻，是一记悬空球——我们都知道——但我要花时间想想。

"好吧。"布莱恩说，"改变主意的话打电话给我。"他碰了碰我的肩膀。将近一年以来，这是我们第一次去触碰彼此。

当天晚上，我用婴儿背带背着格蕾西散步去了防火带。在铺好的小路尽头，我们穿过从来不锁的金属门，走过写着禁止烟火、没牵着的狗、马匹、香烟、明火、啤酒瓶和无人陪伴的十二岁以下儿童的防火安全须知。"你进来是合法的。"我告诉格蕾西，"你和我在一起。"我从十岁开始就带着各种各样的违禁品穿过这道铁门，包括大麻烟卷、没牵着的狗和目中无人的小马驹。爬同样一座山爬了二十三年，它从未变老。而现在，我有了同伴。

格蕾西踢了踢腿，小脑袋一上一下，发出了迄今为止最大的叫声，欢快的尖叫声长长地刺破夜空。是什么让她如此激动？是不断暗淡的光线，桉树的味道，旁边山头上两只画着圈相互追逐的黑色拉布拉多犬？是她既身处母亲的怀抱，同时又可以看见世界的一角？

我试着将思绪集中在布莱恩身上，思考该怎么做。怎样对格蕾西最好？是只跟我生活在一起，还是在世界边缘的某处还有个爸爸？更处于中心地位的爸爸怎么样？如果这个处于中心地位的爸爸不能从一而终怎么办？如果他会伤害她怎么办？然后怎么办？还有，我想要什么？是什么在背后推动着我想要的？我能超越自己的经历，为格蕾西想象出一个未来吗？

我是作为独生女长大的，但我有兄弟姐妹。这很复杂，我需要一张海报那么大的纸和 Sharpie 记号笔才能解释清楚。但简单地说，我是我亲生父母唯一的孩子，他们后来都和别人结婚了。这些"别人"都有自己的孩子，而我的亲生父母也都和他们生了孩子。

我小的时候，每天的日子就是和妈妈一起度过，我们是勇猛无畏的二人组。我的爸爸是周末爸爸。他很爱我，却不是全心全意。爸爸在我七岁的时候再婚了，对方有三个年幼的孩子。突然之间，每隔一周的周末会面，我变成了四个小孩之一，然后我的妹妹出生了，我变成了五分之一。这在某种意义上有点意思。终于，我身边有了其他小人儿！我的爸爸像是将那作为单身生活最后的挣扎一样，保留了他的红色卡曼·吉亚跑车，我们刚刚成型的新家庭成员从里面鱼贯而出，就像小丑一样。

但总的来说，我不喜欢去爸爸家。那里总是很吵，很多人在说话，不再是围绕我一个人了。

我的爸爸从抚养一个低调的孩子，变成了抚养一大群，其中很多都对整个情况心有怨恨。在这种压力下，他周期性地变成我只在电视上见过的那种恐怖的爸爸。他会追着我的继兄弟们满屋子跑，声音中充满威胁恐吓，拳头中攥着揉皱的报纸。

当他抓到他们的时候，会比打在报纸上尿尿的小狗一样更狠地揍他们。他们躲在楼上的卫生间里瑟瑟发抖，直到他平静下来。我还记得自己跪在楼下的卫生间里，祈祷有什么东西能代替他缓和这个局势。我看得出来，爸爸被他生活中的混乱打击得目瞪口呆，无暇顾及我生活的动荡。

和妈妈在一起的生活也无法预测。尽管一位无所畏惧的单身妈妈和她梳着马尾辫的小伙计看起来像小伙伴一起冒险的电影一样，但在我们的这部电影里，男朋友的角色却在不停变化，而且并不是所有人都心地善良。我十六岁、她三十七岁的时候，她终于再婚了。她深爱一个男人，并且怀了他的孩子。而这个男人在她怀孕八个月的时候被她说的话激怒，打得她的右臂从肩膀到胳膊肘青紫一片。

一个下午，我从山上的防火带走下来，听到刺耳的尖叫，是那种人们觉得自己有生命危险时发出的尖叫。我向车道走去的时候，妈妈和我擦身而过，坐进车里。"他疯了。"她透过车窗对我说，"真疯了。"然后她开车离开。我转身重新上山，向防火带走去。

后来，我用投币电话打给了凯西。我们都很熟悉某种类型的家庭剧。她和往常一样开着大约产自1970年的青蓝色马自达来找我，敞开的车篷是白色的。她的父母处在离婚的边缘，但他们没有大声争吵。他们的房子里摆满了她母亲抚慰人心的雕塑，用雪花石膏制成的倾斜形象。这是一个能躲避任何风暴的好地方。

但这场风暴没有结束的时候。

弟弟伊凡出生的时候，我透过加利福尼亚大学旧金山分校医学中心育婴室的窗户边哭边看着他。我一定是站在那里哭了很长时间，因为一位护士走了过来，对我说了些安慰的话。我想告诉她，这是喜悦的泪水，这的确是。但同时也是挫败和震惊的泪水，还有将我吞没的无助。我的妈妈就要留这个男人在身边了。事实上，仅仅几年之后，她会再给他生个儿子。我无法想象选择一个暴力的男人做我孩子的父亲。但她自己的父亲在工作和家庭中也都很暴力（他是拳击手，也是摔跤手），所以这个循环在不断继续。

　　我的原生家庭从我的父母开始延伸，形成了一张错综复杂的网络，裂痕重重，包含着毫无关系的兄弟姐妹、半有关系半没关系的父母、不甚清晰的规矩、满溢的爱，同时也有实实在在的伤害。我的双亲为我带来的有父亲的家庭生活在我看来，往好了说是毫无吸引力，往坏了说，则是彻底的危险。

　　我最为平静和舒服的童年时光是在我很小的时候，那些年是最重要的，也应该是印象最深刻的。那时，我生活在孩子和妈妈这个范式里。这是我人生最初的地图，在这个地图上，我找不到布莱恩应该在的位置，更不知道应不应该信任他。

　　我一个人无所事事的时候，露露冲上山顶，和两只黑色的拉布拉多犬玩了起来。孩子和我步履艰难地跟在它后面。我们站在那里看着露露玩耍，格蕾西又尖叫起来。我亲了亲她的头，她握住我的两根手指，使劲握住。不是那种反射性的抓握，而是有意识的行为。"你是我的。"她的抓握告诉我。"我非常同意。"我说。但我们的世界是与世隔绝的，是一个具有单一权威的密闭体系。而且这个世界太熟悉，我从还是个小女孩的时候就生活在这个故事里了。

我想知道一家三口是什么感觉，两个稳定的成年人，带着他们的孩子。也许我会失败，也许我不能原谅布莱恩，或者也许我在这座山顶无法预见的无意识动机会让我们脱轨。也许布莱恩的天性使他没有足够的空间来进行这种程度的改变。也许我的天性也不行。但至少，这是新的情节，比"妈妈和女儿"与这个世界的对手戏更进一步。它蕴含的潜力能够带来充满惊喜的人生，多种多样的想象力所带来的产品，所给予的礼物。

我开始向山下走去。最糟糕的情况是什么？一些不好的事，我想。最糟糕的情况来自我对我的父亲们和父亲形象的了解。无法忍受。但布莱恩也许不同。他走投无路的时候会反抗，会自私。但谁不会？他和伴我长大的那些父亲们都不一样，没有我所害怕的那种危险。他诚实。他很聪明，很善良，很有趣。这是婚姻之所以成立的三根支柱。而且他还是犹太人！犹太人是个额外加分项。

露露在我们身旁小跑着，嗅着任何麻烦出现的预兆。我亲了亲格蕾西被晚风吹得有些凉的鼻子："你心里有没有父亲的位置？"她拉了拉我的头发。充满爱意。

我拿出手机。"好吧，"他刚一接电话我就这样说，尽管没有什么看上去是好的，"你可以过来。"当我们出现在我们陡峭的街道顶端时，布莱恩已经靠在我妈妈的邮筒上，手中拿着普鲁斯特。看到彼此，他露出笑容，而格蕾西踢着小脚丫。至少他俩是明确的。

"嗨，格蕾西。"他说。他靠过来亲了亲她的脸蛋，然后又靠近些，亲了亲我的。在车库间里，我们把格蕾西放在楼下的摇篮里睡觉，然后爬上阁楼。"一会儿就会听见她哭了。"我说，"她现在还是每隔几个小时就会醒。"

"听起来不错，"布莱恩说，"我想听她一天二十四小时的声音。"

"你现在这么说，但当你要强迫自己从快速眼动里醒过来，摸索下楼的时候，你就不觉得有意思了。"

"事实上，这听起来有意思极了。"

我们并肩躺在阁楼里的床上。布莱恩把我的头发从我的脸上拨开。我把手插进他的头发；我喜欢他头发的质地：波浪般起伏，粗糙，像是运动员一样充满户外感的头发，和他的其他部分都截然不同。我们还没说过话的时候，我就想把双手插进他的头发。

"盐和胡椒一样的头发。"我说。

"我觉得你想说的颜色是棕色。"布莱恩说。

"就是盐和胡椒，与众不同。没有哪个知识分子配得上这样的头发。"

"你是我的姑娘。"

"哪种？"

"你这种。"

"这是循环逻辑。"

"我知道。"布莱恩说，"殊途同归。"他的手指从我的喉咙一路上行至我的嘴唇。

我们在那里躺了很长时间，看着彼此，时睡时醒。

沉睡的布莱恩闻起来很像醒着的布莱恩。很奇怪，这个男人从来没有体味。他闻起来像温暖的棉布。我把脸放在他的肩膀和脖子之间那个小窝里。他用一只胳膊环过我的腰，拉我贴近了些。

我意识到，我们在做的事情是顺序颠倒的。一般的伴侣通常先决定一起要个孩子，然后才会有孩子。而我们是先有了孩子，现在才决定是不是一起抚养她。

如果有什么在困扰我，那就是在我刚睡醒的时候，某个词组会出现在我的脑海中，如同写在墙上的句子。而我有意为之的时候它却从没出现过。但它的的确确发生过。当我第二天在布莱恩身边醒来的时候，墙上写着试试。

我转向他。

"又来了。"他说。

我们为在一起而兴奋不已，但也精疲力竭。格蕾西夜里醒了好几次，每次布莱恩都和我还有她一起起来，在楼下来回踱步半个小时，直到我爬上阁楼躺下，身体沉重得仿佛一袋铅。

在过去的一个月中，我偶尔试着对格蕾西进行"费伯化"，但我只能忍受她哭一分钟，也许最多三分钟。考虑到她接受的那些治疗，以任何形式让她难过都太残忍了。我认输，然后冲下梯子。这与费伯育儿法背道而驰，这种方法特意强调不要迁就。

她的年龄已经可以睡一整夜和自娱自乐了，而且我已经被凌晨起床顺着梯子上上下下搞得精疲力竭，但我无法改变现状。听我总结完现在的情况，布莱恩表示他相信格蕾西的学习能力。"我们来试试，"他说，"她是个坚强的小家伙。"

第二天夜里，格蕾西又哭了，布莱恩伸出一只胳膊按住我的胸口。"等等，"他说，"给她一分钟。"尽管早些时候我寻求过他的帮助，我还是目瞪口呆：他怎么学会的？我的脑海中警铃大作：去抱孩子。布莱恩的胳膊那稳定而温暖的重量停留在我的胸口上。

"她能行。"他轻声说。他算老几？凭什么对我怎么回应她指手画脚？他已经错过多半场电影了。仅凭着生物学上的关系，他就有权利进来插一手吗？

在这令人不快的情绪之中，我还感到一丝丝感激。他把她的苦恼也看成自己的问题。几分钟后，她的哭声低了下去。也许她感受到了他的决心：他对她的信任。不管她感受到了什么，抑或什么也没感受到，她扑腾了两下，发出一声叹息，抽了抽鼻子，咕哝两声，但没有再哭。

12

　　我们的关系有了一系列小小的飞跃。布莱恩来了一次又一次，每次都比前一次待得长了一点。他带来了他的妈妈塔莎来看格蕾西。我告诉他妈妈，我们正在想办法解决问题，然后也告诉凯西、苏西、大卫和我爸爸同样的事情。他们都有点担心，或者说非常担心，但都希望做出对格蕾西和我最好的选择，而且看起来都愿意接受，那个最好的选择就是布莱恩。

　　在他来的第三或者第四次，我们开始一起去见弗吉尼亚，来修复我们的关系，同时也解决格蕾西的健康状况所带来的恐惧和持续的问题。我们的世界为一个问题所主宰：怎么能让我们的女儿好起来？在这个问题里还隐藏着一系列我们害怕问自己的问题，仿佛小小的、邪恶的俄罗斯套娃：是我们的错吗？她能活下来吗？

　　她还是不断住院，接受输血和监护。她陷入每隔三四周就要接受一次输血的规律之中。医生坚持认为应该让她的血红蛋白保持在危险的低水平，只有五或者六。在这种水平下，血液中只能循环很少的氧气，她会变得苍白，毫无血色，无精打采，懒洋洋的，说话和动作都很少。她的医生说，让她的红细胞维持在低水平会"强制启动"她的骨髓自动产生红细胞。但骨髓的这种自动造血功能却是我们所追求的一个幻景。不管我们让她的血红蛋白降得多低，她都无法大量合成新的红细胞。旧细胞一个接一个地破裂。她是我们亲爱的发条娃娃，每次输血后，都活泼快乐地叽叽喳喳上两个星期，然后随着细胞的消失越来越迟缓，最后彻底慢下来。

格蕾西三月份的时候一岁了，布莱恩越来越难以来了就走，只在远方担心她，同时也不愿意离开我。我也觉得他不在的时候自己带孩子越来越困难，而且孤枕难眠。我们已经失去了无法替代的时间，我们一定不能再失去更多的时间了。布莱恩提出在五月底学期结束的时候搬到加利福尼亚来，在秋季学期休个长假，这样我们总算能有整整六个月的时间一起生活。我很紧张，但准备好了尝试一下。我给我们找了一间新的公寓，仍然在圣安塞尔莫，但更大了，有两间真正的卧室，拱形屋顶和完全封起来的木头露台，临着一条小溪。我会想念露露的，她还留在我妈妈家。我也会想念妈妈，还有住在她隔壁的那些舒服的日子。但这也许是向前走的方式。希望如此。

搬进新公寓的第一天，格蕾西发现了空纸箱子的乐趣。她爬了进去，兴奋地尖叫着，把头从箱子上方探出来又缩回去，像只快乐的小海豹，是典型的格蕾西行为。她现在十五个月大了，还不会走路，也不会说话，但都快会了。在全世界看来，她就是一个健康的孩子。

在新公寓的最初几个月里，格蕾西就像一切正常的幼儿一样。她开始蹒跚学步，歪歪扭扭地从卧室走到厨房，再从厨房走到卫生间。她为自己能走路了而感到震惊不已，同时也非常骄傲。她还是最喜欢把布莱恩的眼镜摘下来，举在自己头顶，认为举这么高他就拿不到了。她也会抓住我的帽子，把它们扔到房间的另一头，然后跌跌撞撞地跟着它们，仿佛一个醉酒的竞走运动员。

她开始说自创的语言，把水叫作南吉，把旋转木马、滑梯等任何能骑能坐的东西（在她眼里，也包括大狗）叫作哇哇。她是个小淘气，对一切都兴致勃勃。但这个小淘气又要经常出入医院。唯一让我们觉得欣慰的是，她看起来记忆短得令人吃惊。不论什么时候去医院，她都会开心地摇摇摆摆，在我们去实验室和去抽血的路上对陌生人挥着手。她会用她海豚一样的微笑对值班护士打招呼。直到针头出现在她面前的时候，她才会试着趴在我身上，好像我是一棵树。

我们还是丝毫不知道她到底哪里出了问题。在各个阶段，科尔普尔医生相信她有：先天性再生障碍性贫血、脾脏障碍、巨成红细胞贫血、地中海贫血、自身免疫性溶血性贫血、恶性溶血性贫血、皮尔莫式贫血，还有许许多多。这些都不是她的病症，但对科尔普尔医生来说，格蕾西确实也没有任何有名字和预后的病症。每一天，甚至每个小时，她的个性都更加鲜明。

她喜欢马，害怕老虎。如果你给她看《小马王》（关于野马的迪士尼电影）里马群从地平线上奔腾出现的时候，她会喊："它们跑！它们跑！"这是她会说的第一个两个词的句子。她随着它们的喜悦而喜悦。但夜里躺在床上，也许是想起了更具威胁性的经历，她会对我们喊："我不怕老虎。我安全，我安全！"

我们的小丑，我们爱玩的调皮鬼，我们吓坏了的小女孩，还不承认她的恐惧。

她并不安全，我们无论做什么都不能保证她的安全。这是贯穿我们人生的痛苦血液。

因为我们身在加利福尼亚，所以我们用加利福尼亚人的方式来解决这个问题。我们试过了所有方法：头部按摩疗法（摸着脑袋，希望好运降临）；艾灸治疗，有人点燃一大把草药，靠近多个穴位（不小心烧到了她的腿）；顺势疗法（进门听顺势治疗师的想法花了四百美元，适合婴儿体质的实际治疗又花了三百美元）；去见了一位巴西信仰治疗师，他说"她病得很严重，她会好的"（一百美元）；去见了头部按摩大师，我们在一间肃穆的大厅和躁动不安的小孩们一起等了他两个多小时（他穿着光滑的黑色高领上衣，要求我们用敬称来称呼他）。我们期待着，期待着，期待着。一无所获。

尽管我听起来愤世嫉俗，但我其实挺虔诚的。补充疗法帮助过我很多次，但格蕾西的情况则超出了其脆弱的能力。

让我惊讶和感动的是，布莱恩竟然容忍了这一切。事实上，他对此认可，并且主动寻求帮助。还有什么能比这更生动地展示着，他有多迫切地想救格蕾西呢？这个极端理智的男人，有着充满贵族气质的额头，甚至不相信上帝，却愿意哪怕有一刻去相信，拍拍头顶就能治好病。

一个周日，在医院度过了输血的漫长两天之后，布莱恩和我开车去了波利纳斯湾。我想让格蕾西看看水，想让她在沙滩上玩一会儿。想让她忘记屋子里的生活。但她毕竟是她爸爸的女儿，对任何需要把鞋脱掉的情况都心生怀疑。

在还没有格蕾西的时候，我有一次带布莱恩到加利福尼亚的海滩上，那是我们第一次一起出行。我很激动地想向布莱恩展示太平洋。天空晴朗，阳光普照，微风习习。在沙滩的边缘，我脱下鞋，朝海浪跑去。布莱恩犹豫地跟着我。我回过头，震惊地发现他还穿着黑色的"工作鞋"，步履艰难地在沙滩上跋涉。我心生警觉。

"你要把鞋脱掉吗？"我那时候边笑边问，希望这是个玩笑。

"什么意思？"他说，"为什么？"

对我来说，如果一个人在风和日丽的一天穿着工作鞋走过加利福尼亚的海滩，那这个人一定背离了自己的本性。我当时没想到，布莱恩只是在做他自己：一位纽约上西区的犹太知识分子，在沙滩上。并不是说他不想在那里，而是他要在那里的同时做他自己。

我们第一次单独坐在一个房间里，是在纽约大学的一间小办公室，布莱恩问我夏天有什么打算。我说我想申请缅因州一个作家实习生的项目。

"缅因，"他带着嘲笑说，"那儿有什么？"

"大自然。"我说，"你听说过自然吧？"我指指窗外让他看——一堵砖墙，"那里有什么？"

他向外瞥了一眼："每块砖都反映着人类的意识。"

在波利纳斯湾附近的小沙滩上，格蕾西与布莱恩一样对自然充满怀疑。我脱下她的拖鞋时，她趴在我身上，拒绝用脚触碰沙子。从对她有利的方面看，沙子是未知的、不稳定的、陌生的。我沿着岸边走了半英里，一次又一次试着把她放下，而每次都以她死拽着我的衬衫想爬到我身上告终，她拒绝抛除自己的世界中所感知到的威胁。

"别逼她。"布莱恩说，"让她慢慢来。"

我把她带到环礁湖的边上，蹲下来，这样她就能坐在我的膝盖上探身去玩水。布莱恩蹲在我们旁边，捡起一只海胆给格蕾西看。他没有说"看，海胆"，而只是递给她。她把它翻了个个儿，打量着它圆滑的形状，又摇了摇。里面的沙子咔啦咔啦响。她把它放进嘴里，我们给了她一块饼干作为替代。她把饼干扔进水里，大笑起来。几分钟后，她用一根脚趾踩在湿沙子上，沙子随着她的重量向下陷去。她把脚趾又抬起来，一边的胳膊环住布莱恩，另一边环住我，吊住我们的脖子悬在半空中，脚在沙子的上方。"看那些鸟。"我说，看到几只鹬因为潮水涌来而飞掠而去。

"它们跑！"她大笑，"它们跑！"

开车回家的路上，我和布莱恩都没说话，等着她睡着。听到她深呼吸的节奏后，他说："这是好事。我们在往好的方向发展。"我静静地对他笑了。故作神秘，故作晦涩，但我们都知道他是对的。

如果我想和任何人生孩子，他说，那一定是和你。

现在她出生了。但我们的世界还是建立在两个字窄窄的肩膀上：如果。如果我们能确定，她一直像这样在我们身边的话。

13

布莱恩的妈妈塔莎来的时候，我们还在巩固阵地，适应终于完全在一起的生活。这次来访可好可坏。婆婆可以促使我们分离——但也会带来团结的力量，就像民主党和共和党联合应对外国势力的威胁。我疑虑重重，她来得太早了，我们还没有准备好。但她想来，而且这可是位固执的老人家，不容许别人说不。她当了五十年教师，先是激烈抗争新泽西蒂内克市学校的融合，后是强烈反对将渐进式教育斗争引入思想保守的体系，可不好糊弄。

格蕾西出生之前，我和她的关系大体还可以。然后，我自己怀着格蕾西的时候，塔莎绕过布莱恩联系到我，让我知道不管他决定扮演什么角色，她始终是这个孩子的奶奶。这对我来说意义非凡。但我和她的对话中总觉得隐隐有火花存在。她对任何话题都有强烈的主见，不管是育儿方式，还是该不该在乔氏超市买东西（先是拒绝，后是肯定）。她天生是个斗士，从十六岁开始就是孤身一人了。现在，她都快八十岁了。我想，一个八十岁的老太太来做客能有多复杂呢？

塔莎来了，兴致勃勃，摩拳擦掌，像往常一样带了无数我们并不想要的礼物：一大堆特百惠保鲜盒、好几卷锡纸、小蛋杯。她在我们的客厅中央打开箱子，这些东西从箱子里溢出来，到处都是。布莱恩没有提前告诉她，她会住在酒店里。我们在几个街区之外给她订了个房间，干净舒适，早餐免费，还有个游泳池。

当布莱恩终于在她要打开行李的时候告诉她这个安排，塔莎停下了脚步。在她看来，自己飞了好几个小时，理应有权利和自己的孙女住在同一屋檐下，这也是每个犹太母亲被赋予的使命。但我们并不想让她住在这里。的确，我们的客厅里有一张沙发床，但我们不想让任何人睡在上面。

第一天夜里，塔莎睡在我们的车里以示抗议。她宁可冻死在她那辆讴歌里也不愿意住万豪。第二天，我和她一起坐在沙发上，试着理解她，也想帮她理解我们。我说，我们不想让她再睡在车里了，如果她还打算睡在车里，那就应该住到房子里来。但如果她能去试试住酒店，我们会很感激她的。求你了，试试看。让我震惊的是，她同意了。

后来，布莱恩在床上对我说："你是魔法师吗？"

"据我所知，不是。"我说，"为什么这么问？"

"你给塔莎·莫顿施了魔法。"

后面的日子可以说很愉快了。我们在湾区开着车，指点着那些地标建筑，因为实在没有精力下车去看了。我们在车里啧啧称奇，赞叹不已。这对塔莎来说都没问题，因为反正她眼里都只有格蕾西。

当格蕾西用手势和自己神秘的语言南吉要水时，塔莎带着奶奶的骄傲说道："很显然，她从迪克那里遗传了聪明才智。"迪克是布莱恩的爸爸。

虽然不可能亲眼看到她了，但迪克至少为眼前这个女孩的存在贡献了四分之一的遗传物质。让我深受感动的是，塔莎守寡守了二十多年，却还戴着婚戒，而且还把格蕾西的一部分归功于迪克。

14

"你们想过再要一个孩子吗？"科尔普尔医生在椅子上换了个姿势。

我们盯着她。当你已经有一个生病的孩子，全世界你最不希望发生的事情就是有两个生病的孩子。

"听着，"科尔普尔医生无所畏惧地继续说，"艾米莉亚—格蕾丝能治好。毫无疑问。只要进行骨髓移植。第一步是找一位捐献者，配型越好，成功率就越高。兄弟姐妹之间的配型是最好的，远远好过其他人。和兄弟姐妹进行配型的孩子，存活率是最高的。"

兄弟姐妹配型？存活率？她像是在说方言。

"我们不知道哪里有问题，但如果我们把旧引擎拿出来，换个新的，车就能跑了。"

"车就能跑了？"布莱恩说。这让她的类比听起来陈腐、疲沓、无用，而且难以理解。我给了他一个带着威胁的眼神。

"移植就像是给她装了一台新引擎，新的骨髓。格蕾西就像一辆车。"科尔普尔医生说。

在持续接受输血一年半以后，在经历了一年半的虚假希望和错误转折之后，我们现在在哪里？科尔普尔医生现在已经不再向我们保证这种无法诊断的疾病会自动痊愈了。她承认，自己被打败了：病情不会有丝毫好转。格蕾西一辈子都会需要输血。除非……我们能够根除疾病，治愈她，除非我们能让她好起来。

"移植可以治好艾米莉亚—格蕾丝。"她说，"我们在这儿就能做。我可以把你们转到儿科移植团队进行咨询。"

布莱恩看起来备受打击。"骨髓移植，"他说，"听起来像是用极端的方式解决我们还不了解的问题。"在说"骨髓移植"的时候，他的语气让这件事听起来像是对一个孩子做了多么可怕的事情，就仿佛把格蕾西留在路边，只留下一块写着"托莱多"的硬纸板，还有一罐已经热了的胡椒博士饮料。而我，只听到了"治愈"这个词。

我握了握布莱恩的膝盖，一时间情绪高涨起来，直到我想到科尔普尔医生的提议所需要的前提是，再生一个孩子。

这不可能。

科尔普尔医生对我们的过去知之甚少，因为她在我们和好之前就是艾米莉亚—格蕾丝的医生了。我隐约感觉她好像在撮合我们重归于好，但肯定不是这样。她当然很急切。

"但是，"布莱恩说，"我们还要想到，再生一个孩子可能面临第二个孩子也有病的风险。"

科尔普尔医生沉默了片刻。她终于意识到这个计划中的小难题了吗？"我们无法确诊艾米莉亚—格蕾丝，所以的确无法提供再生一个有相同疾病孩子的确切概率。"她说，"但是，考虑到这并不是显性基因疾病，这种情况的概率应该说是很小的。好好想想。她再也不用输血了，医院生活从此结束，你们可以重新成为平平常常的一家人。"

我抑制住自己，不对此嗤之以鼻。重新？

我的思绪纷乱，好像有一群毫无秩序的鸟在扑棱，转着圈，相互穿插，飞过去又飞回来，彼此打着转。我们怎么会让自己的女儿与明确甚至是已经发表的存活率有关呢？我不想让我的孩子接受移植，也不想让任何人的孩子接受移植。但我同样不想让一个重病的孩子长成缠绵病榻的大人，如果幸运的话。

有一个问题我一直很怕提出来，而且在我们探寻诊断结果的过程中一直拖着没问，现在，它无法避免了。

我稳住自己的身体，深吸一口气："如果她没有好转，如果她一辈子都需要输血，存活率是多少？"

"我不喜欢给出这样的数据，"科尔普尔医生说，"因为人们会非常执着于这些数字。"

"拜托了，"我说，"我们知道那只是数字。"

她看看我，看看布莱恩，然后目光又回到我身上。"根据最新数据，依赖输血的患者，有百分之五十的几率能活到三十岁。"她说。

我想给她一巴掌，又快又狠的一巴掌，让她清醒过来。

"好吧。"我说，"我们保持联系。"我收拾手包，布莱恩站起身，握住我的手。不用看，我都知道他现在一定双唇紧闭，预感到大事不妙，而且我知道他同意我的观点：科尔普尔医生的数据尖锐得毫无必要。别管我们是不是一再追问，甚至恳求她告诉我们。她怎么敢说得这么坦然。

我想立刻和格蕾西在一起。我想摸摸她圆胖的小手，闻闻她细软光滑的头发，吮吸着幼儿特有的香甜气息。走进大堂，我们看到我妈妈在看《人物》杂志，不时抬眼从杂志上方看着格蕾西绕着几把椅子跑着圈。格蕾西穿着夏天的连衣裙，上面印着大朵的粉色和橙色的花，随着她的动作，裙边翻飞着。她的小腿，又胖乎乎又有劲儿，推动她以最快的速度在大堂里跑来跑去。怎样令人毛骨悚然的数据会对这样一个小女孩不利呢？

我追上她，亲吻她，闻着她的味道。她扭动着身子想下去，好像我打断了她的工作。我想在她的耳边低语："你会活到三十岁。然后四十岁，五十岁，六十岁，七十岁，八十岁。你会活到九十岁，一百岁。你会变得衰老虚弱，皮肤松弛，散发着臭味，充满腐朽的气息，这听起来不好吗？"

布莱恩和我手牵手走向停车场，什么都没说。我们突然变成了一对不知道自己的女儿能不能活到三十岁的父母，这看上去几乎与失败无异。我们让一个人有了失效日期。

我妈妈在停车场与我们告别。她要回家做家务，做不完的家务。我与她拥抱告别的时候，她轻声说："我不知道那个医生对你们说了什么，让你们的脸色这么阴沉，但医生并不是什么都知道。看看她，她完美极了。"

我看了看我的女儿。她胖乎乎的，现在还是粉嘟嘟的，哼着一首无词的、快乐的歌。她是万人瞩目的孩子。

只是身体里藏着一颗定时炸弹。

我谢过妈妈，我们上了车。我开着车。开出车库的时候，城市在我们脚下铺展成一条泛着涟漪的银色长裙，随着山丘起伏着，以蓝色的海湾镶边。这是一个绝好的天气。为什么天气从来不能配合人的心情呢。海湾喷溅着光芒，将它的密码转化为一连串闪光——蓝色、银色、蓝色、银色、蓝色、银色。

放松，这串信号告诉我，一切都没事。孩子也许有病，但她会好的。有一天她会在这些山的某个山顶上买一套公寓，她会成为那些能住在北加利福尼亚的超级幸运儿中的一员。她会去马林岬登山，在索萨利托的特里亚斯特咖啡厅喝咖啡，还会划橡皮艇。她会骑车穿过马里那，在贝克堡放风筝。她会洗衣服，读没营养的杂志，从罐里挖凉的豆腐辣椒吃。她会恋爱，也许还会有自己的孩子。有一天，她会在一个风景优美的地方虚度光阴，因为她在世上的时间并不宝贵。那些都是再平常不过的时间。只要等着就好。

我在伦巴底街上，正往金门大桥开，双手握着方向盘。就在这时，我们左边的一辆深蓝色的雷克萨斯 SUV 突然转进了我们的车道。司机似乎有美好而天真的信念，认为两个物体可以占据同样的时间和空间。我猛地向右打轮，我们的车跨上了路缘。人行道奇迹般地空无一人。那辆雷克萨斯的司机高高兴兴地接着往前开。

在下一个红绿灯路口，她用手机聊着天，仰着头，大笑着。你差点杀了我们，我想，至少故意这么做。我停车，下了车，走到她的车窗前。她还在聊，我敲了敲车窗。终于，她转头看我。我指指她身后。"看见那辆车了吗？"她点点头。"车后座有一个婴儿，需要输血才能活下去。你能看见她吗？"那女人做了一个全世界通用的手心向下"冷静下来"的手势。"你看见那个婴儿没有？"她只是盯着我，评估风险。"你那该死的聊天差点杀了她，没有这个她已经够难以活下去了。"

布莱恩下车。"希瑟，"他说，"你说得很有道理。现在该走了。"我看着那个女人，她看上去好像没明白我的话，只是全神贯注地盯着红绿灯。灯一变绿，她就开走了。我走回车旁，布莱恩坐在驾驶座上。

"我来开。"他说，声音轻松随意。

"我能开。"我说，"我是个了不起的司机。"

"你的确是，"布莱恩说，"你是个有传奇色彩的司机。"

但他没有下车。我转而走到副驾驶门口，坐进去。

"她想用那辆雷克萨斯杀了我们。"我说。

他把一只手放在我的膝盖上："我一直很惊讶于你对汽车牌子的熟悉程度。"

"但你看见了吗？"

"是的，我看见了。"他说。他指的"看见"似乎同时包含了我和那个女人的行为。

谢天谢地，在我穿过繁忙的街道对别人破口大骂的时候，格蕾西一直安稳地睡着。我们跨越金门大桥的时候，格蕾西散发出深深的幼儿的气息。我记得以前读过一本心理学畅销书，上面说，愤怒找不到合适的发泄目标时，就会就近瞄准一切。也许开雷克萨斯的那个女人比血液问题离得更近。但我没对布莱恩说这些。因为有可能他就是下一个目标，而我不想帮他来卸下我自己的武装。

晚饭时，布莱恩吃了素食，我吃了肉，格蕾西一样都来了一点。饭后，我们用格蕾西最喜欢的书《晚安月亮》哄她睡觉。"晚安猫咪，晚安老鼠，晚安星星，晚安空气，晚安，所有声音。"

我们曾经很喜欢这本书，但它此时听起来恶意满满。晚安，很危险地近乎于再见。

格蕾西睡着以后，布莱恩和我坐在我们的小露台上，俯瞰着小溪，谈论着科尔普尔医生告诉我们的一切。我们彼此都用自己的方式消化着她的数据所带来的震惊。如果我们不让她接受移植手术，我们有百分之五十的机会认识三十岁的女儿。格蕾西则有百分之五十的机会在三十年里认识她自己。

我们计算着她活到不同年龄的几率。她是不是有百分百的可能性活到十二岁、十四岁、十八岁？百分之七十五的可能性活到二十五岁？

"百分之五十的几率活到三十岁。"布莱恩说，"我没想到会听到这个词。"

"骨髓移植，"我说，"我没想到会听到这个词。"

"我也没有。"

"但是治愈听起来不错。我对治愈很狂热。"

"是啊，但要想治愈，你首先要准备好带孩子下地狱。而且没人保证她还能出来。"

"还有，我们用什么来治愈她？我们没法给她提供兄弟姐妹的骨髓。"

"就算我们愿意给她再要一个弟弟妹妹，我们也没法确定那个孩子生下来是健康的。你能想象同时有两个病孩子吗？"

"不，"我说。即便我此时此刻脑海中浮现一个画面，两个苍白无力的婴儿并排躺在双人婴儿车里，我和布莱恩并肩推着上山，永远都下不来，永远永远。

"另外，"布莱恩又说，"如果第二个孩子健康，也只有四分之一的机会能配型成功，可用细胞来做移植。百分之二十五，这几率太低了。"

我看着他，我这个悲观的爱人，我曾经暗自怀疑他是个乐观的家伙。我们在劫难逃。我不想在劫难逃，拒绝命中注定，但透过这些数字，我看不到走向光明的路。

另外还有一点：生第二个孩子用来救第一个孩子，这样道德吗？谁想作为降落伞或者备用计划降临在这个世界上呢？

"我们不能冒这个险。"布莱恩说。

"我们不能。"我说，"也不会。"

布莱恩伸出手，想握住我的手，站起身来："我要闲晃一会儿。然后你想看《24小时》吗？"

"闲晃"的意思是"写作"。尽管忧心忡忡，他还是奇迹般和创造性地在家庭生活中挤出时间来写作。有时候，他带着电脑去见医生，在我们等待的时候写作。这让我既激动又嫉妒。现在，我在露台上能听到他开始敲击键盘。

我坐在那里，听着他敲击键盘的节奏，听着小溪的声音。我在等着某些神迹降临，但我知道根本不会发生。在希腊东正教传统中，人们有时候用国王馅饼来庆祝主显节。这是一块里面藏着幸运币的面包。分到有幸运币那块面包的人会一年好运。但我们没办法把蛋糕切开寻找幸运币。除非这个时刻已经足够幸运：格蕾西在婴儿床中沉睡，布莱恩在闲晃，在卧室里等我。

第二天早上，我一醒过来就开始压抑自己的意识。最近，我发现格蕾西似乎能够凭直觉感知到我已经醒了，然后像是回应一样，自己也醒过来。尽管她在新公寓自己的房间里睡觉，她还是能在几秒内知道我醒了。即便我躺着，没发出任何声音，我也能听到她翻身，发出咕噜声，然后开始喊我。她有某种蜘蛛般的感知。你无法在她不知道的情况下溜出睡眠，进入清醒状态。

我走进她的房间时，她正站在自己的婴儿床里，从床栏上方伸出双臂。"妈妈。"她说着，露出冠军得胜一般的笑容。她开始兴奋得上蹿下跳，把床垫踩得咯吱作响，整张婴儿床都摇动起来。妈妈。短短两个字，却开始了整个世界围绕太阳的又一次循环。我把她抱起来，她四肢都紧紧趴在我身上，婴儿小小的脑袋依在我的下巴下面。小灵长目动物挂在大灵长目动物身上。纯粹的喜悦。

"早上好，"我说，"做梦了吗？"

我把她放下，去做一些咖啡。她喜欢捡小棍子、干了的叶子或者放错地方的东西，比如遗落的耳钉或者钥匙，然后透过木缝把它们扔进下面的小溪里。我端着我的咖啡走出来，看到她把一些非常昂贵的小饼干从露台边缘扔下去。她看起来充满决心，对自己的每个动作都很肯定。我很羡慕。"格蕾西，"我说，"对不起，我们不能给你生弟弟妹妹。对不起，我们没有捐献者给你。"她抬头看着我，笑着，抬起包着纸尿裤的小屁股，两只手分别放在我的两个膝盖上，站起来，开始上上下下地颠着。

"你俩在干嘛呢？"布莱恩说。

"跳舞，浪费食物。"

"听起来是个完美的早上。"他把玻璃拉门拉开，走到露台上加入我们，在我旁边坐下来。我吸了口气。靠近他，让我的整个神经系统都降至低挡。他坐在我身边的时候，轻声细语的念头占了上风。他揉了揉格蕾西的后背。"你们好，"他说，"见到你们真高兴。"他是真心实意的。对布莱恩来说，没有什么是毫无意义的姿态，没有什么是客套话。

"我跑步的时候你能看她一会儿吗？"我问。

"我非常乐意在你跑步或者付账单或者毫无目的地闲逛时看着她。"他说，"看着她是我的特权，也是荣誉。"他的回答故作迷人——的确迷人——让我倍感恼怒。我希望他是因为自己是她的父亲而看着她，不是因为这是特权，而是因为这是他的任务。不过，我问了，他也回答了。

这就是我爱你，我内心状态的拉锯战：我爱你，你气我。你气我，我爱你。

"谢谢。"我说。我为他让我对他道谢而感到更生气了。

我喜欢跑步，尽管我跑得慢，坚持不下来，还容易受伤。一边出汗，一边听着音乐跑过家乡的形形色色的房子，这让我很快乐。我已经跑了几个月，人们开始对我说："嘿，你的体型回来了。"尽管这每次都能讨好我，却也每次都能惹恼我。好像在怀孕期间我的身体丢了似的，中断了。

但我是个爱运动的人，我是个演员，是个准舞者（真正的舞者不跑步），而且我想像过去自己爱做的那样跳起来。半是欣赏布莱恩，半是讨厌他，带着对格蕾西的爱与焦虑参半的心情，我系好鞋带，跑向树木成行的圣安塞尔莫。普通的生活，或者足够靠近普通的生活。

我回家的时候，格蕾西正在小睡。布莱恩又回到了床上，我爬上床躺在他身边。汗流浃背，浑身汗味，可能还带着泥。但他看上去并不介意。

然后，一天过去，吃完晚饭，把格蕾西哄睡之后，我们坐在露台上喝红酒，有时间来谈，来做决定。

我们不会再要孩子。现在已经有一个生病的孩子，这已经够我们受的了。我们要找到治愈她的方法，但我们不能，也不会冒有两个病孩子的风险。这感觉像关上了一扇门，但也无可指摘。

15

两周后，我怀孕了。这不可能，这是一次违反物理定律、违反常理、违反生殖规律的怀孕。这简直是"摊手望天想知道谁该为此负责"的一次怀孕。

"你去跑步的那天。"布莱恩说。

"我以前也跑步，"我说，"可没怀孕。"

"跑步以后。那个……你知道……还记不记得……它……"

我们不是那种喜欢大声说出安全套这种词的人，可能这就是为什么我们每次都赶不上避孕的最佳手段。

但这真是一次意外。我们进行了"工具避孕"，但它擅离职守。简直擅离职守得离谱，好像出去遛了一圈。我们知道，我们有点担心，不过那天不是危险期。但我还是给我的医生打了电话，她给我开了 B 计划。看在上帝的份儿上，我去买了药，尽管我荒唐而近乎迷信地反对用药，但我还是吃了那该死的玩意儿。我们已经在小溪上方的露台上做了决定。不要第二个孩子。不要可能生病的第二个孩子，特别是不要通过意外或者借口或者命运的大手或者随便什么鬼东西，来给我们第二个孩子。我们决定不要，而我们应该为此负责。

B 计划是一片无害的白色药片。我要吃两片，像是一对双胞胎，间隔十二个小时。我吞下了第一片。医生向我保证，B 计划会防止受孕，而不会影响已经开始的受孕过程（尽管我支持生育权利），我觉得这点让我很放心。我不想扼杀掉任何生命，只是想防止他们的生根发芽。

第一片药片生效的时候，布莱恩和我躺在一起，格蕾西在我们中间。布莱恩抚摸她的头发，写了一会儿，然后又抚摸着她的头发。我读着书，摸摸她的小脚，然后继续读着。可怜的孩子，她睡觉的时候，父母把她当作自己很少能玩的玩具来把玩。

"你猜我现在在做什么？"我说。

"什么？"

"不受精。"停顿。"你不为我骄傲吗？"

"的确非常骄傲。"尽管相比骄傲，布莱恩听起来更像隐隐地感到悲伤。

"我们在药盒上写的时间窗口之内。上面说七十二小时，我们到现在只有三十二小时。"

"哟。"布莱恩说。

别说"哟"。因为在我们读书、写作和把玩孩子的同时，另一个生命悄然扎下根来。

现在我在这里——跑步之后出了一身大汗，用了工具避孕，还采取了 B 计划，仅仅两周之后——我盯着那根验孕棒，张开嘴巴。布莱恩把我这个表情称为"加菲猫脸"。这个表情通常表达了愤怒和震惊，一般两种情绪都是针对他。但这次是纯粹的没办法或者说拒绝承认事实。尽管我是因为对这个可能性感到过于焦虑才去商店买了验孕棒，但我没想到结果是阳性的。

我没有像怀格蕾西那会儿一样一连串大喊五十个"天啊"，也没有穿上鞋走去防火带。但我有同样头晕目眩的感受：仿佛有人把我推进了一个毫无秩序的空间，我在空中翻着跟头。

我不应该感到惊讶：决定不要孩子之后再怀孕，再没有比这更好的方式了。我们坐在露台上，看着夜色降落在小溪上，达成共识，那就是第二个孩子绝不可能，同时也超出了我们的能力范围，也许就在那时，我怀孕了。

"布莱恩，"我说着，走进了他的视线范围，用力挥舞着验孕棒希望能改变他的主意，"看啊！"我热泪盈眶，却不知道这泪水是源自喜悦、恐惧、后悔、激动还是无法置信。

他看着我，看着那根验孕棒，一下站起身来，拥抱了我。这正是我怀格蕾西的时候希望他有的反应。与他那时的恐惧和逃避相反，现在他打心底感到快乐。"太棒了。"他说。这是我曾经渴求的反应，而我现在却无法加以回应了。我惊慌失措。

就在这短短几秒钟里，我们的磁极发生了转变，亲密关系的魔法也变了。布莱恩兴奋不已，甚至超越了兴奋。而我，则变成了无依无靠的宇航员。

"很好吗？"

第二个孩子会把我的命运和布莱恩的拴在一起。和两个幼小的孩子困在一段不稳定的关系里，我感到汹涌而来的恐惧。即便关系并非不稳定也不行。如果我是不得不和布莱恩在一起，我怎么能肯定自己是不是想和他在一起？

我的工作怎么办？格蕾西正在学走路，很快她就会去上日托班，我就能看看我产后的身体是不是还能如我需要的那样柔软，可以进行表演，我会在本地的大学找一份剧院教师的工作，我可以在带她看病这一团糟之余有自己的生活，而不只是日日夜夜只为这忧心。

但最重要的是，我不确定是不是可以信任布莱恩，他能不能够成为稳定的伴侣和好父亲。我缺少把他加以比较的好父亲模板。的确，他对格蕾西很耐心，也很温柔，在她一天五十次扒下他眼镜的时候还能保持不动，一次又一次捡起她扔进小溪里的玩具。另外，他决心要解密她的胡言乱语，对她一个音节又一个音节地重复，直到他们能够理解彼此。正是他明白"南吉"意思是水，"巴斯"意思是通心粉。但他能给予另一个孩子同样的爱吗？在真实的压力下，他和我能够一起保持理智吗？要是布莱恩也有黑暗的一面，超级黑暗的一面，而现在还没有显露出来，那该怎么办？

我沉默着，握着验孕棒，目瞪口呆。布莱恩站在我身边。

"好极了，"他说，"也很恐怖。二者兼而有之。"

"我不擅长二者兼而有之。"我说，"我擅长一方，或者另一方。"

下一次去科尔普尔医生那里的时候，我把这个消息与她分享。"太激动了，"她说着，将银金色的卷发别到耳后，"这真的是令人开心的好消息。"

这的确让人激动，在冰层逐渐融化的湖面上滑冰也让人激动。

"如果新的婴儿生下来也有病怎么办？"我问，"几率有多大？"

科尔普尔拿起格蕾西的表格，把它护在胸前，仿佛一块盾牌。"我们已经讨论过了，没有诊断，我不好说。在确认是什么引起她的症状之前，我们无法给出基因遗传的概率。"

就在这时，布莱恩做了一次乐观主义者。"但新生的婴儿有四分之一的机会能配上型，对吧？"

回到她熟悉的领域，科尔普尔医生明显放松下来。"是的，百分之二十五的机会，"她说，"这个孩子有四分之一的机会能够作为人类白细胞抗原（HLA）的完美供体，这样你就能治愈艾米莉亚—格蕾丝了。"她看起来对这个预计感到很满意，大声说出治愈艾米莉亚—格蕾丝，我被她感动了。科尔普尔医生在乎格蕾西。尽管每次给她打电话都让我倍感挫败，尽管我厌恶她太多次诊断的错误开端还有她毫无根据的乐观，但她有一件罕有的东西：在她的内心深处，她在乎。她和我们站在一起，和我们一样希望有个健康的女儿，和我们并肩奋斗。

我们在沉默中开车回家，在彼此身边思考着。

我们这个新的孩子可能会提供能够配型的骨髓，治愈艾米莉亚—格蕾丝。我们这个新的孩子也可能一出生就患有同样严重的无法诊断的血液疾病。又或者，我们这个新的孩子可能兼而有之：既患病，又能提供配型。这样一来，如果他或她本身就患病的话，配型就毫无用处了。我们就会回到让我们否决这个计划的那种同样疯狂和无解的算计当中。

一道新的忧心忡忡的缎带穿插进每一个场景；关键的不再是如何治愈格蕾西，而是，要是新的孩子生下来就有病怎么办？我们决定离开几天，不再想这件事。我爸爸把他以前在瓜拉拉海边租的一栋房子交给我们。"水很好。"他说，"带孩子去沙滩上玩吧，算我的。"去那里要沿着曲折的公路开两个小时，想起来可能很糟糕，但其实如同天堂。我们在一号公路上沿着北加利福尼亚的海岸线飞驰，蜿蜒的山脉连接着大海，极致的美景绵延几百英里。我还从来没有见过比这更美的景色。

这是一栋美轮美奂的房子，宽敞、干净、时髦，距离一片峭壁有几百码远，峭壁正下方便是沙滩。我们打开行李，住了下来。格蕾西在木地板上跑着，鞋底重重地踩着地板，对自己能够制造噪音的能力哈哈大笑。她的头发长长了，开始在脖子的后方显现出幼儿的小卷发。她的脸庞泛着玫瑰色（刚刚输过

142

血），她的笑容随意而直接。谁不想再要一个这样的孩子呢？布莱恩很想。他在开车来这儿的路上已经用每个表情、每次抚摸清楚表明了这一点。

但是……大家都说第二个孩子的难带程度呈指数增长。光是一个就能有二十个孩子的精力。时间、金钱、精力都会吞没我们，我们会淹没其中。

我们打开行李，喂格蕾西吃了午饭，然后站在房子的多个露台上，欣赏着开阔的风景，远眺海的另一头深蓝色的海平线。格蕾西躺下午睡，我在中午泡了个热水澡，躺在灼热的蓝天下，聆听着拍岸的海浪。我在浴缸里起起伏伏，而在我体内起起伏伏的是第二个小人儿。有心跳的一颗米粒。一团细胞聚集起来，紧紧簇拥，试着把自己分化成与别人不同的样子，与我不同的样子。现在我知道，自己的身体了解这些行为。它可以长出肾脏或者耳垂，甚至都无需我的明确同意。我想拥抱这个过程。

我走进房子，全身滴答着浴缸里的热水，光着脚走在地板上，以免吵醒格蕾西。我发现布莱恩在楼下的卧室里读和听着范·莫里森。我喜欢范·莫里森。布莱恩喜欢鲍勃·迪伦，但他现在听的是范。我们在彼此身边躺下，聆听着。她像山茱萸花蜜一样甜美，她是天使中的第一位。从这首歌出来的时候我就开始听了，那是1971年，我四岁。现在，三十一年过去了，我对它有了新的感受，格蕾西的感受。这就是孩子，他们重造了世界。

"你快乐吗？"布莱恩问。

我把头倚在他的前臂上。"可能吧。"我说。

我想快乐。

毫无疑问，我害怕困苦，也没有为之做好准备。快乐是偶然的，很难知道什么时候才能抓住它的衣角。在一个酷热的下午找停车位，同时还思量着与格蕾西健康相关的无穷无尽的意外计划——不怎么快乐。晚上坐在妈妈的花园里看着格蕾西转着圈追着露露，想象她和弟弟妹妹一起玩耍的画面——快乐。

但是，从什么时候开始，快乐成了我们追寻的金色光圈？用正确或者道德或者意义来指引自己又如何？又或者，如布莱恩有时候所说的那样，用做出"成长的选择"来引导自己。这听起来很好，但我没那么成熟。我总是瞄准能带给我最大喜悦的东西。

更安全、更聪明甚至更明智的选择是不再要孩子。但让我快乐的选择则是要孩子。或者至少这个选择最可能带来喜悦。的确，天平的另一边堆放着可能存在的愤怒。但这就是人生：无法避免的喜悦和悲伤，如同两个拳击手，纠缠在一起。

这个新的孩子，两年、十年或者三十年以后，可能会让我以全新的方式聆听一首歌。当然他们也会改变某个人对世界的理解，和许许多多"某个人"一样。

"好吧。"我说。

"好吧？"布莱恩说。

"好吧，是的。"

布莱恩露出微笑，握住我的手。

对另外一个可能患病的孩子，是的。对同时照顾两个不到两岁的孩子，是的。对布莱恩，是的。对口水、深夜、相互指责，是的，是的，是的。对兴高采烈，是的。对可能、不可能、不现实，是的。对男孩，是的。对女孩，是的，如果有需要，对卷心菜娃娃，是的。对所有这些疯狂的、注定的一团糟，是的。不论是谁选择了我们，是的。我们也选择你，是的。对声明，是的。对山上的花儿，是的。对性爱，是的。是的，是的。我说是的。像莫莉·布鲁姆那样说是的。来吧，小家伙。我们接受你。

16

我下定决心，如果这个孩子也有病的话，我不会再为此惊讶。格蕾西一生下来就病得很重，她坐上救护车，住在 NICU 里，人们开始给她拍各种片子，直到那时我才知道她病了。"以防万一。"我决定不再重蹈覆辙。

科尔普尔医生一再向我保证，如果在孕期当中发现婴儿有严重的贫血，他们可以给胎儿输血。这听起来好像医生在匆忙中说的善意的谎言。"但是，"我说，"你们怎么能介入胎儿呢？"

"用一根针伸进羊膜囊，这样我们就能碰到胎儿，在子宫里给他或她输血。"

"这听起来既复杂风险又大。"我说。

"是的。"

我告诉自己，要是不想听到答案，你就别问了。

布莱恩有力地捏了我的膝盖一下。我全神贯注地让心跳平静下来，不管这里是什么烂摊子，我要给肚子里的孩子传递良好的氛围。你可能觉得在上个世纪七十年代的加利福尼亚长大，我会对氛围有着百科全书式的理解，但我其实一无所知。

科尔普尔医生还是一贯地充满鼓励。"记住，这个孩子有四分之一的机会能够为艾米莉亚—格蕾丝提供完美的配型。"她说，"如果是这样的话，你可以在孩子出生的时候获得干细胞，对她进行移植。"我喜欢她解释的方式。四分之一听起来比百分之二十五要乐观多了。

我停了下来，没有再继续进行关于儿童移植患者死亡率的谈话，这看上去太不知感恩了。我只是不住点头，似乎这一切都听起来完美无缺：如果胎儿在子宫里贫血，通过我给它输血就好了！如果胎儿能进行配型，就可以给格蕾西移植！我点头微笑着，内心在退缩。太多信息，太多变量。

17

布莱恩的长假在 1 月 20 日结束，孩子的预产期是 2 月 10
日。即便像我们这样艺术范儿的数学白痴都能算出来，这两个
日子有冲突。他恳求我用冷静的逻辑来看待我们现在的状况，
搬回纽约去。

尽管理智之钟的所有指针都指向纽约，我还是坚持己见。
我还没准备好。我害怕离开我们的医生。我害怕离开妈妈、弟
弟、苏西、大卫还有凯西，害怕离开我们的公寓、小溪上方的
露台还有加利福尼亚的一切，包括露露。我知道我不会永远这
样，但我坚持第二个孩子应该在马林郡出生，就在格蕾西出生
的那家医院。他们很棒，我信任他们。尽管最终回到东部变得
越来越显而易见，我还是想再有一个出生在加利福尼亚的孩子。

所以，我们留了下来。在最后的三个月里，我每周都去附
近的一家超声实验室，在那里，他们测量胎儿在子宫里的血液

水平，完全就是科尔普尔医生说他们能做到的那样。令我惊喜的是，每次测量的结果都很平常。这个孩子看起来像是健康的。从很多方面来看，我们都可以算得上生活优渥，但我们的拼图还有上百万块无处安放的碎片。

当布莱恩的长假结束的时候——和听起来一样疯狂和站不住脚——他开始通勤上班，从加利福尼亚到纽约的通勤。每周一次。在加利福尼亚待四天，在纽约待三天。对于一个曾经猛烈抗拒家庭生活的男人来说，他令人难以置信地愿意付出一切和格蕾西在一起，还有我，还有那颗新的苹果种子。从很大程度上来讲，是他的写作支撑了这一切。在过去的一年中，他同时获得了古根海姆基金和一份图书出版合同，让我们得以进行这场往返两个海岸之间的家庭实验。

布莱恩在周日晚上离开去工作，周三晚上回来。尽管我们能够一起度过一个四天的周末，他每次回到家的时候还是筋疲力尽。他的身体和我们在一起，但灵魂显然还在中西部的某处游荡。然后，在他的灵魂甚至还没到爱达荷州的时候，他就又动身了，飞往相反的方向。那个可怜而疲惫的灵魂不得不转身往回走。如果，灵魂旅行的速度和没驮行李的骡子相同，那么他这匹灵魂骡子会在中部几州不停地徘徊。

然后我独自一人，怀孕八九个月，还带着一个蹒跚学步的孩子。把格蕾西抱起来又放下，把杂货从车里拿进屋里，还要解读一个将近两岁的小人儿的喜怒哀乐。用平静的理解来回应一个幼儿的情绪起伏和连续不断的欲望，这是双亲的工作，但现在只有我一个人，还有肚子里的孩子。我提醒自己，成百上千万人比我的情况糟糕多了。但我的相对论差到家了。

小姑娘想在饼干上抹花生酱，不，等一下，她想要果酱。但是你已经抹上了花生酱。你疯了吗？是不是恐怖分子啊？在她想要果酱的时候竟然抹了花生酱？不，你不能再拿一块新的抹果酱，她就想要那块饼干。那是块好饼干，现在已经被污染了。不！别想把花生酱抹掉。你把它弄坏了，这是一块已经坏了的饼干，少了一角。再也完整不了了。但是，你看，冰箱顶上放着一袋子小熊软糖。小熊软糖当然很好。饼干？什么饼干？给她那块红色的小熊软糖，不是黄色的。你怎么回事，疯了吗？

在傍晚时分，我给苏西打了个电话。她现在刚当了妈妈。她相信，她和达瓦的儿子就是在格蕾西出生的那天怀上的（好像格蕾西的出生不够作为劝诫故事似的）。根据苏西的说法，他们的儿子利亚姆是"让照料毫无意义的世界级专家"。

"得了吧。"我说。

"还记得印度尼西亚船上那个穿着湿 T 恤跳舞的姑娘吗？"

"不记得。"

"她在甲板上跳舞，船上所有的男人都开始拍手。我想再拥有像她那样的乳房。"

"苏西，你从来就没有，哪怕一分钟都没有过像她那样的乳房。你的乳房不是问题，问题在于孩子。都怪孩子！我为什么还要再生一个？婴幼儿组合——最差劲的主意。"

"得了吧。"然后是一段长长的沉默，"你可能是我认识的最幸运的人了。"

我们毫无梦想，干巴巴的，失去了年轻时的自我，但我们是幸运的，我们深知这一点。苏西疯狂地爱着利亚姆。一周以前，她告诉我，他闻起来像她最喜欢的食物披萨。

"一直如此，"她说，"优质的披萨。砖炉烤出来的披萨。"

"是不是因为你吃了太多披萨？"

"不！"她愤愤不平，"他只是闻起来像披萨。天生的。"

周三夜里，布莱恩会在马不停蹄教了三天课之后，飞越差不多六千英里回到家里。

在他回来的第一天，我们所能做的至多就是并排坐在沙发上，如同一对患了紧张性神经病的僵尸，而艾米莉亚—格蕾丝在客厅里笑闹着，在墙上画着色彩明快的画，用她的香味记号笔在我们的脸上画新的脸。我们什么都没说，我们的小毕加索。如果她无聊透顶，她就开始重新排列我们的摆设，把相似的东西都放在一堆。所有的台灯放在一个地方，所有的植物放在另外一个地方，所有的木制品又放在另外一个地方。几天以后，我们会发现椅子背后放着一捆牙刷。她想在自己毫无秩序的世界里建立秩序，这既讨人喜欢，又让人心碎。

有时候，格蕾西会坐在我的膝头，拍着我的肚子，半是觉得好玩，半是觉得神秘，她喜欢把我的衬衫掀起来，对着我的肚子说话。"大包包，"她说，"大包包。"我们试着向她解释，我的肚子里有个弟弟或者妹妹，很快就要出来，她会咯咯笑起来。我们太当真了，简直可笑。

随着我预产期的临近，我们痛苦地意识到，如果我在布莱恩工作的时候打电话告诉他我就要生了，他几乎不可能赶上孩子的出生。从接到电话到坐上飞机至少要两个小时。飞机要飞五个多小时，还要至少一个小时从机场赶到医院。路上周转就要花费我们八到九个小时。而这相比跨越整个大陆来说，已经短得令人吃惊了。尽管路易斯和克拉克会跳出他们的鹿皮靴，看看怎么在几个小时的时间里就能横跨美国，而不用经历几年几乎让人粉身碎骨的漫长旅程——但这时间还是太长了。

而布莱恩不能错过这个孩子的出生。他在我生孩子的时候有着特殊的任务。他就是那个取脐带血的人。当科尔普尔医生第一次向我们解释如何"收获"新生儿的脐带血以进行可能的移植时，这听起来简直太蹩脚，我还以为她在开玩笑。但目前还处于脐带血采集的初期阶段，基本上还是一种 DIY 的形式。你首先得向私人脐带血库特殊购买一个采集包。然后，他们会用一个大硬纸板盒子把采集包寄给你，你要带着这个采集包去医院，认真阅读脐带血采集指南，然后你向医生解释如何进行采集，包括一次注射、婴儿的脐带和恰当的时机，整个操作的责任落到了布莱恩的肩上。

所有这些都基于这个孩子可以为格蕾西"配型"成功的希望之上。

这种细胞采集方式唯一真正了不起的地方是，婴儿是完全无痛的。当我问科尔普尔医生这疼不疼的时候，她说："跟你剪指甲没什么不一样。"

采集用于骨髓移植的细胞更加传统的方式是提取捐献者的骨髓。这不算太危险，但极为痛苦。我们非常高兴能有其他选择。另外，脐带血干细胞在纯度和可使用性上都比骨髓中提取的干细胞要强。

所以，我们买了采集包，收到了一个装满各种管子、包和一张印着说明的施乐纸，用于与医生分享。布莱恩把这些说明一字一句背了下来。

尽管布莱恩在孩子出生时至关重要，但我们没法把这种紧迫性与婴儿进行沟通。然而，这个孩子看起来了解了一切，出生时不仅让布莱恩很快地回到家里，而且还一起度过了一段宁静的产前时光。

我的宫缩是在周三早上开始的，那时布莱恩正在纽约。宫缩很稳定，也很强烈。我给我的妇产科医生打了电话，报告了一切情况，对方告诉我，分娩已经开始了。我给布莱恩打了电话，他匆忙赶到机场，搭了最早一班飞机。然后，就在布莱恩飞到内布拉斯加州，他的灵魂骡子恢复意识，希望飞机能飞快点的时候，分娩停止了。不是逐渐减弱，也不是慢下来，而是停止了。

当布莱恩抵达之后，在机场兵荒马乱地给我打电话的时候，我告诉他，他可以慢慢开回家。孩子和我正在一边看《宋飞正传》，一边吃酸奶油和洋葱味 Kettle 薯片。我们一夜好梦。第二天，我们给格蕾西做了早餐，布莱恩在上午还写作了几个小时。我检查了一下待产包，重新检查了事项清单和生产计划。布莱恩再三检查了脐带血采集包，我妈妈过来带格蕾西去公园。仍然风平浪静，没有宫缩，没有分娩。

布莱恩和我决定去附近的独立书店"书廊"逛逛，我们喜欢待在那里。去的路上，微弱的宫缩又开始了，但我坚持继续逛。

"我们再也没有机会两个人去逛书店了，"我说，"这是我们最后的狂欢。"

我们肩并肩扫过新小说区。浏览着那些书，我会在宫缩来的时候僵住身子，盯住不远处，然后直起身子，继续回去浏览。

"希瑟。"在我对他最初几次离开的建议置之不理以后，布莱恩说，"好主意！我们现在就走！"我想到自己与救护车司机之间的小争执，他让我去前排和他坐在一起，而不让我在后面陪着格蕾西，想到我是如何让自己的拒绝听起来像是接受了他的建议。那已经是好久以前的事了。我很确定，布莱恩是在用我的计谋对付我自己。

我们开车前往医院。他们让我们入院，给我们安排了一间单人病房。我疼得不太厉害。我们的额头贴在一起，一言不发。我们呼吸着相同的一小块空气，等待着。

人们一个接一个到了。我妈妈、苏西和大卫带来了充气浴缸，我希望在里面分娩。还有凯西、我爸爸和他妻子。我们的魔咒失效了。真正的分娩开始了。几个小时过去，其间我每隔三十秒左右就大喊着："我那该死的浴缸在哪？"达瓦，我亲爱的朋友，无所不能，全世界最好的维修工，曾经在接到通知四个小时之后就找到并且租来了一头活驴子用于大学的戏剧演出，他真真正正能做任何事——却放不满一个浴缸。后来他才告诉我，浴缸放不满水的原因是："水压就是一坨屎。"放了三个小时，水才刚刚没过脚踝，到那时水早就凉了。但是大卫是乐观精神的模范。我每次问完之后，他都会喊回来："在放了，哈珀！"

我不再在意浴缸了。我想要药，什么药都行，甚至包括笑气、氟硝安定或者污染了的街头可卡因，但我疼得说不出话来。我之前嘱咐过大家不要给我用药，所以没有人给我药。这简直让我窘得想哭。

"我不行了。"我告诉一个定时过来换床单的人。对布莱恩、妈妈、大卫、苏西和凯西，我不断重复着这句新的咒语："我不行了！"他们假装同情地点点头。"我没开玩笑，"我说，"我真不行了！"

在电视上，婴儿的出生是那么快。格蕾西是我目前为止唯一一次经历，她在我们到达医院之后二十分钟就出生了。而这个孩子花了好几个小时，我失去了热情。我再也不会热情了。我会一直躺在这里准备分娩，直到医院塌在我身上。

布莱恩说："你能行。"

然后一瞬间，一个男孩出生了，七磅七盎司重。厚厚的嘴唇，看起来像米克·贾格尔。他粉粉的，非常红润。我想他看起来完全健康。他一定是健康的，我想，所以才会这么粉。在他的身体里，每个红细胞一定都能够好好维持住形状，在血管里挤挤挨挨，美丽、圆胖、幸福而稳定的红细胞。

他出生之后，医生立刻将一根长针伸进脐带，抽了一管深红色的干细胞到注射器里。如果我们的儿子能给女儿做配型，这些细胞会救她的命。

布莱恩握了握我的手说："他们取到了，全取到了。"我俩比房间里的任何一个人都知道这有多么重要。我们需要的不仅仅是配型，还有血量。收集到越多的脐带血，成功移植的几率就越高。

终于，终于所有人都离开了，只留下我们。我们三个，我、布莱恩和我们厚嘴唇粉皮肤的儿子。

那一天，没有人在凌晨2：00来到病房，说一些血啊，大脑啊，障碍啊，胆红素啊，永久啊，伤害啊这样的字眼。第二天也没有人带来坏消息。他就像他看起来的一样，又健康，又漂亮。我们给他起名加布里埃尔，与报喜天使加百列同名。他的到来带来了好消息，他本身就是好消息。

18

第二天傍晚，布莱恩去日托班接格蕾西，带她来看她弟弟。尽管我们一直告诉她，我的肚子里有个小人儿，还给她读了能买到的所有关于兄弟姐妹的书，她还是不相信。她现在二十二个月大了，在一个人还不存在的时候把这个人概念化，她的这种能力顶多也就是刚刚起步。她鹦鹉学舌一般重复着我们的话：宝宝、弟弟、妹妹、你的、我的，但她并不明白究竟是怎么回事。

布莱恩把她带进病房的时候，她跑到床前。她看起来很开心，也很惊讶，同时看到我中午就躺在床上，也有点警惕。我妈妈抱着加布里埃尔在大厅里。格蕾西翻过床栏，依偎在我身边。她安顿好之后，我们告诉她，她有了一个弟弟。她说："在哪呢？"我们笑了，叫我妈妈带加布里埃尔进来，放在我的臂弯中。格蕾西低头看着他的脸，抬头又看看布莱恩和我，低头又看看加布。她拉起他的手。他在睡觉，没有醒。她把脸贴在他的脸上，蹭着鼻尖，两个人的小鼻子都挤扁了。是好奇还是控制欲，或者二者兼有。

"你觉得弟弟怎么样？"布莱恩问。

"软软的小男孩。"她说着，抚摸着他的小手，更多是在陈述事实，而不是欣赏。

我妈妈哭了，布莱恩哭了，我也哭了，加布里埃尔还在睡。格蕾西看着我们，带着困惑，又饶有兴味——我们这都是在干什么？

后来，我们让所有人——意思是两个孩子——上车，带着加布里埃尔回到我们俯瞰小溪的拱顶公寓里。我们小心地把他放进格蕾西幼儿座椅旁边的婴儿座椅里。他脸朝后，她脸朝前。我喜欢这两个座椅的样子，很感人，两姐弟面对面，肩并肩。布莱恩小心翼翼地开出医院的停车场，我能感受到，责任感充溢在他的四周，这让我放下心来。今天，他来操心，我来享受。

高高兴兴地开到半路，加布里埃尔发出一声尖锐的哭叫。我在座位上回过头，看到格蕾西极力伸长了腿，以便把她穿着光滑皮质凉鞋的小脚丫用力踩在加布里埃尔的脸上。她还没有好坏的概念，只是兴高采烈地踩着他的嘴和鼻子。我尖叫了一声，布莱恩吓了一跳，格蕾西把脚从加布里埃尔脸上拿下来，不吭声了。我开始以一种全新的方式大声指责格蕾西，而布莱恩只是把车停下，下车把两个座椅分开，格蕾西的座椅开口处于他们之间，问题解决了。

布莱恩理了理格蕾西的头发。"格蕾西，"他说，"我们不能伤害宝宝。"

她给了我们一个胜利的微笑，将身体探出座椅，去抚摸加布里埃尔的胳膊。"是的,"她说,"我不想伤害宝宝。"

我可以理解她不理智的冲动,她兴之所至的攻击。其实我不是针对孩子——毋宁说,我迷上了这个有着厚嘴唇、丰厚血液和有力心脏的男孩——而是对布莱恩。好像从加布里埃尔一出生,我就变成了一个充满愤怒的阴郁而冰冷的罐子。

我知道我应该摆脱这种情绪。我已经搞砸了和儿子在一起的第一个晚上,至少是对我自己。但是加布的出生所带来的喜悦被我对布莱恩卷土重来的愤怒所驱散了,部分是因为由来已久的利益冲突。

医生告诉我们,采集到脐带血的"全部分量"至关重要,干细胞越多,就对移植越有好处。也就是说,每个细胞都会增加格蕾西移植成功的几率。所以,加布里埃尔出生后,我仍然有持续出血和疼痛的小问题。布莱恩应该关注脐带血的采集,而不是把注意力都放在我身上。

尽管我能够理智地理解这一切,"布莱恩在关键时刻转移了注意力"的感觉还是占据了我的内心,挥之不去。

当我们终于可以独处的时候,我把加布抱在臂弯中,布莱恩俯视着这个令人震惊的状况,我说:"我太疼了,很害怕。"我不无指责,仿佛他不知道一样,仿佛他应该知道。

"你很疼,很害怕,对不起,亲爱的。"

我能够感受到,他的道歉沿时光逆流而上,回到格蕾西出生那天,拥抱了格蕾西和我,那时还没有加布。

19

"让我们假装自己在夏威夷。"我说，"夏威夷又幸运又温暖。"布莱恩和我坐在斯廷森海滩僻静的一端，这里几乎与波利纳斯相接。天快黑了，我们在发抖。我们把加布里埃尔的脐带血送去分析以便确定是否能为格蕾西配上型已经三个多月了。布莱恩看上去并不相信假装在夏威夷能够对加布的配型结果有直接的影响，但递给我一包我们用来作零食的杏仁："吃不吃坚果？"

我们住在妈妈位于海边的小屋里。她在几年前因为一首歌而买下了这里，现在在周末把它租出去贴补家用。人们开车来到旧金山，付给她各种各样的货币，来听着海浪的声音入睡。她把这个地方借给我们整整一周。这是为我们好，为了把我们的思绪从等待上转移开。我们很幸运，但我并没有感受到幸运。我害怕加布里埃尔的细胞经过分解和分析之后，不仅不能配上型，而且本身还有某种恐怖而未知的缺陷。

"我们去看看孩子们是不是还喘气儿。"我说。这个笑话在别的家庭里还说得过去。我们站起来，把沙子从屁股上掸掉，然后走回五十英尺之外的小屋。两个孩子都在那里，还活着，正在开心地小睡。

我们在斯廷森的第四天，格蕾西终于接受了"沙子是不能吃的"这个概念。她挖完了扔，扔完了挖，就像一条突然发现自己摆脱了狗绳的小狗，孜孜不倦，兴高采烈。她向我们扔了好几把沙子，然后大笑起来，上下晃动着小脑袋。加布里埃尔在婴儿提篮里睡着，就在沙滩上，在晃动的圆形阴影下，梦到了什么我们无从得知。但他的眼皮前后起伏着。他可真爱做梦。

妈妈开车过来给我们送午餐。吃完之后，布莱恩回到房子里："如果需要我的话，我在闲晃。""我们没事。"我说。格蕾西试着把我的腿埋起来，干沙子一直往下滑，仿佛一千只丝滑的小手。

妈妈递给我一本莎朗·奥尔兹的诗集和一本《明星》杂志："分散一下精力，找找灵感，随便怎么都行。"

"谢谢妈妈。"

她的电话响了，她走到一边去接电话。然后我的电话响了，一声就足以惊醒加布里埃尔，他的哭声让格蕾西也哭了起来。我认出这是科尔普尔医生的号码。我试着让自己的声音冷静沉着，而不像在沙滩上一边看《明星》杂志一边应付两个尖叫的孩子的疯女人。

"喂？"

"他的血能配上，"她说，"加布里埃尔是扩展配型，完美的配型。"

我想找出比"谢谢"更好、更有力的字眼，即使"谢谢"你都感觉不够强烈。配型本身可能跟她没什么关系，但加布里埃尔的出生有一半要归功于她。他是第一个说出兄弟姐妹的人。

"科尔普尔医生，你给我们带来太好的消息了。"我说，"谢谢你。"

"不客气。"她说，"我也很为你们一家高兴。"然后我们挂了电话。

我回头看看妈妈，她还在打电话。我挥了挥手。"配上了。"我说。

她哭了起来。这就是我妈妈——随时准备好与沙滩上任何人分享悲伤或者喜悦。

布莱恩在房子里，离我们只有几百码，我想当面告诉他。妈妈说："孩子我看着，快去！"

打开小屋门的时候，我听到键盘的敲击声。布莱恩有特定的节奏。一连串声音，简单的沉默，然后又是一连串敲击。我站在那里，听了片刻。布莱恩在写作，很快乐。我想给他带来更多快乐。

我看不到他的脸，他可能正闭着眼。我发出声音，他转头看着我，吃了一惊，然后笑了。在意料之外看到我的时候，他有一种特定的笑容。世界上每个人都应该像这样微笑，哪怕只有一次。

"嗨，"我说，"科尔普尔医生打电话了。"

他坐直了身子，如遭电击。

"他能配上。"我说，"完美的配型，扩展配型。"

"哇哦。"然后是长长的停顿，"哇哦。我的天啊。哇哦。"

然后他脸色一沉，眼周和嘴角微微一松。一个阴影重重的想法。

"怎么了？"我问。

"风险。"

我们坐了一会儿，体会着这个词，与我们的希望相伴而生，是可能性和危险的阴阳两面，交相连接，共存着。治愈和威胁，彼此依偎，无法分离。

我们能治愈她，但前提是我们愿意让她冒这个风险。

20

移植能治愈你，也能杀掉你。没有中间地带。如果我们选择移植这条路，正如一位医生所言，我们就会"直面风险"。

如果她是某种风险投资或者年金计划，我们可以直面风险。但她是个小姑娘。一个独一无二、无法取代的小姑娘。一个会在大笑的时候上下摇晃着小脑袋，迪士尼的商标一出现在屏幕上就会尖叫，讨厌沙子但喜欢水的小姑娘。在我对她疾言厉色的时候，她有时会说："冷静点，冷静点，妈妈。"

不做移植的话，终其一生她都会是一个病孩子。不管活的时间长短，都得不停接受治疗。又或者，我们可以抓住健康的把手。让她过平常人的生活，不是由医生、红细胞计数、针头和试验药物所主导的生活。

"你看，"我对布莱恩说，"这就像你的头发在着火的时候，你不会站在一旁辩论要不要救火！"

"你会的，"他说，"当你能用来救火的只有一块砖头。"

我知道他的意思，但我不想承认他是对的。

我打心底支持移植，而布莱恩打心底反对。我们在自己的位置摆好架势，乐观者在左，悲观者在右。但这也有改变的时候。如果我突然放弃了我的立场，他也会改变，反之亦然。我们一刻也无法处在跷跷板的两端。我们在优柔寡断中悬而不决。能有选择的余地是我们的运气，但也始终是我们的负担，而且没有明确的终结。脐带血安全地储存在血库里，它不会过期。

我们一边衡量着相关的优劣势，一边做饭、叠衣服、开车去沙滩、用牙线清洁牙齿、换尿布、回邮件、给格蕾西梳头、拉上大衣的拉链去散步、晚饭后坐下来喝杯红酒、做爱，在又一次输血后一言不发地开车回家，格蕾西在后座睡着，容光焕发，脸色又红润起来。无论我们在谈论什么，谈论的都是这个。

21

与此同时，我们在加利福尼亚的时间所剩无几。布莱恩已经横穿国家通勤了整整一个学期。我们再也无法承担分隔在两个海岸这种不切实际的生活了。在可以预见的未来，我的任务是照顾一个生病的幼儿和一个婴儿，没有收入。我们需要有收入，布莱恩在纽约有一份很好的工作，这无可争辩。

我们决定在九月份搬回东部。格蕾西那时就两岁多了，加布里埃尔只有七个月大。他们可能都不记得加利福尼亚，但我希望他们在这里待得足够久，让这里金黄色的阳光渗入他们的小身体。

离开加利福尼亚最糟糕的一点就是离开我妈妈。不管我们的离去对她来说有多悲伤，她还是亲切得不可思议。八月末，她在花园里为我们策划和举办了一场盛大的告别聚会。

那天晚上，聚会快要结束的时候，达瓦坐在我旁边一堵矮石墙上。"你怎么样，哈珀？"他问。

"我很难过。"我说，"我不想走。"

"我也不想让你走。"他说。我们看着大家聊天。范·莫里森的歌声从房子的扩音器中飘扬出来。这是一个无与伦比的夜晚，跳起月之舞吧。苏西和他们的小儿子利亚姆站在角落。"你，"苏西告诉我她怀孕了的时候对我说，"传染我。"我怎么能在这个时候走呢，当我们终于安定下来，完成我们一直说要做的事——一起养育我们的孩子？

苏西把利亚姆抱了过来。"挪挪屁股。"她推我。

"要不要搬到纽约？"我问。

"现在不行。"苏西说，"你怎么能去纽约呢？"她看上去接受了我与布莱恩重修旧好的事实，甚至还为我们鼓劲儿，但她觉得我们搬回东部是毫无必要的背叛。她从我手里拿走了鳄梨酱薯片，然后吃了。

"基本上，"她说，"你完了。"

凯西在我们之间摇摇晃晃。我们的告别很轻松，她已经计划好几个月之后搬到纽约。

"苏西，"我说，"凯西打算去，我打算去。你和达瓦还有利亚姆也能去。"

"看看你周围，"苏西说，"你能离得开这一切？"我妈妈的花园从未如此美丽。一切都是绿意葱茏，格蕾西出生时她种下的茉莉花已经盛开。离开这个地方，我一定是疯了。

妈妈坐在我们旁边的石墙上哭了起来。

"杰西卡，别这样，"苏西说，"你会引起连锁反应的。"但太迟了。我已经哭了起来，凯西也哭了。你一哭，她就哭。这就是她的情感反应。直到利亚姆也哭起来的时候，我们才抱头痛哭。

稍后我在妈妈的厨房里四处帮忙收拾着。"我想你这次是真的要走了。"她说，"我真为你高兴。但我会想你的，非常想你。"

就是在这间厨房里，年少的我不小心开着水龙头就去车库的屋顶做了一个小时的日光浴。当她回家发现我在用吸尘器吸楼下的地毯时，几乎立刻就原谅了我。我怀着孕，独自一人，悲伤沮丧，不知所措，她把一切能给的都给了我。吃的、钱、时间，最重要的是，友爱的精神。

我想到了比利·柯林斯的诗《勋带》。诗中的主角表达了对母亲的付出不可能进行回报的悲叹之情。

> 她在我的额头覆上冰凉的面巾
> 然后引我走进微风习习的天光
> 教我走路，教我游泳，而我为她献上……
> 勋带。

我们可以打电话，可以发邮件，什么都可以邮寄——恶作剧卡片、See's 糖果、桉树叶、祖传瓷器和贝果面包圈（如果不是熏鲑鱼味的话）——但一切都不一样了。我们都知道。

我环抱住她："谢谢你，妈妈。我也会想你的。"

我的感激之情比我能说出口的还要强烈。妈妈看待世界的方式感动了我，无论什么时候，她都看到光明的一面。她也把这一点教给了我。我们是苦中作乐的高手。在1983年马林郡的洪水中，我们在洪水从那辆绿色丰田花冠的门缝中涌入并没过脚踝的时候笑得上气不接下气。我们打开门，蹚着齐大腿深的水一边大笑着一边走向附近的操场避难。

"这个地方永远为你准备着。"她说。这句话让我从柔情转为恼怒。她是在暗示我还会回来吗？布莱恩和我会过不下去？

我下定决心一定要过下去。我穿过整个国家和他在一起。但是我还没有打包，还没有计划，也没有订机票。因为，理智地来看，回到东部和布莱恩在一起感觉是愚蠢的行为，像从行驶的火车上跳到正在加速的船上，感觉像重蹈覆辙。

我的父母在1969年一起搬到东部，就拉开了他们之间结局的序幕。他们在纽约的斯托尼布鲁克安顿下来，以便妈妈读研究生。就在他们动身前不久，爸爸刚通过了加利福尼亚律师考试。不能在其他州执业，这让他很痛苦。他找过几分零散的工作，比如保险销售员、初中历史老师和伐木员。一年以后，他告诉我妈妈，他不能再这样下去了，然后买了一张回加利福尼亚的机票。他从没有解释过为什么不能参加纽约的律师考试。我妈妈那时学位只读了一半，但决定退学和他一起走。他们走之前的那天，她第一次也是唯一一次犯了偏头痛。疼得很厉害，她把自己锁在卫生间里，在空的陶瓷浴缸里面躺了三个小时。出来以后，她做了决定：继续留在纽约读完硕士。

"我知道，如果我走了，"她说，"我会完全依赖你爸爸，这会很糟糕。"

这个故事在我的想象中有种讽刺的力量。它不仅仅是妈妈自作主张的行为，还是一代妇女的转折点。那么为什么我要离开支持自己的大本营，回到纽约这个案发现场呢？

我等着我的偏头痛。我一边等待着，一边把东西扔到Goodwill，把一大堆婴儿用品送给苏西，给弟弟们买道别礼物，和我爸爸还有他妻子吃了告别晚餐。我和露露亲昵地蹭着鼻子："再见，神奇狗狗。你是孕妇最好的朋友。"当我决定周日动身的时候，我等着那阵像要把我的头撕裂的疼痛。但它没有来。最终，我不得不承认显而易见的事实：我不是我的母亲，布莱恩也不是我的父亲。我们不是过去的任何人。另外，尽管我们的四口之家存在摇摇欲坠的潜在因素，我们事实上的确是四口之家。我们的团体是最基础的。尝试组建家庭就像一场赌博，如果我要下注的话，我会把赌注押在我想要、我希望、我相信的那些东西上，那就是和布莱恩在一起的生活。

这是放手一搏，而我已经无路可退。

布鲁克林

Brooklyn

22

"怎么坐飞机还穿得这么正式？"布莱恩问。

我用塑料杯喝着番茄汁，冰块上沾着红色残渣。布莱恩要了可口可乐，他总是喝可口可乐。在四万英尺的高空，混杂在形形色色的陌生人中，我们彼此致意。

"我奶奶总是穿着丝袜和漆皮高跟鞋坐飞机。"我说，"这是对她拙劣的模仿。"

我们正飞到俄克拉荷马上空。两个孩子都睡着了，睡眠时间重叠了令人幸福的一小时。我握住他的手，没有告诉他，我盛装坐飞机是因为在男人和女人的领域里，我还想觉得自己是个竞争者，尽管有了两个年幼的孩子。我不想像一个多余的人一样被清除出局，一笔勾销。我并不想做房间里那个最美的女人——我天真少女的角色已经结束了——但我想在性别的雷达上有一席之地，哪怕是个暗淡的光点也好。

我再次握紧他的手。我的双腿交叠着，布莱恩把手滑进我的双膝之间。我们交换了一个眼神：我们现在大多时候只能靠眼神了。几乎没有时间、精力或者空间做别的。但是眼神这件事，我们简直是世界一流。我们之间爆发出欲望和暗示的太阳系，把内心的一切都吸引到我们两人中间那个胖乎乎的七个月大的儿子身上，而我们疾病缠身的两岁半的女儿，用一串泡泡连接着我，纤细脆弱，如同蜘蛛丝，从她的嘴角流下来，在我的衬衫上扩散成一片水渍。我们没有移开目光。

　　但我们的凝视中有某种病毒。我们来回传递的不仅仅是欲望、决心和尊敬，同时还有令人如坐针毡的持续焦虑。我们这是在沼泽上构筑起自己的生活。最大的不可知因素就是不知道格蕾西能不能治好。我们对未来都没有哪怕最模糊的概念。我们不说"有太多出错的可能"，我们不说"会没事的"，我们只是抚摸着塑料扶手，喝着饮料。

　　窗外，淡紫色的云层仿佛色彩淡雅的城市，深灰色云柱高高耸起成不对称的角度，仿佛一组歪歪斜斜的摩天大楼。我真想出去走走。整个场面都安排得如此具有艺术美感，仿佛舞台布景。既然大自然能够营造这种令人目瞪口呆的美景，为什么又会允许突变的存在呢？孤独症、有问题的心脏瓣膜、癌症，永远都存在，癌症、血液疾病——它们的存在到底有什么意义呢？

　　"醒醒吧，留点神。"我说。

　　"你在跟我说话吗？"布莱恩问。

"我想不是。"

我靠回座椅上，将格蕾西潮湿的刘海从她的额头上拨开。

"她出生之前，"我说，"我从没想过，一次都没有想到过，我会有一个病孩子。"

布莱恩沉默了一会儿："我从来没想过，我会不用担心孩子哪里有问题。"

我震惊莫名，还有点害怕。

我不喜欢把阴暗的可能性勾勒得很清晰，以害怕它们成为现实。但和我不同，布莱恩必须想到最坏的情况，为它做好准备，作为一种先发制人的驱魔行为。这意味着，他的人生中发生的每一件坏事，他都或多或少地事先考虑过。当然，他所设想的很多坏事都没有发生。除了这件。

我开始收拾垃圾，把它们扫进尿布包里——吃了一半的动物饼干、用过的婴儿湿巾、一瓶凝固了的牛奶。我寻找着加布最喜欢的玩具——一只毛绒大象玩具。他醒了，自得其乐地咕咕作声，也许会、也许不会在下降过程中变成高声尖叫。

格蕾西动了动身子，看看四周。"我们到哪了？我们是上去还是下去？"

"我们马上就到纽约了。"我说着，亲了亲她的头顶。

"纽约是上去还是下去？"

23

"想象一下，十个孩子在过马路，"布莱恩说，"五个男孩，五个女孩，排着队，手拉手。他们过马路，走到另一边，只有九个活了下来。"

我们已经在布鲁克林住了六个月了，格蕾西一点都不见好。我们在布鲁克林的卧室里吵架，吵的还是老内容。我想给格蕾西做移植手术。布莱恩不想。至少不是现在。

我们在东海岸和西海岸都去看了很多位移植手术医生，他们告诉我们，十分之一的孩子撑不过去。移植手术的死亡率是百分之十，甚至更高——百分之十五，百分之二十。什么程度的风险才无法承受呢？我不想思考这个，但我知道布莱恩不是为了吵架而吵架，他吓坏了。

我尽力不去描画孩子的画面，但太迟了：他们已经栩栩如生。五个男孩穿着超级英雄图案的尼龙搭扣运动鞋。五个女孩戴着色彩柔和的塑料发卡，把柔软的刘海别起来。

"你愿意送格蕾西过马路吗？"布莱恩问。

对布莱恩来说，格蕾西可能因为移植而死去的可能性是真实存在的。在现实生活中，它是真实的。对于我来说，把这种事摊在桌面上说，则是亵渎。

"去你妈的。"我走进洗手间，锁上了门。

"回答我，"布莱恩说，"你愿意送她过马路吗？"

如果移植是巨大的风险，那么什么都不做的风险也同样巨大。当我设想格蕾西不做移植手术的未来时，画面充满了寂静的灰色的雪。我可以看到四岁或者五岁的她。但仅此而已。再往后，她的身影模糊不清，看不到了。我的直觉是她需要治愈来活下去，但这种直觉从来不会与布莱恩的想法相同。如果我让她这么继续病下去，我有种确凿的感觉，她会病得更厉害。"发育停滞"这个词从不遥远。她会逐渐萎缩，渐渐停息。

他害怕的是，如果我们让她做移植手术的话她会死。我害怕的是，如果我们不做的话她会死。我们很明智，知道害怕，这并不能帮助我们抉择。我们必须早做决定，不是这周或者这个月，甚至也不用非得是今年之内。但在格蕾西长大太多之前我们必须做决定。要想移植成功，每公斤体重必须分到高剂量的干细胞。加布的细胞储存在血库中，是有限的，而格蕾西的体重则会不断增加。

如果布莱恩不同意，我想，我会重新一个人扛起一切。

"希瑟，打开门。"布莱恩有节奏地敲着木门，像是摩斯电码或者《威廉·退尔》序曲。我没理他。我想保持愤怒，我要保持愤怒。早上醒过来的时候，什么都没有解决，什么都没有决定，停滞在怨恨的赋格曲中。他在床上，我在浴缸的一堆毛巾里。

但我们其实是站在一边的。我们都希望女儿活下去，好好活着。我打开了门。布莱恩坐在我身边，用拇指抚摸着我的手腕内侧。我感到自己的肩膀放松下来。

"我们要怎么做？"我说。

我希望他说，你觉得怎么做好，我们就怎么做。我们会跟着你的直觉走。我们会用加布里埃尔的脐带血。我们会做移植。我们会拼命抓住救命稻草，让她留在我们身边。"我不知道，"他说，"我真的不知道。"

我们困惑不已，我们无比恐惧。这是烈火考验，我们正处在中间的部分，烈火焚身。

24

六个月前，我们刚来到布鲁克林的时候，我在 Craigslist 网站上看到一则广告，好得令人难以置信："韦伯斯特街维多利亚时代的紫色房子，带有两间迷人的卧室，坐落在古雅的彩绘街区。"不管它是什么。租金达到了我们预算的极限，甚至还超过了极限。但我们的预算具有惊人的弹性。

我在电话里把这则广告大声读给妈妈听："难以置信，是不是？"

"去看看再说，"她说，"又不会有坏处。"

当我现在回想起我们可能会与韦伯斯特街失之交臂的时候，我畏缩着，打了个寒战。我们可能认识不了凯茜，也会错过伊顿、克洛伊和斯蒂夫。我们可能会错过布鲁克林的区长马蒂·马科维兹，她也不会站在我们的门廊上，对下面聚集的人群发表演讲。

彩绘街区原来是色彩明快的维多利亚时代连排房子，有着宽敞而相连的门廊。我们要租的那栋有两层楼，比我之前见过的房子都大。二楼有两间巨大的卧室，中间隔着厚厚的木质折叠门。在我上二楼看房之前，我就已经激动地跳了起来，说着"好"。房子有一个后院，洗衣房里还有洗衣机和烘干机，客厅的落地窗比布莱恩还高。

房东在我们签协议和领钥匙之前就离开了城里，所以他们把钥匙留给了一位邻居。布莱恩约好了某天下班后去见她，但到她家的时候，她却不在。她那时候怀孕八个月，一孕傻三年，把这件事忘了个干净。他给她打了电话，重新约了时间。那天晚上，我问他我们的新邻居长什么样子。他说："她用羞愧难当来形容忘了见我。你能相信在2004年还会有人体贴到会觉得羞愧难当吗？"那就是我们第一次与凯茜打交道。

第二天一早，我正把垃圾拖到路边，一个漂亮的金发女人被她的哈巴狗拖着走过我身边。怀孕八个月，一定是她了。她低头看看我们那堆破烂儿，包括破旧的木马和坏了的马桶刷。

"家庭生活的魅力，"她说，"永无止境。"

后来，我知道她有一对苛刻得千奇百怪的父母，而她却是他们宽容的女儿。同时她也是两个女儿平静而滑稽的母亲，是不知疲倦、来者不拒的书虫，是城市冒险中散漫而有趣的伙伴，是毫无计划的厨子，她热爱着自己略显凌乱的房子，私下里喜欢和伴侣玩脱衣扑克，是毫不虚荣的美人，成长的过程中随处可见炫耀和做作，而她却出淤泥而不染，毫不矫饰——她很善良。我已经知道她有小说艺术硕士的学位，是一位饱受赞誉的剧作家，也深深痴迷于自己的哈巴狗。但这都像是蛋糕表面的糖霜。在我们见面的最初三分钟里，我就穿透糖霜看到了里面的蛋糕：她欢快的身影走向我们的房子，这给我感觉很好。

"你一定是凯茜了，"我说着，伸出手来，"我是希瑟，格蕾西和加布里埃尔的妈妈。"

"我是凯茜。"她也伸出手，"伊顿和里面这家伙的妈妈。"

我们是刚刚好的一对：两个母亲，分别带着一个刚会走路的幼儿和一个婴儿（差不多），也是两个被小人儿们拖累的雄心勃勃的创作艺术家。握手的时候，感觉像达成了一桩交易：我们会互相帮助。

第二天，我们见到了凯茜的女儿伊顿，一个严肃的女孩，一头金红色的头发，瘦长脸，一双相距略远的蓝眼睛。她戴着眼镜，时不时极其小心地把它推回原位。她开着一辆有着明亮橘色车顶的塑料小车过来，像急救车一样。驾驶座里，她平静而有自制力。如果艾迪斯·沃顿开车的话，我想，她应该就是这个样子。伊顿开近了以后，格蕾西冲到车前，试着爬进去。车里坐不下两个人，但伊顿让出了足够的空间。"嗨，"格蕾西说，指着她俩之间并不存在的空间，"这是嘟嘟。"嘟嘟是她想象中的朋友。

"我认识嘟嘟。"伊顿说。

这样一来，她俩也成了朋友。

两个女孩以前都没交过朋友，想到她们的家之间只隔着几栋房子，她俩陶醉其中。每天早上，其中一个都会跑出门去，站在自己这端朝另一端大喊："伊伊伊伊伊伊伊伊伊顿！"或者"格蕾西西西西西西西西！"她们会同时向中间跑去，抱住彼此，像是一对经过悲剧分离之后重逢的恋人。

我们到韦伯斯特街之后一个月左右，凯茜生下了孩子，又是一个红头发的小女孩，名叫克洛伊。那之后，我们开始几乎每天都出去散步，风雨无阻。因为这是唯一能够为四个孩子提供足够约束和娱乐的方法，这样我们才能聊天。

我们推着这几个快乐（或者没那么快乐）的小家伙去展望公园，走过赤褐色砂石建筑，走过成排的参天大树，身旁有很多很多妈妈，身着色彩低调而价格不菲的运动服。相反，我们则是懒蛋，随便抓一件干净衣服穿上到公园闲逛。但我们度过了愉快的时光。

我从来没提起过格蕾西的病。我没有告诉过凯茜，这个在我们路过冰淇淋车时假装肚子饿而拳打脚踢的孩子已经去过了加利福尼亚大学旧金山分校医学中心，奥克兰儿童医院，斯坦福、纽约大学医学中心，康奈尔·威尔医学中心，哥伦比亚大学医学中心，长岛犹太医院，哈肯萨克医学中心和波士顿儿童医院。我也没告诉她，我们最近还把格蕾西的血样寄给国立卫生研究院的一位世界知名的专家和梅奥医院几位医生。

我也没有与她分享，我们收到了大量彼此相左的意见。

意大利一位治疗了九百例患者的著名移植医生发电子邮件说："尽快移植。"而我们等了九个月才见到的波士顿儿童医院一位天才医生则在看诊之后写道，年纪小的患者应该小心，因为"围移植期发病率和死亡率普遍偏高"。

围移植期发病率和死亡率。真的吗？你一开始就引起了我的注意。

凯茜对我们的就医生活毫不知情，我只是一位普通的布鲁克林妈妈。我们无话不谈："新鲜直达"网络超市；如何不挤死运动场那些咬人的虫子；我们对"婴儿体重"的拒绝重视；我们过去读过的书；彼此同样遥不可及的写作；比较我们伴侣的缺点和失败（无穷无尽）和魅力（十分有限），我们谈论除了危及生命的疾病之外的任何事情。

我甚至没有告诉她，布莱恩和我没有结婚，因为那部分往事会牵动一切：我们看起来是一个样子，其实全然不，这一事实令人不安。

一个飘着细雨的清晨，凯茜打电话给我："想去科尼岛吗？"坏天气里最不可能的计划。完美。

我们去的地方如果不是科尼岛，也是个离那里很近的什么地方。在一个街区找两个停车位，这怎么可能呢？外面大雨倾盆，如同瓢泼。另一个朋友可能会说，我们回去吧，或者流露出一丝无言的责备。我们停好车，跑向写着"纳森热狗店"霓虹灯招牌。

在店里，我用纸巾擦干了加布，凯茜温柔地轻拍着克洛伊的耳朵和鼻子。雨中狂奔对格蕾西和伊顿来说是令人头晕目眩的荒谬行为，受此感染，她们一边尖叫着"我们湿啦！"一边手舞足蹈。"我们好湿！"仿佛湿即富有，或者美丽。这是她们通过写作获得的一次小胜利。

友谊，带有其难以言表的魔力，很难洞悉。有什么东西让凯西和我走到一起，在十岁的时候开始崇拜同样的马神。而同样的东西把苏西和我拉到了大学派对的同一张脏沙发上。它让凯茜和我在第一次握手时候就颇为投缘。而同样是这件神秘的东西又活跃在这两个蹒跚学步的孩子中间。

她们差不多是唱着歌又重复一遍："我们好湿！"

"好极了，"凯茜说，"最糟糕的方式。"她的笑声传递着善意，逆境中的友情，对坏运气的恩赐。这对格蕾西的病来说是个注脚，凯茜自己看不到，但它无所不在。

我想起奥登的那句名言："我并未在我所喜欢和仰慕的人之间找到共同之处，但是我所挚爱的人却有个共同点：他们都能让我欢笑。"

我们吃着湿乎乎的热狗，穿着潮乎乎的衣服，然后开车回家。一个无所事事的下午对我意味着一切。

幸运的话，你的一生能够遇到四到五个人，与他们相处，你会无比舒服。那种舒服，会使得那条阻力最小的道路能够从喧嚣中脱颖而出，或者你最好的自己能够浮上水面。和这些人在一起，度过日常琐碎会是一场伟大的冒险。我想起二十年前的妈妈和我，在丰田花冠进水的时候大笑不止。

那天晚上孩子们睡着以后，布莱恩说："你看起来又像在加利福尼亚的你了。发生了什么特别的事吗？"

"我在加利福尼亚和纽约看起来不一样？"

"在纽约，你有时候看上去像来自另外一个星球的人。这个星球的重力对你来说太强了。"

"在纽约，一切都的确更沉重。"

"但今晚轻了些？"

"今天过得很开心。凯茜和我带着孩子穿过大雨去了科尼岛，就为了吃湿乎乎的热狗。"

"的确是开心的一天。你跟她提起格蕾西了吗？"

"没有。我一直觉得，如果凯茜和伊顿觉得格蕾西没事，她就会没事的。"

"亲爱的。"布莱恩把手放在我的后腰上，让我转身面对他。

我把手放在他的脸颊上，一直放着。

"该睡了。"他说。

在床上，秘诀就是保持足够长时间的清醒，来享受这段时光。

25

隆冬时节，格蕾西每况愈下，一直在不明原因地发烧，104华氏度，105华氏度，原因不明。

我已经被布鲁克林搞得心力交瘁。带着年幼的孩子过东海岸的冬天简直糟糕透顶。出门的时候需要给婴儿和幼儿套上繁复的一层又一层衣服，即使对最理智和最有序的人（我不是）来说，耐心也会受到考验。有一次，我因为加布把我刚刚给穿上的防雪装又脱下来而对还不到一岁的他提高了嗓门。格蕾西瞪了我一眼，说："他刚出生，给他点时间。"

每天下午四五点的时候，我考虑着要不要把头放在炉子上，把燃气打开，就为了暖和暖和。然后，谢天谢地，布莱恩回家了。他会放下皮箱，把加布里埃尔从我怀里抱走。他会逗格蕾西笑。我们会接吻，一个毫无内容的吻。一个"一天结束了，我回家了"的吻。一个让世界运转的吻。这个吻既包含同时又试着排斥真相——我们的女儿是幼儿之海上一条歪歪斜斜的小船。

　　我们在纽约的新医生有些漫不经心。"孩子们会做一些解释不了的事，特别是有着神秘病症的孩子，比如你家孩子。"她知道格蕾西叫什么吗？而且我不喜欢她的措辞，"神秘"，好像格蕾西的整个人生就建立在疾病上，而非疾病只是她人生的注脚。她会在夜里用指尖触碰我的眼皮问我："你睡觉的时候还能看见我吗？"当布莱恩把她的鞋放在自己头上，在房子里走来走去，说着："格蕾西的鞋子去哪了？我好想找到格蕾西的鞋子啊！"她会笑起来，直到额头碰到地面，像是一个小小的祈祷者，在对她爸爸的滑稽行为祈祷。

　　一天里有两三次，她会突然倒下，如同破旧的布娃娃。

　　在停车场里，格蕾西安静地看着其他孩子打着滚，跑过来又跑过去，在游乐设施里尖叫着，疯狂而精力充沛地绕着圈。看起来，她将他们的游戏看成无比吸引人又陌生的任务，而她并没有为此完全准备好。

　　爬到滑梯顶端对她来说是竭尽全力的任务，需要非常集中的注意力。她是个谨小慎微的人，每一步都值得思量。抬脚，停，呼吸，看看周围，卷起袖子，朝我挥挥手，朝凯茜挥挥手，又一步，停，呼吸，看看周围。她才爬到一半的功夫，身后就已经聚集了一群不耐烦的乌合之众，想超过她。

　　格蕾西登顶的功夫，伊顿能上下五次。格蕾西永远在她身后喊着："伊顿，等等，等等，伊顿，我来了。"

凯茜从不提起格蕾西的倦怠。如果我提起来，她则试图宽慰我。"可能她天性如此，"她会说，"她是个稳重的孩子，就跟布莱恩一样！"

格蕾西的发烧和缺少活力更加让我觉得，我们应该采取行动了。一天晚上，我脱掉格蕾西的鞋子，注意到它们有些小了。

"哦，不！"我叫了出来。布莱恩跑下楼梯。

"怎么了？出什么事了？"

"鞋小了。"我拎起那双有罪的红靴子。

"这有什么不好？"

"如果她的鞋小了，捐献也少了。"

"什么捐献？"

"加布的捐献！他的细胞。他们说，对于移植来说，每公斤体重对应的细胞越多越好。她现在在增重。看看她的大脚。"

"如果我们决定让她做移植手术，就算她再大很多很多个鞋号，我们从加布那儿收集到的脐带血还是足够的。你知道的。"

刚才一直全神贯注地看小鸭子绘本而对这场对话充耳不闻的格蕾西将注意力转移到她的脚上。

布莱恩看着她："你长大了，宝贝。"

他看看我："这一般来说是件好事。"

他捡起红靴子，放在自己头上，紧张地环顾着房间："要是我能找到格蕾西丢掉的鞋，我就是个真正快乐的人了。"

格蕾西咯咯笑了起来，头碰到了地板，然后严肃地提供了帮助："爸爸，向上看。"

26

新的血液学家 G 医生可能知道也可能不知道格蕾西的名字。她得到了我们见过的每个医生的众口称赞。理论层面上，她好极了。但实际层面上，别提了。

我们第一次去找她的时候，她让我们等了将近四个小时。"第一次约会就这样，"布莱恩说，"想想她第二次会怎么对我们，我简直全身发抖。"但她的医院有最好的设施，最好的血液。经过清洗和照射的血液。我们会等。

我们的第二次约会，G 医生告诉我们，我们需要开始螯合。我们听说过要对输血依赖性的孩子进行螯合，但一直拖着不想知道细节，希望格蕾西在需要进行螯合之前就痊愈了。但我们没那么好运。

"你能解释一下吗？"我问。

G 医生一边低头看着手机，一边对我们说："接受输血的孩子会在组织里累积铁元素。因为红细胞和我们的地球类似，内部有一个铁元素构成的核心，输入的血细胞解体的时候，铁元素会释放到血液中，长此以往会影响心脏和肝脏的功能。"

"这需要格蕾西做什么？"布莱恩问。

G医生看了我们一眼，然后又继续看着手机。"患者挂一个螯合泵，泵会每天十二小时输送螯合药物。"

此时此刻，G医生没有表露出丝毫的幽默感：这不会是一个残酷的玩笑。她的脚烦躁不安地抖动着，已经准备好去另一个房间了。她穿的是Jimmy Choo吗？拙劣地显示出营利性医疗系统带来的炫耀性消费。或者也许她本就来自大富大贵之家，行医只是个人爱好？也许我应该思考除了她所说的话之外的事情。

"十二小时？"布莱恩说，"这对一个三岁的孩子来说束缚得不会太长吗？"

"大多数家长选择在夜里进行。"

"她需要做多久？"

"一辈子。"

我们沉默了。

"只要她接受输血，你就得把铁元素弄出来。不然，最终她的心肺功能会退化。"

我的大脑停止了转动。我无言以对。心、肺，仿佛它们是自由的代理人一般，是独立于女儿存在的物件，或者有着自己独立的日程、缺点和幻想。会生锈，会腐朽。

"我们应该什么时候开始？"布莱恩问。

"这周。我会给你们开螯合剂和泵。一位护士会上门教你们如何操作。你们很快就会发现，这会变得像刷牙一样日常。"

我想尖叫。你给我找一个每天花十二小时刷他们该死的牙的人试试，怎么样？这太便宜 G 医生了。我会先折磨她，就用她那双 Jimmy Choo 的细鞋跟。

从那时起，每天夜里，我们的核心任务就是成功地把她"连在"泵上。

我承担了混合药剂的任务。螯合药物得斯芬是粉末状药物，每次使用的时候都要把它溶解到新鲜无菌水中。那个护士教我怎么做，并且强调了过度摇晃的危险：可能会产生气泡，进入她的心脏。我生活在不小心让溶液起泡的恐惧之中。

第一晚令我们备受折磨。等等……轻摇，轻摇。我还能听到护士的声音，等等……粉末终于溶解之后，我把液体吸入注射器中，将注射器固定在晚装包大小的螯合泵里，让药物填满管子，直到针头渗出几滴液体——小心谨慎地不让管线中残留任何空气。然后，最困难的部分来了。我们要给女儿涂上麻醉膏，然后把针插进去而不惊醒她。针不大，像个大头针，但和大头针一样，我们必须直着把它扎进去。把大头针扎进亲生孩子的身体简直是反常理的行为。

我们给格蕾西涂上麻醉膏，等着她睡着。

针扎到她皮肤的时候，格蕾西陡然坐起，看着我们。"一定要小心啊。"她说，然后朝左一歪，又睡着了。

我们蹑手蹑脚地走出孩子们的房间，回到自己屋里。

我能听到隔壁房间传来加布呼吸间发出急速的口哨声，衬托着格蕾西稍缓慢的深呼吸声。但愿螯合泵里的药物能把铁元素从她的心脏和肺里带走。但愿药物没有从此刻就开始"失效"。很难相信，这是我们普通人的任务。

一周前，我们没戴帽子出去散步，导致两个孩子头上积满了雪。之后，布莱恩说："我们不配拥有这两个孩子。"的确，我们不配。孩子是上帝所赐予的无上荣耀。没有任何孩子是应得或者赚来的。但布莱恩并不是存在主义者。他的意思是，我们不配拥有这两个孩子。这让我很生气，而我生气正是因为这话是部分正确的。我们是艺术家，容易分心，极端无序。作为她的医疗团队，即使往最好的方向说，我们也是毫无把握。

尽管我们有些吃不消，但和这两个小家伙在一起的日子还是难以言喻地感动了我。他们的味道，他们举起小胳膊要"举高高"，全身心地相信布莱恩或者我会弯腰把他们抱起来，他们手腕内侧天鹅绒一般的触感，他们半透明的小耳朵——像是对着光举起小小的贝壳。我无力再承受，在床上转身面向布莱恩。

"我们也许不配拥有他们，"我说，"但我们珍惜他们。这一定是有价值的。"

"螯合的事你做得很出色。"他说。

"谢谢，"我说，停顿了片刻，"我不想让她一直这样下去。你呢？"

布莱恩没有不安，也没有看我。他只是盯着墙壁。我知道如果我等待下去，他会说出一些意味深长的话。如果我用另一个问题和另一次指责来打断他，我们又会回到过去。

我想推动这场争论，但同时又害怕他会同意我的观点。取代一辈子戴着螯合泵的方法就是把她放在十个孩子里送到马路对面，每一个都是无可取代的，而其中一个却抵达不了。

我们的卧室与客厅在同一层。靛蓝色的影子在高高的窗户上摇曳，树影婆娑，枝条做出转瞬即逝又模棱两可的手势。如果我们能够解读这些信号该有多好。

过了一会儿，风停了，树枝静了。

"我们有这棵树，真是幸运。"我打破了漫长的沉默。

"的确。"布莱恩说。他把我拉近了他，我把自己的脸埋在他颈边，深吸一口气。

尽管我们对如何对待女儿不知所措，但我也从此时此刻我们在一起的事实中获得了同等的安抚。

如果过去那个独自一人怀孕的我能够预见到未来的这个时刻，她一定会溃不成军，而不是从中获得安慰。但她并不能够预见。我现在能为她做的只有试着说服她放下她的怨恨，她的愤怒，她那些琐碎的疑虑。提醒她，布莱恩已经成了一个父亲，给予两个孩子全部的善意、耐心，陪他们玩耍，对他们无聊和永无止境的需求展现出几乎没有限制的关注。这已经取代了过去那个不情愿的父亲。我用手背轻抚着布莱恩的脸。

"你真让我吃惊。"

"我怎么让你吃惊了？"

"你现在多么喜欢当爸爸啊。这也让你自己吃惊吗？"

"在我看来，更像是格蕾西踢倒了一扇门，释放出了我对你如潮水一般的爱，先是对她的，然后是对加布的。"

"并不是所有人都能够适应潮水般的变化。"

"也并不是所有人都能够等待着它的出现。"

"我等是因为你的爱尔兰妖精舞。"

"我的爱尔兰妖精舞？"

"还记得那次你模仿大卫·莱特曼学爱尔兰小妖精跳舞吗？"

"哦，对。"我知道他记得，因为他记得一切，每一件小事。

"我认为任何一个穿着领尖有扣子的牛津布衬衫而且相信政治道德，还能给几乎任何句子正确加标点的男人——而且还能跳爱尔兰妖精舞——都值得等。"

"就因为这个？任何能扭两下的家伙都能把你追到手？"

"只要是你就行。"

27

我们住在布鲁克林的日子里，在我家被称作"斯图奇"的布莱恩的大学室友会定期催我们给他前妻的妹妹打电话，她是北卡罗来纳州一名儿科移植医生。尽管我们喜欢斯图奇，也知道他是好心，我们还是对格蕾西的幸福与斯图奇前妻的妹妹连接起来这件事心存疑虑。每个人都想帮忙。很多人往不同方向指引着你。

我们不需要再有一个医生掺和进来了。

但斯图奇还是不断提起这件事，所以我们在一个周日打了电话，更多的是想说我们打过电话了，这事就此罢休。我们联系到的是乔安娜·库兹伯格医生，她让我们大吃一惊。首先，我们留言的时候她正好在度假，而一个小时之内她就给我们回了电话，还立刻把自己的寻呼机和手机号码都给了我们，跟我们聊了将近一个小时。有一个人愿意放下自己水果味的鸡尾酒，和我们聊 HLA 组织配型，这简直慷慨得令人难以置信。

布莱恩开始在谷歌上查询这名医生，结果令我们震惊莫名：库兹伯格管理着杜克医学中心在达勒姆的脐带血骨髓移植中心。在 2004 年，使用脐带血还是相对比较新的技术，而我们咨询过的大多数地方手术量都在二十例以下。而在杜克已经做了超过二百例：他们擅长脐带血移植。脐带血骨髓移植是库兹伯格医生所擅长的尖端领域，她就像安妮·奥克利。

库兹伯格医生毫不怀疑用加布里埃尔的脐带血能够治愈格蕾西，尤其他还是"扩展配型"。在六个必须匹配的点位中，加布里埃尔和格蕾西全部都匹配上了，另外还匹配上额外的十二个点位。在这种理想的情况下，库医生认为我们应该立即着手进行移植。这意味着我们必须搬到北卡罗来纳州住至少六个月，还可能更长。这意味着现在就要面对严酷的死亡率。而这些都没有削减她的信心。她知道自己能治好这个孩子，她已经给出了暗示，而我们的任务是让她放手一搏。

这让我们头晕目眩。

和其他反复强调年幼患者移植的风险从而让我们等待的医生不同，库兹伯格医生只传递了一条清晰明了的信息：现在做。

她的观点是，格蕾西每接受一次输血，都会降低她移植成功的可能性，因为输血用铁超负削弱了她的肝脏。肝脏是移植的关键，是超级明星，是负责举重的壮汉——过滤和处理掉为做准备工作所需化疗药物的所有毒素。库兹伯格喜欢把赌注压

196

在年轻和健康的肝脏上，越年轻和健康越好。"什么对格蕾西最好"的直觉指向了反方向。格蕾西的肝脏那么小，还不到三岁。这么稚嫩的器官如何承受这么复杂和艰巨的任务？

和库兹伯格医生的谈话加剧了我的困惑，几乎到了疯狂的境地。

"简直疯了。"我对布莱恩说，"他们说的都不一样。我们应该相信谁？"我发疯似的切着洋葱，为了非情绪性的原因流泪成了奇怪的癖好。

"我们自己。"布莱恩说，"我们应该相信自己。"

我转身面对他，一手抓着洋葱刀。"为什么是我们？你心里有一杆秤吗？能不能衡量到底是让她在病痛的折磨中活到二十九岁，还是因为一个治愈的希望而只让她活到四岁？"

布莱恩从我的手中拿走刀子，代替我开始切了起来。后来，我们快要睡着的时候，他握住我的手。"我们是这个世界上最爱她的两个人，我们就是秤。我们能决定。"

在心烦意乱中，在持续不断和毫无结果的对话中，在"如果"的阴影下，布莱恩和我度过了冬天，进入了春天（根本没意识到），夏天要开始了。

28

六月初的一个周六，凯茜和我走路去布鲁克林博物馆。天气很热，我们极力想到达新的现代化入口前那处会把凉爽的水雾吹过来的喷泉。我们看着孩子玩水的时候，我在考虑是不是要把格蕾西的事告诉凯茜。我们的友谊已经持续了三个季节，不告诉她，一切都很好。就连对我自己，我也可以假装毫无隐情。维系着这场小小的木偶剧，让格蕾西扮演一个健康的孩子。但是现在，我需要凯茜的意见。

我犹豫着，到了该回家的时候。我们各自推着双人婴儿车，沿着微微上坡的路朝家走去。我们并不是年轻的妈妈，只是带着幼小孩子的妈妈，这是一个柔和的夜晚，孩子们渐渐安静下来，开始打瞌睡。

我深吸了一口气。把这么重要的事情瞒了她这么久，我害怕她会生气。

"凯茜。"

她走着，推着婴儿车上坡，一直看着我："怎么了？"

"凯茜。"

她回头看着我。

"我一直都想告诉你，但不想吓着你……"

"怎么了？"

"格蕾西病了。"

"怎么病了？"

我低头看看婴儿车：我的两个孩子都睡着了，伊顿也睡着了，只有八个月大的红发克洛伊还醒着。"她这病是先天的。"我说，"是血液病。"我们沿着展望公园的边缘走着，走在古树的浓荫下。人行道上排列着长椅。

"我们坐下来吧，"凯茜说，"他们不会醒的。"她给了克洛伊一块全麦饼干。克洛伊用双手抓住它，欢喜地送到嘴边。

"她的身体不能制造红细胞。或者说，她能制造，但是这些细胞不能成熟就破裂了，所以她每三四周就要输一次血。"

凯茜只是看着我，没有大喊大叫："你逗我呢？这是个拙劣的玩笑吗？！"她也没有惊得目光呆滞。她只是安静而平静，还有些好奇。"这是什么意思？她可以一直这样吗？"

我解释说，可以一直依靠输血活到成年，但问题是每次输血也会输入铁元素。长此以往，铁会堆积在她的肺和心脏里。

凯茜伸手把格蕾西的背心裙拉过膝盖，这是一个充满保护性而又不安的姿态，宣示所有权的小动作。我想抱住她，或者哭起来。但我们不是那种关系，即使想情绪化，我们也会控制住自己。我们现在是妈妈了，不是孩子。

"好吧。"凯茜说，似乎接受现实就能够消磨或者缩小它，"你能怎么做？你要怎么做？"

"我们可以让她接受移植，这样就能治好她。骨髓移植。"我说。

"骨髓移植？"她看起来像是经受了低压电击，后背挺得直直的，失去了一贯的倦怠神色。她的表情似乎在说，不要失去理智啊。骨髓移植是一剂猛药，就是失去理智。人们形容它是对人体进行地毯式轰炸。每一例骨髓移植都是九死一生。但这是我们所仅有的机会。

"还能先试试别的方法吗？"她问。我摇了摇头。

"这是我们唯一的一张牌，"我说，"可以出，也可以不出，但这是我们仅有的。"

我站起身来，把上衣从胸口拉开。天气还是很热，我的皮肤和大脑都感觉像被什么东西包裹和堵塞住了。凯茜也站了起来，我们在压抑中走完了余下这段路。我给她讲了格蕾西的螯合计划，我们要怎么把铁从她的器官中带走，每天夜里给她接上那台小小的机器。还给她讲了其他医生与库兹伯格医生的信心所相悖的意见。这信心既增加了我的恐惧，也提升了我的信心，让我在更加害怕移植的同时，也更确信我们应该做。

"你们什么时候决定？"我们拐到韦伯斯特街的时候，凯茜问道。我的目光徘徊在那些活泼而色彩柔和的维多利亚时期的房屋上。有些房子的门廊上还放着摇椅。这是一片特别的街区，我们能住在这里真是幸运。

"我不知道。"我说，"如果格蕾西总是不明原因地发烧，还像旧布娃娃一样萎靡，决定可能就已经为我们做好了。"

凯茜家先到，就在拐弯处附近，我们停在她家门前。她伸出双臂拥抱我。我们很忙，总是递东西给彼此或给孩子，并不时常拥抱。但现在她对我伸出了手臂，她的头发很好闻，我知道她用的是潘婷，但闻起来像伊卡璐——给我充满希望而宁静的感受。

"我真高兴你告诉了我。"凯茜说，"我高兴不是为了这件事，而是因为现在我知道了。"

29

离开家去进行格蕾西今年夏天第一次输血时，住在街对面的邻居正好同时也坐进他们的车里。格蕾西看着他们，挥了挥手，然后问："他们也是去输血吗？"

是的，我们想说。但布莱恩说："也许不是，宝贝儿。不是所有人都要输血的。"

"但你和妈妈小的时候也输血，对吗？"

布莱恩和我交换了一个眼神。

"这个嘛，"我说，"有些人不输血，有些人输血，就像你一样。"我希望这听起来不像只有她一个人处在这种境地里。

"我们认识的人里还有谁也输血？"

我们支吾了。我们为什么不能预见到这一刻，从而交一些血友病的朋友呢？随后我想起了事故，场面惨烈、鲜血横流的事故。

"达瓦叔叔撞了车之后需要输血。"我热心提示。

"他喜欢输血吗？"格蕾西问。

"我可不知道。你觉得有意思吗？"

"不，"她看上去不确定是应该可怜我还是鄙视我，"没意思。"

我们永远在探索应该怎样跟格蕾西说她的病。她知道自己有病，但直到那时她都不知道，并不是所有人都有病。我们希望她把自己看成正常人，什么毛病都没有，但我们也不想给她灌输一个关于她自己的谎言。

我们等着格蕾西所需要的血液进行清洗和照射的时候，她和加布里埃尔用里面有着仿真沙滩画面的塑料方块搭着积木。每个小方块里都有真的沙子、微型棕榈树，还有小小的沙滩球在透明的四壁之间弹跳。这让格蕾西着了迷。她呆呆地看着这整个缩小的世界就握在她的手掌中。她轻轻摇晃着小方块，让棕榈树的叶子晃动起来。格蕾西在搭的时候，加布坐在她身边，把小方块一个一个递给她，让她垒上去。把一个方块放在最上面之后，格蕾西俯视着加布。"加布！"她说，像是突然想起要告诉他一件重要的事情，"你猜怎么着？你不需要血！"作为回答，他递给她一小块塑料围起来的海洋。

从医院回家的路上，粉嘟嘟的格蕾西在后座睡着了，加布坐在她的旁边。我让布莱恩在食物合作社停一下，我想进去买点东西，他在车里陪着孩子们，但布莱恩不愿意。他整个周末都没有写作了。他现在几乎没有时间写作，为了养活我们，他需要教很多课。他希望在还有脑力的时候回家坐在键盘前。他带着瘾君子想要毒品却不得的那种怨气。但家里没有面包、牛奶和我最喜欢的浓味干酪了。

我们商量了一下，达成了妥协。"我跑进去，"我说，"只要十分钟，最多十五分钟。"

自己一个人溜达着，没有人挂在我的屁股或者胳膊上，没有黏糊糊的刚拿过无花果干的手指插进头发里，这简直是种奢侈。我在进口橄榄的货架前徘徊，把散装盒子里的芥末杏仁扔进嘴里，知道我已经超出了时间限制。过了一会儿，我不在乎了。我决定把所有需要的东西都买上，这样过几天工作日的时候就不用再来了。

当我回到车里的时候，布莱恩已经怒火中烧。我去的时间已经大大超出了十五分钟，差不多有四十分钟，可能四十五分钟。两个孩子都还在睡觉，但他已经失去了写作的片刻时光。他开始责难我，但我在排队结账的时候已经练习过先发制人的反击："我可是在为我们的家买东西。"他开口之前我就把这句话扔出来。在我的脑海中，这个字眼听起来就像是道德上的全垒打。谁能反驳"我们的家"呢？但我打错了如意算盘。在布莱恩这儿，你没法用拙劣的说教蒙混过关。

他下车帮我把东西装上车，我们面对面站着。"真够高尚的，为我们的家买东西。"他的声音紧绷绷的，充满嘲弄。说着，他对我鞠了一躬，相当夸张的屈膝鞠躬，额头都碰到了混凝土。

"哦，去你妈的，布莱恩。"我说。

如果我只说"去你妈的"，而不带前面那个具有攻击性的"哦"，或者没有加上他的名字，也许还好。一旦我说出"布莱恩"，我就知道自己犯了个错误。说出"布莱恩"就宣示了我的愤怒不仅仅是毫无根据的焦虑、绝望等情绪，而是借以与他抗衡的力量。

装东西的袋子放在车的旁边。布莱恩弯下腰，拿起离他最近的一个，抓起一个有机梨，越过车子扔到了第七大道上。"这是为我们的家？"他边喊边扔。不是朝我扔，而是越过了我。他拿起一根酵母法棍，抛到路中间。他不停地扔着各种东西，一个接一个，越过车子扔到路上。"这个呢？是为我们的家？"一盒有机枫糖酸奶在空中画出一道弧线，越过挡风玻璃，在排水沟附近洒了一地。

我几乎没见过这样的布莱恩。不是从没见过，而是真的很少见到。他有一次告诉我过去一位女朋友形容他的反抗风格，说他的引信是：人很好，人很好，人很好——砰。

我试着衡量他失控的程度。他看起来跟软的食物干上了。没有东西砸在车上，只是从上面飞过去。他是个体面人，即使是在愤怒中也是如此。他危险吗？他把一个袋子扫到一边，去拿下一个。一瓶果汁碎了。

"滚，"我喊着，指着前方街道，"离我们远点。"

布莱恩没动。我也没动。

"结束了。"我说着，开始初期的风险评估。

我是看着妈妈容忍一个男人大发脾气长大的。她允许这样一个暴力的男人和她、我、我的弟弟们生活在一起。我那两个幼小而脆弱的弟弟。我不想要那样的生活。我不想要一个乱扔食物的男人，即便那些食物不是朝我扔的。

"结束了。"我又说了一遍。

我并不很清楚"结束了"指的是什么。可能指的是我们的关系、我们的争吵、去食物合作社倒霉的旅程。我知道的只是我真的意有所指，我想让他离我远点，离车远点，离孩子们远点。

一群人犹犹豫豫地聚拢过来。应该说是几个刚走出商店的人停下了脚步，希望不被卷入其中，但感觉自己有义务确认一切都没问题。布莱恩开始平静下来，看起来好像想帮忙清理。他犹豫了一下，然后走开，沿着工会街朝曼哈顿走去。孩子们奇迹般地还在沉睡。

我从街上捡起食物的时候，一个男人和一个女人来到我旁边。"我们能帮什么忙吗？"我对他们的帮忙置之不理，狼狈不堪，尽快坐进车里，离开我们在第七大道上制造的混乱。第七大道肯定还被撒上过什么更糟糕的东西，但我感觉自己是在逃离犯罪现场。

我要搬回加利福尼亚，我想。我现在就可以走，就在今晚。我有信用卡，我有选择。我可以向西开。孩子们已经在车里了！这看起来像是一个可行的计划。我可以在后座带着他俩开车穿过整个国家。他们是一套完整的体系：问题和答案，捐献人和受捐人。布莱恩和我可以解散这个家，就和我们结合一样迅速。去他妈的。说真的，去他妈的。

但那时我就会自己带着两个幼小的孩子在加利福尼亚，没有布莱恩在身边。

我给凯西打了电话，在电话里上气不接下气。她大概每三个字才能听懂一个。她说了些宽慰我的话，用她令人心安的声音。她提醒我深呼吸，这看起来是个颇有道理的建议。我缓和下来。我还没有上高速，抽泣着向韦伯斯特街开去。"你压力太大了，"凯西说，"太大了。你俩之中的一个或者两个人，注定会爆发的。"

我放松下来一点。如果这场架实际上并不是为了食物或者布莱恩的写作时间吵的，那我们可能还有救。我坐在车里，车停在房子门前，布莱恩出现在街区的另一头。我跟凯西说没事了，待会儿再给她打电话。

我很惊讶看到他。以前我把布莱恩赶走的时候，他就真的走了。他不是那种能够被拒之门外两次的人。同样的冷遇对他从不起作用，他只会越离越远。但这一次，他回家来了。

"对不起。"他说，"真的对不起。你想让我去马克家住吗？"

"是的，我想。"并不是因为我真的想，而是因为我觉得自己应该在距离问题上犯点错误，应该隔离，应该有自己思考的时间。

我把两个孩子抱上床，想弄明白这到底是怎么回事。如果我们能吵成这样，我们是什么人？如果布莱恩因为写作时间减少而在公共场合大发雷霆，那他能有家庭生活吗？也许他比我更了解他自己。那我那句夸张的"结束了"又是怎么回事？我对我们在一起的生活有那么不确定，以至于因为一次争吵就判了死刑？尽管这是一次相当激烈的争吵。

第二天，布莱恩提早下班回家了。我们彼此没有多说话。这是周一的晚上。我们给孩子们做了晚饭，然后吃了花生卷和泰式汤。我感到一丝安慰。如果我们还能用同一个碗喝汤，那我们之间一定还能相互谅解。我们哄孩子们睡觉，然后照旧开始混药、涂麻醉膏、扎针、把泵连上。格蕾西没有醒，只是翻了个身，嘟囔了几个元音。她浅棕色的卷发被夜汗黏在了脖子后面。

连上泵之后，我们下楼谈话。

我们并肩坐在沙发上，弓着身子，头对着膝盖，转而面对面。这是被击败的终极姿势，甚至没有精力再坐直身体。

我看了他很久，他也看着我。

"你吓着我了。"

"我知道，对不起。我永远不会伤害你。"

"你朝我扔吃的。"

"我是扔了吃的，但不是朝你。"

"你吓着我了。"

"我真的很生气，但我不是要吓你。吓到你了我很抱歉。如果你想让我去上愤怒管理课，我会去的。那里他们教人不管多么生气都不要扔东西，我会去的。"

如果有人自愿去上愤怒管理课，那他们很有可能不需要愤怒管理。我对他感到很疲惫，但看到他仍然是他自己，又感到很欣慰。布莱恩的脸，尽管带着疲劳和担忧所投下的青绿色阴影，还是看起来非常像他自己。他高高的额头，他曾经断过两次的鼻子在中间一顿，然后偏向右边，仿佛权衡利弊之后做出了选择。他丰满的嘴唇，性感的下唇只有幸运的犹太知识分子才有幸拥有。莎伦·奥兹诗歌中的一句浮上我的脑海，她说，爱人的眼眸中深锁着平静，如同"物质的尊严"。

这就是我们所能给予彼此的，如果我们在孩子们睡觉之后仍然能清醒几分钟的话。凝视。理解。被理解。

我们沿着身体的部分一路触摸着：脚踝、膝盖、大腿、臀部、手臂、肩膀。我们把手背贴在一起，这是我们表示亲密的老姿势。过了一会儿，布莱恩低头看着地板。

"格蕾西生病了。"他说。

"我知道。"

外面的声音打破了长长的沉默。街区尽头的少年们，扯着嗓子大喊，营造出戏剧效果。"她他妈的说谎！什么鬼！"

"我准备好带她去北卡罗来纳了。"布莱恩问，"你呢？"

"是的，"我回答，"我准备好了。"

我们又坐了一会儿，聆听着街上的声音，晚上十点的韦伯斯特街，从几个街区之外传来卖冰淇淋的人那惹人发狂的微弱铃声。展望街上的如水车龙。在这些声音的背景中，是啁啾和摩擦声的和谐齐唱。"你听到蟋蟀叫了吗？"我坐直了身子。布莱恩耸耸左肩，无视了我的问题。

他看起来像是强撑着自己来应对痛苦和无法逃避的东西。仿佛悬在半空中的人，时间在失去控制和撞击之间不断延长。那些散漫、松弛、不断延长的分秒中，你意识到，尽管路边高耸的阴影不断迫近，不断变大，你还是不知道自己到底会撞上什么。

30

能救命的医疗服务是一种不论你能否承担得起你都会买的东西。所以，我们准备好了倾囊而出，直到一文不名。

决定去达勒姆之后不久，我们收到一封信，提醒我们，通过审核我们的保险覆盖项目，儿童器官移植协会（COTA，社工介绍我们联系的家庭支持机构）估计我们需要 85 000 美元以承担保险不能覆盖的医疗支出和移植期间布莱恩的通勤费用。我很难相信，布莱恩又要开始和我们住在一个州而在另一个州工作了，但我们无论如何必须要保留医疗保险。这就意味着他必须在纽约全职教课，而格蕾西在北卡罗来纳州接受治疗。在几个月之内筹集 85 000 美元就像让加布里埃尔把《大白鲨》今晚就翻成阿拉伯语。我把 85 000 美元换算成积木：塑料方块堆叠成纤长而倾斜的一条线，高高耸立在布鲁克林上空。

布莱恩竭尽全力工作。我带格蕾西去看医生，看孩子，我妈妈在加利福尼亚，可爱的奶奶给的钱早就没了。还有谁能攒够这笔钱呢？

布莱恩回家的时候，我说："你有心理准备吗？到头来我们做不起移植！"

"什么意思？"他靠过来让我吻他，也给了我一个吻。

两个需要 85 000 美元的人之间的吻，谁都不知道该从哪里筹到这笔钱。这个吻让世界继续转动。布莱恩的唇柔软而温暖，蜻蜓点水，充满希望。

我把 COTA 的信给他看。"85 000 美元。"他说。他不像我当时那么震惊。比起我，他更加现实，知道我们在攒钱让格蕾西成为那十个过马路的孩子之一。他知道，只有九个能抵达另一边。

我们可以贷款贷到 85 000 美元，如果需要，还可以贷到更多。我们有信用卡和健康保险：这会是我们的敲门砖。但除非我们能够筹到钱来支付格蕾西的治疗费用，除非有足够多的钱，否则我们会被折腾得奄奄一息。这是一个典型的美国故事。

如果你事先告诉我，凯茜会筹到钱，她丈夫斯蒂夫会让这件事变为现实，布莱恩的一些老朋友、《异议》杂志社和莎拉·劳伦斯学院的同事还有我在世界学院西校区的朋友们会以最为令人震惊的方式团结在我们周围，两位百万富翁分别提出支付所有费用，我一定不会相信。但事实就是这样发生了。

在西海岸，达瓦组织了一次西部人募捐活动，通知在斯廷森海滩的社区中心张贴了两周时间。在上西区，布莱恩亲爱的朋友马克和梅丽莎在他们宽敞漂亮的公寓里组织了一次面对布莱恩《异议》杂志社和莎拉·劳伦斯学院的同事所举办的募捐派对和头脑风暴。在布鲁克林，凯茜设计、组织并且召集所有邻居举办了一场社区派对。

然后这个范围变得越来越广。凯茜的丈夫斯蒂夫在公关领域工作，是一名记者。他联系到几位媒体朋友，他们对格蕾西的故事感兴趣，写了几篇短文。然后，突然之间，她的故事短暂地火了。她出现在《纽约邮报》的封面上，也出现在纽约一家当地电视台上，还有布鲁克林几乎所有的报纸上。每份报纸都登载了 COTA 的网站地址。捐款开始潮水般地涌进来。

在凯茜的社区派对上，有小丑，有脸部彩绘师，消防车也来了，载着格蕾西和一群小朋友在社区周围兜了一圈。一对老夫妇来了，自我介绍说他们在布鲁克林当地一份报纸上读到了格蕾西的故事，老先生给格蕾西做了一栋维多利亚风格的娃娃屋，用姜饼进行了装饰。他们带来了一张照片，浅蓝色的大门上方是手写体的"格蕾西的小屋"。

"她健健康康地回家之后，顺道来把它带走。"他们说。

大约五点的时候，派对进入一种柔和的氛围。布鲁克林区的区长马蒂·马科维兹来了。他站在我们的门廊上对大家讲话。他宣布将这一天定为"格蕾西日"，并祝她身体健康。我哭了，泣不成声。布莱恩热泪盈眶，应对得当。格蕾西尖叫着转圈跑着，用她的健康让我们倍感尴尬。"她真的病了，"我想告诉人们，"我发誓。"加布里埃尔在布莱恩的肩头睡着了。

整个下午，在布鲁克林住了一年的格蕾西收到了许许多多人的善意：所有邻居，还有邻居以外的更多人，在他们喝酒的酒吧为她进行百分之五十中奖的抽奖筹款的工薪阶层。还有一位来自车辆管理局的年轻人，他不知道他的慷慨有多么大的意义。他几乎还是个少年，将身边同样是少女的女朋友称为"我的未婚妻"，他俩几乎都还没到喝酒的年龄，更别说结婚了，更加不要提关心一个素未谋面的生病的孩子。但他来了，拿着一个装满钞票的信封。他在工作的地方举行了一次募捐，希望亲自把钱交给我们。还有一对母女，出现在我们的门前，那时派对早就结束了。她们带来了两把蓬松的软垫椅子，是在 Target 买的，一把叫作埃尔默，另一把叫作多拉，希望我们带去北卡罗来纳州，那位母亲说，这样一来，"你的两个小家伙至少能舒服点"。

　　没有这次社区派对，我们有可能筹集到足够的钱，只是可能。但我们会错过这次机会，了解陌生人全心全意的善意，意志坚定的朋友们所具有的力量，还有布鲁克林深沉的情义。而且我们能筹集到这些钱真是太好了。因为后来我们发现，我们需要其中的每一分钱。

　　那天结束的时候，我精疲力竭，感激得无以复加。我拥抱了凯茜："你做了这一切，你简直是超人。我的天，我们该怎么感谢你才好。"

　　"回来再当我的作家—妈妈朋友，让两个女孩一起长成好斗凶猛的少女。"停顿片刻。"好吗？"

　　把这作为一个选择，是她给我的临别礼物。

达勒姆

Durham

31

感恩节的前一天，我们飞抵达勒姆。布莱恩和我越过狭窄的过道手拉着手。加布里埃尔站在布莱恩的腿上，盯着他的鼻子，相信只要盯得足够久，他就能找到宝藏。格蕾西则快乐地一刻不停地自问自答。

"我会再见到伊顿的。你知道的，对吧？"

"是的。"

"看啊，妈妈，我们飞起来啦。我们在往上飞呢。"她迷上了那些云，还有它们的柔软蓬松。它们凉不凉？它们扎人吗？它们能托住你吗？

"如果你跳得够高，能从地上跳到云上吗？"

"可能吧。"我模棱两可地回答，不希望做出任何保证，想赶快结束这场该死的关于云的对话，因为云朵是天堂那令人不悦的表兄弟。但她十分好奇。

"如果我在天上叫'妈妈'，你能听见吗？"

"你觉得呢？"我不知道，我不想知道。

"你来回答。"

"是的，我会听见的。"我希望如此。

"云软不软？它们会不会像毯子一样卷住你？"

"你看，"我说，"送零食的女士过来了。"

"我要喝汽水。爸爸！我看见动物饼干啦。我要动物饼干。别把大象给加布里埃尔，别！我要那个大象，爸爸！"

加布里埃尔把他的干细胞给了你，我想说，就把他最最喜欢的大象给他吧。

过了很久之后，我们快到了。

"我们在降落了，妈妈。看下面！"

下面是地势和缓的罗利—达勒姆那温柔的绿色大地。没有戏剧性十足的悬崖，没有海边，没有山峰，也没有稠密的建筑。只有几个湖，很多很多的树，还有远方一座规模普普通通的城市。

格蕾西拉着布莱恩的衣领："加布里埃尔吃了我的大象吗？"

安静点，嘘，嘘。我们会满足你的一切愿望。我们现在飞往北卡罗来纳的医院。一切都会改变的。

我们下飞机的时候，空气像是在皮肤上涂了一层生奶油。这很好，空气里富含氧气。我们都需要氧气。

我们收拾好东西，开车前往阿里克先农场，那座我们只在网上看到过的公寓。我们的公寓比布鲁克林那套要大得多，但距离繁忙的公路太近。往窗外一看，就能看到呼啸而过的汽车。我们距离他们有一百码远，甚至还要更远一些，但我们之间只隔着一道稀疏而古怪的木篱笆。我朝公路歪歪头，对布莱恩说："那是不是个讽刺性的转折？"

我去了管理办公室，还拖着格蕾西作为证人。她在我之前蹦蹦跳跳地走进大厅，那里有一批巨大的青铜马，在半空中扬起前蹄。她用手抚摸着它肌肉发达的腿："他为什么这么凉？"我嘟囔了两句金属的核心温度之类的话，后来才意识到，从内部来说，格蕾西自己也是镀金的。

"你冷吗？"我把她粉色上衣的粉色袖口从她深粉色毛衣的袖子里拽出来。

坐在桌前的女人在我们走进去的时候停止了打字。我想，如果人们会关注打开的门，那这里一定是南方了。她给我一个悲伤的表情。"对不起，"她说，"我不想让做移植手术的家庭失望。我们尽量把你们安顿好，但我们除了临街的之外没有别的公寓了。"她明显苦恼于无能为力，她从我扫到格蕾西身上然后又迅速离开的目光，都是前所未有的。

格蕾西一直看上去那么健康。我们还从未经受过大多数人在遇到明显有病的孩子时所展示出的怜悯和善意的双刃剑。我的自尊心立刻被伤害了：这个女人认为我的生活比她的更糟糕（尽管事实可能就是如此），然后我们应该感恩戴德（她知道，她明白），然后我们应该立刻使用潜在的能量——有病的孩子这张王牌！

我竭力让自己显得严肃。"我们真的想要旁边的公寓。我儿子只有一岁半大，我在医院陪着女儿的时候他要和保姆在一起。如果公寓能远离公路的话，我会觉得更放心。"她点点头，同意尽快把我们进行重新安置。格蕾西说："不！我不想再搬家了！"

我没有向她解释，她不会在这套公寓里生活很长时间，而会住进医院。我拉住她的手，领着她走回去，路过那排小小的邮箱、古朴的蓝色泳池、整齐排列着的牵牛花。一切活物都向环境美化队低下了头。这里像是电影布景，或者说像迪士尼，我弟弟迪伦小的时候曾经在那里跑到每一棵树前，把手掌贴在树干上问："它是真的吗？"

的确，住在这种精心布置的环境里像是规避损失：这样整洁的环境不会有喧嚣，也不会有心碎。但我恨它。每次开车进入小区的时候，"缺少灵魂的生活"这几个字都会浮现在我的脑海中。

回到公寓里，加布正骑在布莱恩身上，布莱恩四肢着地，在我们的新客厅里爬着。对于一个醉心于讨论托尔斯泰后期和早期作品中细微差别的男人来说，布莱恩乐于做加布的小马，这令人惊讶。他以一头老驴子的速度爬着，害怕加布会掉下去。加布上下踢动着双腿："驾！驾！"

我环顾房间，感到疑惑不解：房间里没有灯，也没有餐椅。在家具租赁处，一个腹背受敌的女人接了电话，显然同时在应对好几位不满的客人。

"听着，如果你们不能把我们需要的东西送来，我就亲自过去。"我说。

"真对不起，"她回答，"我们不透露自己的地址。"

"不透露自己的地址？真的？你们干的可真是激动人心的绝密家具租赁啊！"最近，我面对其他人的面具开始扭曲了。

她什么都没说。也许她们有规定，禁止在电话的头一分钟里对冷嘲热讽和政治影射的人作出回应。

我同情她。但也同情自己。我筋疲力尽，惶恐不安，而她是我唯一能打电话的对象。据我所知，没有一家顾客服务中心能回答为什么无辜的人要受苦这个问题。

最终，并非出于我的魅力，我们得到了灯和餐椅。尽管这并不能安抚我更大的焦虑，但让公寓发挥正常的功能还是给了我一种甜美而虚幻的可控感。在二十四小时以内，我们有了配套的银餐具，每个卫生间里都放上了柠檬味的洗手皂，纸巾和手纸充裕得足够传给子子孙孙，工具间里堆放着铝箔、喷雾杀虫剂、洗衣皂和消毒湿巾。我们装好了无线网和豪华有线上网套餐，在厨房里的秘密抽屉上方存了几瓶红酒，抽屉里冷藏着各种黑巧克力。在步入式衣橱里（南方生活的有一项特权，我以前从来没走进过衣橱），我的内衣整整齐齐地叠放（是的，能叠起来）成一叠渐变的粉色和象牙色。

感恩节一早，布莱恩去了全食，采购了一顿大餐。我们加热，摆盘，然后吃完了，在劳动中心怀感恩。然后，我带孩子们出门去放风筝。早早地下了一场雪，我们公寓旁边的草坪上覆盖着薄薄一层雪沫。风筝飞起来又落下去，一会儿乘着风，一会儿又失了力。在雪的映衬下，风筝如同洁白背景上令人不安的红色钻石。格蕾西跑了过去，把它捡起来，爱惜地抱在胸前。"没关系，飞起来很难的。"

32

　　我们之前来杜克咨询过一次，但作为一个肯定会在这栋建筑里接受移植的女孩的父母走进来，我们还是把这看作第一次。屋顶在我们上方四层楼高的位置。每一层都有一处开放式阳台，沿着曲线进入挑高的大堂区域。阳台扶手包着一圈透明的玻璃，这样孩子们可以看到下面小小的人。穿白大褂的医生缩小了：终于比孩子们自己还小。头顶五十英尺的地方悬挂着由彩色的羽毛所制成的巨大活动雕塑，在通风口的微风中翻转着。有些人，也许是很多人，都花费了大量的时间和金钱设计出一个空间，能够让孩子们放松下来，高兴起来。

　　我尽量不去想坦普·葛兰汀对屠宰场斜槽所做的人道主义再设计。不要让它们看到即将发生的事情，不要让它们看到未来会多么糟糕。屠宰牛的斜槽弯曲着，进入水下，然后又是一个转弯，但最终的归宿仍然是那同样的银色屠刀。

布莱恩和孩子们开着低调的玩笑，指给他们看大堂巨大的鱼缸和地基。他握住我的手，迅速挤了几下，这是我们的老暗号，我在这儿，你在这儿，我在这儿。

我们坐着观光电梯前往"绿层"，也就是四层，儿科骨髓和干细胞移植中心所在的地方。

在候诊区，我沮丧地环顾四周。直到现在，我们才进入了这个小团体。这些孩子不仅看上去十分骇人，而且最重要的是他们都以同样的方式骇人。他们都变形了，大多数孩子都光头、浮肿、脸色灰黄，表情还有点吓人。他们用自己健康的身体换来了奇形怪状的口袋，生命力和朝气从他们的身体中被抽走了。

一个年龄大些、有点超重的女孩轻松地对她的母亲说："也许我不会有孩子的。"

一个蹒跚学步的孩子坐在火车玩具桌前，脚上穿的卡骆驰不是一双，一只是蓝色的，另一只是绿色的，踌躇着，然后又跳了起来。"我好了！"他说。他的声音有点太大，有点过于渴求，像是在向全世界声明，听着，记好，我好了。

一个调皮的红发女孩抓着芭比娃娃的头发对医生说："再见，谷歌眼医生。"她的父亲一只手搭在她的肩膀上，和那位医生交换了一个绝望的眼神。

我迫切地想抓起格蕾西的手逃跑。

听着，我告诉自己，一切都会没事的。不就是家医院吗？别那么夸张。想着布莱恩给你的暗示，冷静点。想着加布给你的影响，看鱼。

我们对面坐着一个男孩，比格蕾西大几岁。他没有头发，有着格鲁乔·马克思一样的眉毛。他的身体看起来好像充气过度一样，而且还很脆弱：仿佛一口袋蒸汽，一丁点压力都会让他瘪下去。我可能会对这副模样——移植浮肿——产生某种感情，但不是今天。

格蕾西和那个男孩的目光相遇了。两个人都等得有点无聊，四处打量。

"你生病了吗？"他问。她看起来太健康了，不应该属于这里。他这是在质疑她的资格。

他妈妈从杂志上抬起眼来："杰克，这可不礼貌。"

"我输血。"格蕾西说。这就足够了。她和杰克走到阳台的扶手边，看着下面的大堂。加布里埃尔从布莱恩头上拿下他的眼镜，跟在他们后面。这就是他的工作，跟屁虫。

杰克的妈妈给了我一个抱歉的表情，我做了个理解的手势，然后我们聊起天来。杰克已经做完了移植，现在长期跑医院，没完没了地检查有没有副作用。这时，我们在片刻的沉默中摇摆。我应该再继续问下去吗？这是不是相当于交朋友？我们在杜克的第一个朋友？我们一直很小心地避免着了解和关心其他家庭。

我们聊过的一位移植患儿的父亲曾经说过："这听起来像疯了，但不要交朋友。你不知道哪个孩子能撑过去，哪个不能。

如果你们和孩子没能撑过去的家庭走得太近，这会逼疯你们的。而你们必须保持冷静。"我没告诉他，但我觉得他疯了。当我把他的话告诉布莱恩的时候，他却一点都不觉得他疯了。"我想他的意思是你最好把精力都留给自己的孩子。这有道理。"也许是这样，但一直以来，让我在人生中觉得最踏实的始终是朋友们。从另一方面来说，正常的生活又怎么可能教会你在面临移植的时候该怎么办呢。我从来不曾在朋友的孩子受苦或者去世时站在他或她身边。

我知道布莱恩会把关注的核心留给格蕾西。这好极了。但不管好坏，也许就算是出于自私，我都知道自己会交朋友。

"你们多久来一次医院？"我问那个妈妈辛迪。

"至少一周四次，每次差不多都要在这儿待一整天。"我看着她，希望比起恐惧自己能更多展现出同情。"我们做了一年多了，"她继续说道，"看不到头。"

"你工作吗？"我问，"我的意思是，除此之外？"

"我以前是个护士。"她说，"但现在不是了，不可能再工作了。"

我没有问她，少了她的工资，家里会不会紧张，也没有问她想不想念自己的工作，或者会不会回去工作，或者想不想回去工作，单位还要不要她。我试着也不问自己这些问题，因为我差不多能肯定，答案会让我沮丧。工作和富有创意的人生，都是我随后再想的问题。等格蕾西好了再说。等。我从手包里拿出几颗口香糖给她,黄箭口香糖,包治百病。

我环顾房间。这些家庭也受到同样的束缚吗?整天待在医院,每天都来,年复一年,没有尽头?陷入不完全治愈的炼狱之中?

加布朝着下面的鱼喊道:"鱼!看我!"

"加布,它们听不到。"格蕾西说,仿佛它们没有回答的首要原因是它们听不见。

格蕾西和杰克站在扶手边,俯视着下面乐高玩具那么大的人们在大堂来来往往。他们指指点点,欢声笑语。加布里埃尔试着挤进他们中间往下看。他没法把自己的眼睛抬到足够高的地方,所以作为替代,他把布莱恩读书用的眼镜举了起来。他把眼镜举起来,越过扶手,然后松了手。

"爸爸的眼镜!"随着眼镜的坠落,格蕾西叫了出来。幸好,眼镜没有砸到下面的任何人,落在了鱼缸旁边。格蕾西说:"我可以捡到,我和我朋友。"

然后他们一起走向电梯,一个看起来健健康康的三岁女孩,一个蹒跚学步的幼儿,还有他们的头儿,一个十岁的男孩,看上去像刚从地狱爬出来。我从扶手旁边看着他们出现在下面的大堂里。眼镜躺在鱼缸旁边,奇迹般地完好无损。孩子们回来的时候,我把眼镜拿给布莱恩看。"没事儿,"我说,"好兆头。"

终于,有一位护士助理出来叫我们。她说:"嗨,格蕾西,我是娜迪亚。"她无视布莱恩和我,对格蕾西伸出手——患者第一。格蕾西一定是感受到了她的真挚，她立刻握住了娜迪亚的手。

"你知道该往哪走吗，格蕾西？我忘了。"格蕾西一向猜得很准，指了指左边。娜迪亚露出笑容，她们向那边走去。我们独自在后面跟着。在称重室里，娜迪亚问格蕾西想先做什么，是先量体温呢，先测血压呢，还是先称体重。格蕾西脱下鞋，但向着体重秤走到一半的时候，却失去了兴致。她默默地站在房间中央。娜迪亚说："格蕾西，你现在在鳄鱼池里！跳上原木，姑娘！"然后她指指体重秤。格蕾西跳了上去，发出标志性的高声尖笑。记下来，我告诉自己，无论如何，给孩子力量。

娜迪亚连接好血压计袖套，告诉格蕾西："这个机器会攥紧你的胳膊。你的任务是攥紧你的手，它攥你多狠，你就攥多狠。"格蕾西用尽全力握拳。"哇，格蕾西，"娜迪亚说，"真有劲儿。"

格蕾西笑了。"娜迪亚，"她说，"我知道。"

在房间的角落里有一块告示板，上面贴满了曾经接受治疗的孩子们的照片。其中一个在照片上写着："我爱你娜迪亚，因为你是最好的人。"用的是艳粉色的 Sharpie 马克笔，还画了三颗心。照片上的女孩在划皮筏艇。三颗心在一条白色的河上漂着。可能是他们之中的任何一个：那个从蹦床上跳起来定格在空中的女孩，浅棕色的头发飞起来，仿佛爆炸的星球；那个深色眼睛的男孩，戴着巨大的消防员帽子，坐在云梯消防车的驾驶座上，咧嘴大笑着；那个骨瘦如柴的少年，正在吹着插满整个蛋糕的蜡烛，身穿印有"绝不"的黑色 T 恤。他看起来筋疲力尽，像是想枕在蛋糕上呼呼大睡。

这些孩子里的其中一个，至少一个，已经不在了。他们的照片还贴在这里，贴在那些活着的人当中。

"格蕾西，你也会把照片贴在这儿吗？"娜迪亚问。

格蕾西对她笑了，火力全开："会！"

不！我心想，绝不。

我们被带进一间私人诊室，等待着库兹伯格医生。为了让不停折腾的加布安静下来，布莱恩把橡胶手套吹成各种小动物的形状。他吹了一头骆驼，一头驴，还有一头羊。加布在一卷《圣经》上走。

大约一个小时之后，库兹伯格医生来了，我们后来才知道她穿的就是制服：一身丹宁连体服，彩虹色的袜子，剪着实用干练的发型，充满自信，同时又带有几分好奇。我感觉自己像一个才约会了一次就同意结婚的人。我竭尽全力想喜欢这个我们把孩子托付给她的女人。

事实上，医生和患儿父母之间是磨人又怪异的三角关系。两个长边对连接他们的那个小人儿全心全意、毫无保留地付出，却并不一定喜欢或者信任彼此（有些情况下则永远不会）。

库兹伯格医生用脐带血移植治愈过以前没有机会痊愈的孩子。毫无疑问，她是个天才。但她的候诊室像下地狱前的等待室。她绝对的自信过去曾经无比有魅力，现在却让我紧张。

她简单跟我们聊了几句搬到达勒姆的生活，推荐了医院附近一家不错的泰式餐厅，问了问孩子们适应得怎么样。"可以叫我 K 医生或者乔安娜，你们想怎么叫都行。"她说。

然后她看了看格蕾西最近的检查结果，皱起了眉。尽管穿着连体服和彩虹色袜子，她还是令人敬畏，像个小发电机。

"她体内的铁水平非常高，"她说，"肝脏在受损。"又来了，她说"肝脏"，而不是"她的"肝脏。我们静静地等待着她继续说下去。"你们等了这么久才带她来做移植，这真是害了她。"

K 医生的意见击中了我，如同一份保单在逃避自己的责任。如果，上帝保佑，事情不顺利，责任在我们：是我们用自己的犹豫损伤了格蕾西的肝脏。我怒不可遏，血直冲上太阳穴，想掀桌的那种愤怒。我张开嘴，想说——去看看外面那些无精打采的孩子们，也有人害了他们。

很多其他医生都让我们等着，或者根本就不做移植，警告我们那些风险，药物的毒性，对幼儿正在发育的神经系统带来的损伤。有些人说，她的肝脏由于受到所吸收的铁元素的损害，可能会让她撑不过这次移植。其实，格蕾西可能真的撑不过去。任何有理智的人都会在做决定之前经过长期而慎重的思考。

在我身边，我能感受到布莱恩的愤怒。

"这是我们所做过的最重要的抉择，"布莱恩说，"这需要时间。"

K 医生略一点头。"我知道你想做对她最好的选择。如果我冒犯了你们，我道歉。"她没有争辩；她比我们见得多多了。她停顿下来，字斟句酌。"肝脏不好的孩子会很不好过。你们得知道这一点。"

我们知道，肝脏弱的孩子可能会出现 VOD，也就是静脉阻塞疾病。这种情况下，肝脏会衰竭。然后就结束了，立即生效。

库兹伯格医生进入了解决问题的模式。"目前最好的方式是开始集中螯合。我们可以在医院进行静脉内螯合。格蕾西一天要在这里待八到十个小时，从现在到圣诞节，每天都来。之后我们会重新评估她的肝脏，看她有没有准备好进行移植。怎么样？"

呃。

"静脉内螯合会疼吗？"布莱恩问。

"不会，我们会给她置入接口或者中央输液管，这样她每次来螯合的时候只要把输液管连上螯合管就行了。不用再扎她。只不过你们要在达勒姆多住一到两个月。"

我们不急。除非带着她，否则我们没有回家的理由。我们同意了，谢过了 K 医生，然后收拾好自己的东西。

上电梯的时候，我们路过了一个秃头的孩子，坐着轮椅，茫然地盯着上方，目光空洞。我看不出这孩子多大了，也看不出是男孩还是女孩。又是一个幽灵般的孩子。

我真的非常由衷地希望离开这个地方，永远不再回来。

格蕾西站在布莱恩和我中间，拉着我们的手，乖乖的。一个新地方带来的新鲜感已经消散了。随着电梯不断下降，她透过玻璃看着外面，那些活泼的颜色、鲜艳的羽毛雕塑还有巨大的鱼缸一闪而过。她的脸上带着怀疑的神色：今天她没有遭受任何太痛苦的事情，但很显然这地方充满了医生和护士。

"我们还会再来吗？"她问。

"是的，宝贝，我们明天还来。"布莱恩回答。

"那后天呢？"

"是的。"

"然后？"

"是的。"

"再然后呢？"

"是的。"

这是她最喜欢的对话模式，把球永远踢下去。但她也应该知道。我们应该告诉她吗？接下来六周她每天都要来，可能要来好几个月，甚至好几年。在大堂里，我们坐在沙发上，把格蕾西夹在中间。

布莱恩说："这个地方我们要来好多天。这个地方就是你要接受移植的地方，这样你就再也不用输血了。"

她想了想这件事。

"移植的时候我能看电影吗？"

"是的，"我说，"你想看多少电影都行。"

"我能看《爱探险的朵拉》吗？"

"是的，"布莱恩抚摸着她的头发，"看好多朵拉。"

"我讨厌朵拉。"她说。这是个陷阱，好兆头。

"我能吃糖吗？"

"你喜欢吃糖吗？"

"喜欢。"

"那可以。"

"那要是我不爱吃的坏糖呢？"

"那你不用非得吃。"

"你不会逼我吃吗？"

"不，宝贝，我们不会逼你吃你不爱吃的坏糖。"

"好吧。"

我们没有告诉她，最终她会什么都不能吃。她现在没兴趣知道那个。

布莱恩出去开车，孩子们和我站在凉爽的夜色中。外面看起来就像天堂一样，开阔的天空，环形的车道中间是一棵樱桃树。一位友善的门童用"你好，女士"或者"你好，先生"来欢迎每一位客人。他的语气中既没有讽刺，也没有卑微，只有温暖和仪式感。最好的是，在这一刻，目之所及没有生病的孩子。

格蕾西推着加布里埃尔的婴儿车转圈。他们如同一对出笼的雀儿一般兴高采烈，四处横冲直撞。在我们想把他们抱上车的时候，他们公开表示反抗。格蕾西一直大喊着："等会儿，我还没准备好呢！我要做运动！"这有点道理，但我想回家。

"走吧，宝贝。"我说。

但格蕾西并没有坐进她的儿童座椅，而是把腿伸进两个前座中间，用胳膊肘撑在前排座椅上把身子撑起来，表演着汽车体操。

"我在飞。"她说。

"好极了，宝贝，现在坐进去系好安全带。"我尽量让声音听起来轻松一些。如果她感觉到我在命令她，她一定会抵抗。

"不要，"她说，"我在做我的特技呢！"

我应该欣赏她的"特技"，还有她的其他一切。但我只想回家，躺在床上，如果足够幸运能保持清醒的话，还能看一部蹩脚的电影。"格蕾西，立刻坐在你的座椅上。一……二……"

她无视了我，开始摆动双腿，高得能踢到车顶。她斜眼看着我："这些是运动。"

"格蕾西，"布莱恩说，"你的运动太重要了，我们回家之后你就有更大的地儿做运动了。"她动摇了。

"你会和我一起练吗？"

"我会的，亲爱的，我们会一直一起练的。"

她坐进座椅，安静下来。

"别显摆了。"我对布莱恩说。他和孩子相处得很容易，这让我怒火中烧。他怎么能和孩子相处得这么容易呢。他可是晚来的，但现在已经遥遥领先了。

"我先在这儿的，你知道，"我说，"现在你让我看起来像坏人。"

"我知道。而且我没有想让你看起来像坏人。"

但他也不是的，他只是天性良好。当格蕾西哭哭啼啼地想要再吃点薯片或者再看一部电影的时候，布莱恩会问她知不知道仙女们怎么对待那些哭哭啼啼的孩子。

"她们怎么做，爸爸？"她会用正常的声音问。

"什么都不做。仙女喜欢哭哭啼啼。"

格蕾西会笑起来，问题解决。

布莱恩的理念是幽默应对，而非诉诸强力。我也试过，但我并不擅长。我对待孩子们太认真了，我把他们当作与我有同等力量，甚至比我力量还要强大的人来对待。他们不能统治世界，但我让他们统治我。这非常荒谬，因为他们中的一个穿着朵拉的连体服，另一个坚持（不是用语言，但有力而成功）要穿着蜜蜂的小靴子睡觉。

我认为，布莱恩的问题是对待现在的情势不够认真。这是废话，我知道这是废话：这周他天天熬夜到夜里三点，疯狂地在Google上搜索骨髓移植的存活率，但这并没有打消我的念头。

"你听到 K 医生不到一个小时之前说的话了吗？'肝不好的孩子会很不好过。'"

"害怕的不只是你一个人，希瑟。我也害怕，我只是说放松一点点，这对大家都好。"

激怒一个精神紧张的人最好的方式就是让他们放松。

"哦，你觉得自己很了不起是不是？你觉得自己是童语者先生？"

"只有你才这么想。"布莱恩说。他握住我的手，让我觉得是所有人所做的事情中最善意的一次。我想有所回应，但思绪远远地飘到了布莱恩的需求和欲望上，我不知道他想要什么。其实这是很简单的事情。音乐能抚慰他，他总是用一首歌来驱散糟糕时刻的阴霾。我拿起 iTouch，找到了大卫·格雷，我们以前在他的单人间里听过他写的歌。那是在有孩子之前，在这一切噩梦发生之前。那时，度过周六下午最美妙的方式就是窝在床上。

到家以后，我们给孩子换上睡衣。一安顿好他们，我就拿着遥控器爬上床。布莱恩钻到我身边："你想接着聊聊吗？"

"也许吧。"我说。我知道我们会把电视关掉，面对彼此。我们很幸运，我们的孩子能痊愈。我们照顾着世界上最好闻的两个人，他们都没有直接面临的危险。我们应该为这些好事感到庆幸。

但在车里淹没我的温暖之泉已经不复存在，而为林林总总的不安所取代：再过几天，布莱恩就不得不飞回纽约，在纽约大学和莎拉·劳伦斯学院教书，因为即便我们能在他不工作的前提下承担得起治病的费用（我们不能），他去工作对保有我们的医疗保险也至关重要。我知道，就像我没有他的日子不好过一样，布莱恩离开格蕾西还要更难过。他要一边担心着格蕾西，一边强迫自己像没事人一样生活。我们应该在逻辑上、情感上甚至精神上找出度过这段日子的方法。

而在达勒姆，交谈仿佛毫无目的而永远没有结果，交谈并不能确保她能活下来。

所以，如果不聊，就做爱。我们在进行救命的任务，用书本上最古老的魔法来对抗死亡。

但做爱在达勒姆显得那么放纵。"做爱像是奢侈的假期。"我说，像花费许多精力前往热带某个远在天边的地方。

"做爱？"布莱恩听起来忍俊不禁，可能还有点期待。

"布莱恩，"我说，"如果我想跟人做爱，那一定是和你。"

有意义地在一起需要完全的关注和付出。深入的交流，全身心的、协同一致的关注。妥协，我做不到，怀疑布莱恩也做不到。我最重要的任务是握着绳子的一端，而另一端连接在格蕾西身上。我所要做的就是抓住绳子，不论如何，抓住绳子。

33

"这很像接音响的线啊。"布莱恩说。他手中拿着的管子和很快要放进格蕾西胸里的那些一模一样。每个接受移植的孩子都要做静脉导管,又叫"中心输液管",通过手术将它们植入直接连接心脏的锁骨下静脉,用来输送药物和全部胃肠外营养物(假的食物)。格蕾西提前置入输液管,以便进行螯合。

为了帮她做好准备,医院让我们带回家一个破旧的娃娃,有着光秃秃的白皮肤和耀眼的红发。我们在旧娃娃的胸口切了一道短短的缝,连同娃娃心脏里支出来的管子递给格蕾西看。

"宝贝,明天以后你就要和娃娃一样有管子了。"

她看着我们,兴致盎然。我们最近说了太多奇怪的事情。

她把管子放回娃娃的胸口,又拿出来,然后又放进去。

"你有管管。"她告诉娃娃,"你能插电啦。"

她把我们逗乐了,但从未相信我们会对她做这样具有中世纪风格的事情。

第二天早上，她从自己的大象煎饼上抬起头："他们是怎么给你安上管子的？"

我解释说他们在胸口切个小口。胸口，而不是你的胸口。

"我身上会有个洞？"她问。

"不，宝贝，他们会缝好的。"

"缝我？"她说着，惊呆了，"我会跑得快快的，你们永远抓不到我。"

他们给了我们一本书，应对这种情况。书里，一个要置入中央输液管的小女孩最好的朋友正在安慰她，它是一只名叫泰迪的小熊。在书的结尾，泰迪指着顶起小女孩衬衫的管子说："你看，我都说了这是个好主意。"读到这行的时候，格蕾西抬起头，厌恶地看着我们。"泰迪真蠢。"她说。

手术的那一天，外科医生走进病房，先跟我们谈话。她问格蕾西有没有问题。格蕾西点点头，但是她太害羞了，所以让我请医生捂住耳朵，这样她就可以把问题告诉我，然后我再告诉医生。那位医生捂上了耳朵。

格蕾西看着我说："问问她：会疼吗？"

"会疼吗？"我问医生。

"做手术的时候不会，"医生说，"但之后可能会疼。"

可能？

医生把氧气面罩拿给格蕾西："这个会帮你在我们做手术的

238

时候睡着。"

格蕾西看看面罩，然后用手势示意医生捂上耳朵："戴着这个我真的能呼吸吗？"

"可以的，亲爱的。"

他们让我们带她走进手术室，并且在她身边站到她失去意识。我知道死亡和昏迷之间的区别。但二者之间相似的地方多得让我不安：无力的双手，无法回应别人的话。我痛恨这一切。

布莱恩用力地、稳稳地环住我的肩膀。"她会没事的。"他说。

一个多小时以后，我们坐在等待室里听到了尖叫。小女孩的尖叫，尖锐而激烈。我们循声狂奔而去，发现格蕾西坐在床上，低头盯着从身体里悬出来的管子。

她指着管子，对布莱恩说："爸爸，你得叫医生过来，她犯了个大错误。"她哭了起来。如果尖叫已经够糟糕，那哭比那还要糟糕。尖叫中蕴含着抗争，而眼泪则昭示着惨败，纯粹的受伤。

布莱恩给她讲了一群无政府主义蚂蚁的故事，安抚了她。我希望他的声音能带她远离炫目的灯光，远离嘈杂的噪声，远离恢复室中的疼痛，深深地埋入她想象力的天鹅绒口袋里。我知道她喜欢小人物推翻国王的情节。在布莱恩的版本里，蚂蚁一砖一瓦地吃掉了自己的宫殿。在故事的结尾，格蕾西在国王应有的报应上加上了自己的版本，声音还因为曾经插过呼吸管而沙哑着："……然后他们吃了他宴会上的吃的，还有他的头发，还有他的鞋。然后他成了又秃又饿还光着脚的国王，没有人愿意做他的朋友。"

在她的世界观看来，没有朋友是最糟糕的命运。

几个小时之后，他们让我们回家了。

第二天早上，她爬上我们的床，撩起上衣，露出管子。

"这儿一直疼。"

加布盯着那里。"格蕾西的管管。"他说。

布莱恩去给她拿止痛药。

"加布，你可以摸摸。"格蕾西说。但他不想摸，他甚至不想看。我也不想，我希望她没有感受到加布的反感。同时，上帝保佑，也不要感受到我的。

布莱恩说："格蕾西，我能摸摸它们吗？"

"当然，爸爸。"她说，然后递给他一根管子，"我们来扮木偶吧。"

"木偶？"

"木偶！"然后她开始让自己的管子对布莱恩的管子说起话来。

就这样，管子成了家庭的一部分。会动的小东西，因为戴着它们的小女孩身上的生命力而活了过来。

医生指导我们每天对管子的接口处进行检查，以免出现感染。我把格蕾西叫过来，她会开心地撩起上衣。"我的管管没问题。"她会这样说，我的管管。她的。格蕾西会站在那里等着我们的担忧消散。她耐心地拍拍布莱恩的头。"好狗狗，爸爸。"她会说。管子覆盖在透明的 Tegaderm 敷料下面，进入她的身体。医生警告过我们，如果管子被拔出来，她会大量出血，所以我们格外小心对待。她却并没有对它们大惊小怪。

我们震惊于她是多么愿意忽视管子带来的痛苦和无穷无尽的烦扰，还有它们代表的，我们的背叛。她接受了它们：两根白色的软橡胶管，覆盖在网眼背心下面，贴着她的身体。它们直接进入她胸腔的中央，消失在她的体内。

孩子的恢复能力在格蕾西的情况下看来几乎真实得可笑。我们感觉，好像只要有足够的时间，她就能对任何东西适应、安然接受和宣示虚拟的所有权。我担心如果我们即便把一辆旧雪佛兰的前端连接在她的胸腹间，她也会在一个星期以内满起居室转悠，喊着："看我，我是个汽车女孩！"我想听到她抱怨，想让她保护自己，想让她拒绝。在不加任何修正的情况下主张自己作为孩子的权利。但这不是她的风格，她的风格是与入侵的军队握手言和，把它视为自己的一部分。

34

　　格蕾西养成了习惯，每天早上都要跑进我们卧室问："今天也是医院日吗？"我们一般会说是的。北卡罗来纳景色中，我们唯一看过的就是儿童医院治疗室。所以，两周后，我们决定出其不意地放一天假。

　　"今天不去医院！"布莱恩说。

　　格蕾西不可置信，被这个消息冲击得头晕目眩。"真的不去吗？"我们穿衣服、坐下来吃早饭、坐进车里的时候，她不停地问着，"真的不去吗？"

　　"不去，"我们说，"真的不去。"

　　"我们能去游泳吗？"她问。然后下一秒又问："我们能去森林里吗？"然后在我们开车去公园的路上又问："等会儿，我们能去看小马吗？"她能随心所欲地拥有小愿望，这给她带来巨大的喜悦。我们知道附近有座牧场。

"我们能看小马和牛，甚至可能还有绵羊和羊驼。"布莱恩回答。

"能骑羊驼吗？"格蕾西问。

"如果有人骑羊驼的话，那一定是你。"布莱恩说。格蕾丝爆发出尖声大笑。我们彼此对视，沐浴在她的笑声中。

在牧场上，格蕾西兴奋得说不出话来。我们不停地问她："好玩吗？喜欢吗？"但她一言不发。她只是从右看到左，又从左看到右，微微张着嘴。

"马！"我们走在两片牧场之间的时候，她终于喊了出来。我们的两边是干净整洁的良种骏马，带着傲慢的神色，光滑的鬃毛飘扬着。这些马儿因为健康而皮毛油亮，在毫无烦恼的生活中一往无前。我感到一股奇异的妒忌，甚至还有几分怨恨。我想把它们所拥有的给格蕾西。

我们找到了马厩的管理员，他让格蕾西在一匹精神百倍的杂色马和一匹温顺而后背有伤的帕洛米诺马"耳语"之间选一匹。格蕾西做出了富有同情心的选择。她让我想起我妈妈，总是把怪模怪样、被人遗忘的圣诞树带回家，那最后一棵圣诞树。

"骑'耳语'之前你想先喂喂它吗？"管马厩的姑娘问，然后递给她一个苹果。我希望这随意的一触能够在她们之间传递某种能量或者身份。我希望这个姑娘能把让她的马尾辫粗到皮筋快要绑不住的东西传递给格蕾西。我希望格蕾西有一天也能成为这样的姑娘。十六岁，在仓库里干着活儿。成为迷恋着马儿的姑娘，有着肌肉发达的肩膀，七个小伙子拜倒在她的石榴裙下。又或者，无论如何，能活到十六岁。

那姑娘给格蕾西头上戴了顶硬硬的帽子，然后耐心地帮她爬上马背。

"再见，'耳语'。"布莱恩说，"跟格蕾西好好玩，别骑得太猛啊。"

加布里埃尔让我们把他放上一匹年迈得几乎不喘气的棕色母马。屁股刚一沾到马鞍，他就喊了起来："我要下去。我不骑。"我领着他在赛马场的边缘散步，每次格蕾西经过我们身边，他都好像发现大明星一样。"西西骑马！西西！西西！"他大喊着，希望得到确认，得到一次挥手，什么都行。

我们看着格蕾西的时候，一只猫找上了加布，闻了闻，然后在他脚边的草丛里安顿下来。加布里埃尔像是发现了命令的乐趣，对那只猫说："跌倒！"然后他对猫伸出手说，"帮忙？"这是他和布莱恩最喜欢的游戏，他会把布莱恩推倒在地，然后再帮他站起身来。猫无视了他的建议，这让他倍感挫折。"猫猫不喜翻（欢）我。"他说。

"猫猫说没说为什么？"布莱恩问。

加布略过了这个问题，指着草丛："下，爸爸！"布莱恩顺从地蹲下。只要一发现父母在和自己同样的高度，加布就会爬上我们的后背。现在，他推着布莱恩的肩膀："做个小马，老虎！"布莱恩慢慢在草丛中移动。"做个老虎，小马！"

开车回家的路上，加布睡得很沉，但格蕾西兴奋得睡不着觉。"我骑'耳语'骑了好长时间，"她说，"它很棒。"

布莱恩和我彼此对视，无比喜悦。我们让她很开心，我们现在还可以做到。她的脚趾满是尘土，她骑了比自己大的动物，她很快乐。从这个意义上讲，加布也是，我们也是。

那天晚些时候，我们在吃晚饭时告诉格蕾西，再过几周，她要在医院里住一阵。她看着我们。

"我想伊顿不用去医院。我的朋友们从来不输血。我想他们都会长大。"我们赶紧提醒她，她也会长大的，而且大多数人都会在医院里住一阵子。同时，我们想承认，她突然之间明白了自己是个离群的人。

晚饭后，我们都爬上床一起看《怪物史瑞克》。孩子们并不是特别喜欢这部动画片，但布莱恩和我都十分喜爱艾迪·墨菲配音的驴子。（"没错，白痴！现在我是头既会飞又会说话的驴了！"）在对我们四个人来说太窄小的床上蜷缩了好几年之后，达勒姆的特大号双人床简直是种奢侈。我们都可以四肢摊开。加布尽量靠近身边的所有人，而格蕾西则喜欢一只胳膊肘挨着我们中的一个，而脚趾碰着另一个。我感受到被一堆小狗所围绕的那种富足感。

"今天很好。"布莱恩说，"我们做得很好。"

"我们的确做得很好。"我说。我们都知道，好所指代的内容超越了牧场之旅的范畴。

我告诉自己，今天不是最后的晚餐之前的放纵，而是贮藏起来的幸福，以备不好过的时候之用。或者从不好到更糟，又或者从更糟到无法承受。而我们已经知道它们将会如此。

这段幸福时光推着她向前，让她回想起生命中的小小愉悦。我会提醒她想起"耳语"，把它加到她心爱之物的列表上：冰淇淋、我们后院的鹅、在布鲁克林她试着想爬上去的树、感恩节的风筝。记住，我会告诉她，记住你是如何喜欢蓝天上的那颗红色钻石，记住，当它落在厚得不像北卡罗来纳州的雪地上时，你是如何跑过去，好像它是一位失踪或者受伤的朋友。

35

置入管子之后不久的一个夜晚，格蕾西在厨房的地板上玩着一对小马宝莉的玩具。她停下了游戏，四肢摊开倒在地板上，闭着眼，一声不吭，一动不动。一匹小马侧身掉在她的头附近，静静地躺着。

"你在做什么？"我问。

"我死了，"她说，"能听见我说话？"

"什么意思？"我问。

她抬头看着我："我之前死的时候说过话吗？"

"你没死过，宝贝。"

"我死过。"

"你是指上次给你安管子的时候药物让你睡着的事吗？"

"如果我死了，你能听见我说话吗？"

"你没死过。"我又说了一遍，声音过于尖锐。带着指责之意。

她给了我一个眼神，你怎么回事，然后拿着小马走了。

感觉到我对这个概念的抗拒，两个孩子整晚都在玩复活游戏，命令各种东西"死了"，然后又让他们起死回生。他们也在彼此身上玩着。"你死了。"加布对格蕾西理所当然地说道。她倒在地上。他吟唱出魔法咒语："弗拉比巴兹，弗拉比巴兹！"她做起来，恢复如常。哦，这可真有意思。

那天晚上吃饭的时候，为了增添一丝文明的气息，我在桌子中间摆了一盏闪烁的烛台。加布简直着了迷：他最喜欢的莫过于把东西吹灭。我不停地把烛台拿走，他不停地吹着。

"放在一边得了。"布莱恩说。

"不，"我说，"我喜欢它的光，很漂亮，而且他能学着不去管它。"

如果没有百折不挠的尝试，那就不是加布了。他不停地吹啊吹啊，直到从桌子的另一端把火苗吹灭了。烛火熄灭的时候，他胜利地喊道："它死了！"

36

　　每天早上一到医院，孩子们就直接跑到鱼缸前面。布莱恩在礼品店买一份《时代周刊》。我在老式的卖货推车那里点一杯拿铁。在上四楼之前，我们会看着孩子们在开阔的大堂里转着圈跑，或者弹奏他们本不应该碰的钢琴。无论什么样的日子，只要你过得够久，都会成为习惯。

　　我们开始治疗的第二周或者第三周的某一天，一个和格蕾西差不多岁数的小女孩和我们一起上了电梯，也是去四层。她脆弱的骨头藏在肿胀的皮肤下，一看就是刚刚做过移植手术。她的父母站得笔直，把女儿夹在中间。她的咳嗽声尖锐凄厉，来自身体的深处。我看着她，希望自己流露出的关心多于恐惧。她的母亲把她拉近了自己，把她的头埋到自己的腿间。她又咳嗽起来，发出令人心惊胆战而深沉的声音，与她小小的身躯并不协调。

我们乘电梯上去的时候，孩子们看着头顶的羽毛装饰物在扭动和旋转。格蕾西问布莱恩："没人碰它，它怎么会动呢？"

"魔法。"布莱恩说。

格蕾西看着他，有点失望，带着批判的意思。"爸爸，魔法不存在的。"

哦不，我想，哦不不不。

我们在候诊区坐下来。金发的小女孩坐在父亲膝头，呼吸着。明显能看出她的呼吸很费力。她的母亲坐在旁边，肩上抱着个小男婴，大概有十四个月大。我在电梯里没有注意到那个婴儿；我只看到了小女孩，还有她的母亲把她拉近自己的样子。那个婴儿尽管惹人喜欢，却是这个情景中多余的东西。

那位母亲矮小健壮，一头红棕色的头发。那位父亲与她在身体外形上恰恰互补，肌肉发达，面容英俊。他站起身抱着女儿走向护士站的时候，步伐流畅，带着紧迫感，仿佛决心有所建树的运动员。

那位母亲说话带着爱尔兰口音。"爱尔兰人？"我问一位护士。"我想是的。"她回答道。也许是位爱尔兰妈妈。我有问题想问她，我想知道他们的故事。但这里的规矩是表现出善意，然后等待。我向她轻轻挥了挥手——向一位带着生病的女儿、胯上还挂着儿子的母亲。她，一位带着生病的女儿、胯上还挂着儿子的母亲，也对我报以轻轻的挥手。

那位护士很快把他们带到一个房间里，然后来引导我们。

我注意到他们的房间拉着帘子。他们想要保护隐私。

我们等待着。在医院做得最多的事情：等待。库兹伯格医生来的时候，格蕾西在看《小马王》的结尾，讲到小野马和他的朋友在高高的草丛间奔驰。库兹伯格医生聊了聊他们多么强壮，问格蕾西喜不喜欢——她顿住了。警报响起。她抬起头，看向那个苏格兰家庭的房间。护士和医生从医院的各个角落向那个房间汇集。

帘子拉开了，我看到了那个小女孩，软绵绵地躺在母亲的膝头，看不出是不是还在呼吸。大家把她的弟弟传出了房间。那个小女孩咳过血，她母亲的衣服上都是血迹。医生们挤在一起，想让小女孩的情况稳定下来。

那个小男婴最后停在艺术治疗师的怀里，挥动着四肢挣扎着。我问能不能抱着他，她把他递给我，我抱着他在楼道里来回走动，读着《小王子》海报上的引言。其中一条写道，他在迁徙的野鸟的帮助下逃了出去。我指着一群紫色的鸣禽，拉着绳子，将那个小巧的金色王子从他小巧的金色星球上拉了起来。我像与加布里埃尔聊天那样跟他说着话。几分钟后，他安静了下来。我支棱着耳朵听房间里发生了什么。

最后，那位父亲出来找儿子。他谢过我，把他抱回怀里，然后说："我们的女儿简直要把我们吓死了，但她现在稳定下来了。"他们的房间里，莎拉在薄薄的白色被单下，微微隆起的小小胸膛随着呼吸的节奏上下起伏，如同小船的一侧树立起的小小风帆，一次又一次捕捉风，又失去风。

母亲琳恩在和医生们谈话，皱着眉，聆听着，不时点点头。我想象着，她内心的一部分一定在颤抖，如同动物在逃脱了捕食者之后会持续颤抖好一阵子。我正想告辞的时候，那位父亲说："来这儿之前，我们已经失去了一个儿子，不能再失去另一个孩子了。"

我没说话，只是等待着。

"我们的儿子那时候才刚会走路。突然一下子，肺炎没处理好。他们应该早接收他入院的，但他们没有。他死后才几个月，我们的小女儿就被诊断出白血病。他们说这病治不好，'对不起，我们已经尽力了'，完全是一派胡言。去他妈的公费医疗，舍不得在她身上花钱，而他们还没有尽力。我们上了报纸，筹集了一百多万美元。苏格兰全境人民把这个小东西送到美国来做移植手术。手术成功了，她痊愈了。白血病好了，但她的肺出了问题。她呼吸有些困难。她还有些积液，我想她的肾需要一点小小的处理。然后她就会恢复正常了。"

他对我说这些的时候，一直抱着儿子。小男孩不住环视着房间，平静又好奇。我想加布是略占先机，但这个甜美的小家伙……

我害怕自己会哭起来，会偷走他的悲伤。

"真的很遗憾。"我说。

"家家有本难念的经，不是吗？"他说，然后谢谢我帮他看着儿子。他在楼道里给我讲的这些事情，就在那副小王子被拉离星球的画作下面。

这个小女孩。她和我们一起坐电梯上来。然后，几个小时之后，她差点死了。她母亲身上的血迹。刺耳的警报。她曾经有个几乎不认识的哥哥。肺炎。去他妈的公费医疗。

我们就是这样把自己的故事告诉别人。在等待的间隙，在厨房里，拿着泡沫塑料杯子，在消毒池洗手的时候，在零食机旁边，不带任何客套。没有自怜。甚至不会对所描述的那些可怕的事情轻轻点一下头，因为我们假定，所有人都经历了恐怖。

故事讲述者的任务是原原本本把事实呈现出来，保留每个细节，特别是那些细枝末节——接蒂娅去医院的救护车医生身上有烟味儿，母亲上衣沾染的血迹如同展翅飞翔的鸟儿，蒂娅没死的时候，每天早上都会对父母问好说："用睫毛吻我！"

聆听者的任务是听这个故事，记录讲述者如何使用某些短语、确切的形容词、副词、不寻常的语句、俗语或者缩略的短语。注意一天当中的时间、天气、讲述者的穿着。学习这个故事，如同它是被倾倒进这个房间，仿佛它是宗教文本，而它别无二致。

讲述者和聆听者有一个共同的任务，那就是相信。无论多么糟糕，相信它，相信，然后记住。记住，然后相信。因为我们所能做的只是记住，还有相信。

人们通常说："我不知道你是怎么做到的。"就好像我们有选择的余地一样。

和那位父亲聊完回到我们的房间，格蕾西心烦意乱："你去哪了？"

"我在抱着宝宝。"我说。

"我们需要你在这里。"她说，"加比哭着要找你。"加布看起来很开心，满脸和满手都是露娜糖果条。

"我现在在这儿了。"我说。

"我们完事儿了。"布莱恩说，"格蕾西已经连完了。"他带着一丝指责。我看了看她的输液管，才意识到它已经盖上和断开了。他们等了很长时间。

"对不起，是很重要的事。"

布莱恩给了我一个怀疑的眼神。

"我稍后会把一切都告诉你。"我说。

"只要你愿意。"

布莱恩接受了"别交朋友"的建议。在他的女儿最需要他的时候，他不会选择让自己心碎。格蕾西是他关心的唯一目标，这完全合理。但我很孤独，我想告诉他关于那个爱尔兰家庭的事。他们走了多远，失去了多少，他们不能再失去了。

回家的路上，我坐在后座两个孩子之间，一手握着一个人的小脚：我能感受到脚腕微弱的脉搏跳动。隐静脉，在格蕾西还是个婴儿的时候曾经多次让我们"介入"的粗大血管。我们在经过一片树木稠密的地区，枝叶在头顶抖动。

"树不喜翻（欢）我。"加布说。这是他最新的口头禅。他赋予了自然界无形的抵抗。

"那些是正在长大的树，加布，不是坏人。"格蕾西说。

我在安慰加布那些树很喜欢他、不会伤害他和同意他的观点之间动摇着。树也不喜翻（欢）我，我想说，它们也让我害怕。

37

"镇静剂的反常反应，"护士说，"药效消失之前尽量让她保持安静。"

我们在候诊室里，格蕾西变狂野了。

几天前，库兹伯格医生安排了一次核磁共振检查来确认格蕾西的肝脏是不是足够强健，能够撑过这次移植。格蕾西看着机器，说："我们能不能跟他们说说，我不想进这个盒子里。"

没有人可以，亲爱的姑娘。

为了让她平静下来，他们给她用了镇静剂，格蕾西在朦朦胧胧中躺在金属管子里，管子绕着她旋转着，发出当当声，检查着她的肝脏。检查一结束，她直挺挺地坐了起来，仿佛接通了某个开关，仿佛她被附身了。她滑下检查桌，两腿交叉着，像是一匹受惊的马，踏着古怪的步伐，走向候诊室。我在后面追她，但是当我想把她抱起来的时候，她扭动着身体，又踢又打，从我的双臂间扭开，我把她夹在双膝之间。

"这什么情况？"我对离我最近的护士喊道。

格蕾西挣脱开，一头扎在抛光过的混凝土地上。立刻起了一个鹅蛋大的包，中间又青又紫。但最可怕的是：她没有哭。

我看了看飞来过圣诞节的妈妈。

"你抓腿，我抓身子。"

被我们抓在手里，格蕾西开始尖叫起来："让我做！我能做！"

但她要做什么，我们却一无所知。

我们把格蕾西抬过主大堂，又抬到停车场上。她悬在我们之间，如同扭曲着的通电电线。她左右扭动着身体，想摆脱我们的手，尖叫着："我能做！"

我爱她对自己能力的信任。

开车回家的路上，她睡得很沉，头歪向一边，随着汽车拐弯而晃动，微微的薄汗浸湿了脸旁的头发。

我给布莱恩打电话告诉他。他说他已经在登机了，搭早班飞机飞回达勒姆。我抱着格蕾西走进家里，把她放在床上。她全身无力，温暖而柔软，呼吸微微带着盐水太妃糖的味道。我给她盖好被子。几个小时过去，布莱恩到家的时候，她还在睡。他坐在她身边，在她呼吸的时候轻拍着她的后背，读着书。

后来，我躺在她身边小睡。我们同时醒了过来，房间一片漆黑。她把双手放在我的脸两侧，靠过来。黑暗中，她的双眼仿佛两团模糊而明亮的污渍。"你回来了，我太高兴了。"她说，

"是你，这真是太好了。"然后她轻轻地亲吻了我的嘴唇。

我走进起居室。"我想她没事了。"我说，"但这太吓人了。她像是吸了可卡因的杰瑞·刘易斯。又兴奋又有劲儿，但是没有肌肉控制，也感受不到疼痛。"他给了我一个虚弱的微笑。他很担心她头上的大包，在谷歌上急切地查着头部外伤的信息。我们坐在那里，正思考着是应该吵一架还是彼此安慰的时候，我的手机响了。是 K 医生。

"核磁共振的结果出来了。她的肝脏看起来不错。"她说，"真的不错。我们会按照原计划在圣诞节之后的那天接收你们入院。"

我挂了电话，布莱恩怒不可遏。"你怎么不问问关于她头上大包的事儿？"他说。

"我光顾着听她的肝脏状况不错，能做移植了。忘了问头上的大包，真对不起。"

"去看看她，她头上有个大个儿金橘那么大的包，又青又紫。"

"布莱恩，你不知道什么是金橘。"我喊道，"你从来没吃过，也永远不会吃。你根本不知道金橘一般有多大，更别说大个儿的！"我们都笑了，但只笑了一下。

38

　　圣诞节的前一天,《纽约邮报》打来电话,希望对格蕾西的故事做后续报道。我想收拾住院用的东西,想给礼物打包,或者做饭。但《纽约邮报》在我们需要筹钱的时候对我们倾尽全力,我们希望尽自己所能招待好他们。

　　他们派了一位摄影师过来,格蕾西对他极度不配合。她的天鹅绒连衣裙穿得很不舒服,在照片的拍摄过程中,她不时扯着领口,直到那里松垮到她可以轻松地从那里把裙子脱掉。摄影师一开始还置之一笑,但在恶作剧中过了差不多四十五分钟以后,还是没有可用的照片。每个人的挫败感都开始累积,特别是格蕾西。我最后一次给她摆正了姿势——他们希望拍一张她正在挂圣诞树装饰的照片,装饰物上反射出她的脸。她最后一次把装饰物挂上去,我说:"搞定啦!"但实际上我的意思是:"看在上帝的份儿上,赶紧把这该死的照片拍完!"

摄影师拍完了照片，谢过了我们，带着几块圣诞老人饼干回去了。圣诞节的早上，格蕾西出现在《纽约邮报》的封面上，正在挂一个闪闪发亮的绿色装饰，她的脸出现在整个城市大街小巷成千上万份报纸上。亲朋好友都打来电话告诉我们，他们在起居室里、地铁上，走在第七大道上看着格蕾西的脸。她全然不知，自己正短暂地大出风头。凯茜兴高采烈地打来了电话，保证会买一摞回家。我妈妈在圣诞节的早餐时哭了起来，说尽管不能亲眼看到报纸，但能感受到它所带来的关怀。

与此同时，格蕾西却丝毫没有察觉。她的惊讶之情全部留给了圣诞老人。

圣诞节前夜，我们安静地吃了晚餐。格蕾西问："圣诞老人下来之后要怎么再回到烟囱里呢？"她拥有极佳的现实主义倾向。他并不是在二十四小时内给数以十亿计的家庭送礼物，而是不用按门铃就完成了这个工作。

当我们提醒她第二天就要住院的时候，她说："看到我的痒痒都好了，伊顿一定会特别开心。"

不知什么时候，她开始相信，移植会减轻她身上由于螯合剂带来的痒痒的疹子。的确，移植如果成功的话，她不会再出疹子。但这就像是在想，化疗的目的是让你不再为头发而烦恼。

布莱恩说："伊顿一定会特别为你高兴的。"

格蕾西没有问"我要住多久"或者"我怎么才能出院"，而是问："我能带小马一起去吗？"

我在餐桌上点了一对蜡烛。加布里埃尔故技重施，把它们吹灭了。我又点上，游戏继续。火苗从火柴的根部跃起，将橘黄和蓝色的火焰传到灯芯上，随即熄灭了，美丽的，小小的，昙花一现。

我们吃了圣诞树干蛋糕作为甜点。我解释说，这种蛋糕的形状是为了看起来像古代庆祝冬至的火焰节上使用的圆木。"里面也有巧克力吗？"格蕾西问着，拿起一把汤匙，准备挑下一根树枝。加布里埃尔开始拍手。我们就要把树吃掉啦！终于，树落到了我们手上！

当我们把他俩抱上床的时候，加布里埃尔在他的婴儿床上翻来覆去，自言自语："格蕾西爱我。"

我躺在格蕾西身边。"宝贝，我们要在医院里住很长时间。"我们已经跟她说过很多次，但我不确定她听懂了。

"为什么？"

"这样你的身体就能健康了。"

"好吧。"

在床上，布莱恩和我并肩躺着，既兴奋又焦虑。我们都无法入睡。明天，一切就都改变了。我们跨立在分割过去和未来的模糊界限上。我想永远停留在此时此刻。

"明年，"布莱恩说，"我们就会带着两个健康的孩子回到布鲁克林了。"

我试着想象下一个圣诞节的我们，在布鲁克林，孩子们在倾斜的圣诞树下斗嘴。这只是微弱模糊的想象。不是幻境，我告诉自己，而是想象。

把一个看起来多多少少算是健康的孩子放进做移植手术的医疗器械里，这极为艰难，但我们做到了。我们屏住呼吸，越过了边界，进入未知的世界。不论胜算如何，我们都得接受。我们有这个女儿、这个儿子，一袋能配型的脐带血，一次能够治愈的机会，而我们抓住了它。

39

　　格蕾西把每一只小马宝莉都带上了，还带了几只加布的。我带上了她的睡衣、牙刷、梳子和她最喜欢的零食。很快，她就不能吃东西，也不能刷牙了，也会没有头发可梳。但我们还是为了当下而把那些东西都带上了。

　　我们醒得很早。我们房子后面的斜坡上，一群野鹅摇摇摆摆地画着不安的圆圈，仿佛一块不断移动的灰色地毯，鸣叫声将它们的焦虑之情融入清晨的空气中。我想艰难地走出去加入它们。

　　格蕾西穿着她的朵拉睡衣出现了，加布也跟了进来，穿着T恤和小蜜蜂靴子，带着尿布。

　　"我能去摸摸那些鹅吗？"格蕾西问。

　　"那些是野鹅，宝贝，不能摸。"布莱恩说，"等你出院回家之后，我们会去宠物动物园，那里有驯服的鹅。"

"要多久啊？"格蕾西问。

我们看着她，搜寻着听起来能接受的词句。"几周吧。"布莱恩说。

格蕾西从不问我们我在这儿做什么？或者你为什么这样对我？她并不曾哲学地看待自己的痛苦。她不想知道为什么是我？只想知道要过多久。她一次又一次地问我们："我什么时候能再见到我的朋友？"还有，"伊顿想我吗？"

她富于情感的力量令人吃惊：不管是对伊顿，对加布里埃尔，还是对我们第一天遇到的那个男孩杰克——我们已经有好几周没有见过他了，但她谈起他的时候还是充满感情。我们整理东西的时候，她自顾自地唱着歌："我爱你，伊顿。我想你，伊顿。"

"我，"加布插了进来，"想我，蕾西。"

"加布里埃尔，你就在这儿。我不能想你。"

"想我！"加布又重复一遍。加布总是在想念我们其中的一个，现在也想被别人想念。

布莱恩把加布抱到车上，格蕾西在我们身旁慢慢跑着，全心全意信任我们，心甘情愿。我们说她要在医院住上"几周"，她接受了。她把自己汽车座椅的安全带扣上。我们倒出车道的时候，格蕾西说："房子再见，我要有几天见不到你了。我得去赶《海底总动员》的大巴车了。"

我通常都不知道她在说什么，更不知道她在想什么：她的内心世界安静而充满对想象出来的角色强大的同情心。但我们明白了她说的大巴车的意思。她有一个梦想，就是取代白雪溜冰团①的演员，上演《冰上总动员》。她解释说，她和朋友们会"跳上大巴车，把它据为己有。车上没有大人，只有我和伊顿还有我们《海底总动员》里的朋友"。在她眼里，完美的幸福就是一个由孩子们统治而且只有小孩的世界。

想想大人都对她做了什么，她这么想很合理。

经过对加布里埃尔威胁恐吓的树林时，我半信半疑地无声祈祷：愿我们四个人，能够从另一个方向再次经过这片树林。

在医院大门口，我们把格蕾西的行李包放在推车上。加布里埃尔想坐在上面。带着他为我们的情况更添了一重复杂性和不可预见性，但他有权利看他姐姐所经历的一切。我们把他放在行李包上："我上来啦！"他坐在行李顶上，对路过的每个人喊道。"我上来啦！"那个穿着蜜蜂靴子的小男孩，和大堂里每个路过的人打着招呼。从此加布就成了医院里的名人。

"小心点，加比。"她说。她的内心就像个老奶奶，是个正人君子。她不停地跟我和布莱恩聊着天，散发出愉快的期待氛围。对她来说，这跟入住宾馆差不多。她一蹦一跳地跑在我们前面，跑过大厅的喷泉。喷泉的水面下躺着一层亮闪闪的硬币，

---

① 白雪溜冰团：始于1940年的美国冰上演出团体。

每一枚都是一个水下的愿望。

在五层，我们拐上长长的楼梯，走向我们的病区 5200。进入移植病区前，你必须首先要通过洗手室，这是一间宽敞的接待室，里面有个洗手池。这让我们严肃起来。这个房间是为了杀菌用的。为了防止住在 5200 的孩子受到外来细菌和病毒的危害，每个来访的人都要用灭菌肥皂把自己从手洗到胳膊肘，戴好鞋套，穿上防护服。

格蕾西不想戴鞋套。加布里埃尔不喜欢肥皂的味道，布莱恩给他洗手的时候他尖叫起来。

"这很重要，宝贝。"布莱恩说，"这能保证住在这里的小朋友安全。"

"他们在这里不安全吗？"格蕾西问。

我们一时语塞。住在这个病区的孩子们太脆弱了，任何漏网的细菌或是普通的病毒都能要他们的命。

"洗手能把细菌挡在外面。"布莱恩说，"这样小朋友们就能健健康康的了。"

格蕾西点点头，仿佛一位英雄接受了象征责任的斗篷，把蓝色硬纸做成的鞋套套在了脚上。

病区是 L 形的，两条长长的走廊在护士站处交汇。我看了看路过的每一个病房，它们都有对着大厅开的大窗户，但左右的百叶窗都拉着。

抵达我们病房的时候，附近一间病房的门开了，出现一位年轻漂亮的棕发母亲。她梳着马洛·托马斯式复古的发尾向外翻卷发型，妆容优雅，敷粉均匀，在医院冷厉的灯光下柔和得恰到好处。我惊叹于她的应付能力：束缚在这里，还能这么好看。她对我们笑了笑，既有温暖又带着距离。那是一种"别跟我说话"的笑容，一种"欢迎来到地狱"的笑容。

布莱恩弯下腰，听格蕾西在问什么。但我回以微笑。我想拦住她刨根问底，但她和我们擦身而过，走向公共厨房，手里拿着一个不祥的塑料袋，最下面像装了什么潮湿沉重的东西。

布莱恩握住我的手捏了捏，表示温和的提醒，把你的注意力集中在这里，此时此刻。我们的病房差不多在大厅的另一头，是倒数第二间。我把这个看作好兆头——大厅的尽头，与世隔绝。不冒命运的风险。我们走进病房，格蕾西立刻爬上床，伸手去接加布。加布站在床边，举着胳膊。他相信她能把自己举起来。她也这样相信着。她可能会把他的胳膊拽到脱臼，但一定会把他拉起来的。布莱恩把脚放在加布的屁股底下，把他举到了床上。加布说："蕾西，举我！"理所当然，丝毫没有为她的力量而感到惊讶。

病房很小，形状也很奇怪，可能是梯形的。我试着回忆一下学过的几何学。有足够的空间放病床，一把拉出来可以变成小床的大椅子和壁挂式电视。在房间的一角，有一扇高高的窄窗，窗外是一棵孤零零的树。

"它最好是棵好树。"我说。

"什么？"布莱恩正把格蕾西的几件睡衣放进抽屉。

"没什么。"

我仔细端详着那些令人生畏而无处不在的闪亮仪器。监护仪、输液架、墙壁中引出来的输氧管，还有很多很多。这是一间用来维持生命的房间。或者如果有必要的话，用来恢复生命。

一位护士告诉我们："所有病房里都是负压，空气只会从里往外跑，没有细菌会进来，所以你的女儿是安全的。"我当然感到自己身处负压之下，不管那是什么。但我同时也感到极度的不安。

我们已经签署了他们放在我们面前的所有文件，那些文件用高深莫测的术语描述了移植可能会带来的"负面后果"，甚至包括了最负面的后果，我们签了，却一个字儿都不相信。我们才刚刚开始，感觉好事还可能发生。

我的脑海中浮现麦克·泰森说过的一句话，是布莱恩以前告诉我的：被打脸之前，每个人都有计划。

"她会没事的。"布莱恩说。

我喜欢听他说这个，不管他自己知不知道。

40

　　我们的"责任护士"名叫波比。"嗨，格蕾西，"她拖着北卡罗来纳慢吞吞的语调说，"在医院里想要什么都可以跟我说，我会帮你的。"波比身形纤细，个子高挑，瘦长结实。她戴着猫眼眼镜，留着短短的波波头和生硬的刘海，看起来认真诚挚，幽默顽皮，一切就绪：这种发型就相当于卷起袖子。她的洗手衣外面套着有珍珠扣子的粉色开襟羊毛衫，整个人看起来非常能干。

　　格蕾西颇有兴趣地看着波比在房间里走来走去。她不喜欢任何穿洗手衣的人，却很难讨厌波比。在她的开场白中有种显而易见的力量。她带着轻快而不安分的力量在房间里大摇大摆地走来走去。她离开后，布莱恩轻声说："她就是那个街头打架的时候你想站在她身边的人。图书管理员战士最棒！"

　　后来，我们知道波比在波尔布特时期的柬埔寨难民营里工作过四年，嫁给了一位爱尔兰医生，他们生了四个儿子。我们知道，她是一个对必须守住的阵地寸步不让的人。我们知道了，她的长子是一位天赋异禀的音乐家，而最小的儿子则是天生的喜剧演员。但在最初的日子里，我们只知道她能给格蕾西带来笑容。

我们一安顿下来，波比就把一根静脉输液架推进了病房。"好啦，格蕾西，现在是时候把你连上了。"输液架挂着好几个输液泵，已经设置好了，全天都可以给药。每种药物都通过连接格蕾西的三根中心静脉输液导管之一进入她的身体。波比把它们一种一种连好。每连上一根管子并且固定好，她都会介绍双方："红先生，这是白先生，你们两位会成为好朋友的。"格蕾西每次都被这个小把戏逗笑，问她自己能不能试试连一连它们。波比说没问题，只要她先用酒精棉球把手擦干净。我知道波比在防备细菌。细菌就像一颗子弹，你不想让它离心脏太近。

波比连接完所有的管线后，格蕾西和这根输液架紧紧连在一起，无法分离。

"她要像这样连多久？"我问。

"差不多一直都得连着。"波比带着抱歉的神色说道。护士通常带来那些医生们忘记提起的坏消息。

"但那是多长？"我问，希望能在格蕾西面前显得不那么突兀。波比示意我跟她去走廊上。

"反正她也可能不太想下床。不过在她身体还可以的时候，管子可以断开一个小时。总共一个小时。"

管子刚一连好，格蕾西就不干了。"问问波比我能不能不这样！"她指着输液架发号施令。她已经将波比视为最高权威。布莱恩和我已经降级为她的下属。"问问波比！"格蕾西又说道。这些词我们一天能听几十次，甚至上百次："问问波比"和"断开"。

出于她从没说过的原因，格蕾西将她的输液架命名为"硬汉"。它大约六英尺高，是钢铁制成的，有着圆圆的、三个轮子的支角，她可以站在上面。输液架是她的旅伴，也是她的搭档。每一天，它都整天俯视着她，一言不发，隐忍克制地完成着自己的使命。而正如时时刻刻处于保护者眼皮底下的人一样，格蕾西总想溜走。

住院日和我们在一起的妈妈像往常一样有转移注意力的好主意。她从手包里拿出一瓶指甲油，是亮闪闪的金色。这是整间病房里最让人愉快的东西。

"格蕾西，"她说，"你愿意给我涂指甲油吗？"

格蕾西仔仔细细地慢慢给我妈涂了指甲油，全神贯注。如果我妈要给格蕾西涂指甲油，她可能会拒绝，但请格蕾西帮助别人则百试百灵。

比起指甲，她更多地把指甲油涂到了我妈妈的手指上。她说："对不起，姥姥。"

我妈妈亲了亲她的头顶："没关系，格蕾西宝贝。"

她睡着之后，我妈妈说："你俩回家吧。或者出去吃个晚饭。好好享受几个小时，我们这儿没事。"布莱恩和我面面相觑。

"没事的，她会睡很长时间。"波比说，仿佛看穿了我的心思，"第一天总是让他们筋疲力尽。"

所以我们走了，就离开了几个小时。在我们的卧室里，把长裤脱掉让我仿佛置身天堂。盛装去见医生的习惯（显示出一点尊严，一点好辩的能力）很快就不实用了。医院里的日子让人汗流浃背。我换上睡衣，洗了脸，刷了牙。

我躺在布莱恩身边。他正在看当地餐厅的线上菜单。

"达勒姆这么多餐厅里，你最喜欢哪一家？"

"我也不知道，你觉得呢？"

这是我们有时会玩的小把戏。你想要什么，不，你想要什么么。这是延迟欲望满足的一支舞蹈。

"不，你选。"他说。

我茫然地看着他："你想吃什么都行。"

我的脑海中浮现格蕾西与输液架紧紧连在一起的画面，所有令人厌恶的药物通过导管流进她的身体。再没有什么值得我做决定的东西了。

我不想与任何人交流，包括布莱恩。我不想再回想起格蕾西从阳台上把布莱恩的眼镜扔下去的画面，我们看着它落下四层楼的高度。我想躲进一个与世隔绝的罐子里，浮在温度与体温相等的水中，黑暗而安静。没有重力，我想成为一块一尘不染的白板。忘记一切，只是一个小时。呼吸，一片黑暗，一片黑暗，呼吸着。皮肤和骨头，又空虚又孤独。

皮肤和骨头，又空虚又孤独——我像是变成了一首乡村音乐。

"有让人忘记思考的药吗？"

"一眼看上去没有，但我还能再找找。"

我知道他是说真的。尽管我们没有服用过药物，从来没有过，但如果我此时此刻让他帮我麻痹自己，我很肯定布莱恩会帮我的。他会担心，会问有没有更好的方法来应付焦虑之情，但他会帮我搞到药。我的心中涌起对他的爱意。但我仍然不想谈，也不想思考。

"听着，"我说，"我知道这很荒谬，但我想回医院去。"

"我们才刚从医院走。"

"我知道。"

"亲爱的，"布莱恩说，"冷静点。最难的还在后头。"

"我知道。"我重复了一遍。但我不躺在格蕾西的身边就没法放松。尽管这只不过是毫无意义的戏剧性姿态，尽管她没有面临急迫的危险，尽管我们精疲力竭，饥肠辘辘，我还是想在她身边。

"我和你一起回去。"

"没关系。"我说，仿佛我是在让他摆脱困境。

事实上，他想来，我从他的声音里听出来。他也能和我一起来。我们在达勒姆的保姆丹妮丝正是因为这个才和我们住在一起的：在我们之中的一个人或者两个人都要去医院的时候，或者在布莱恩回纽约工作的时候，在家陪着加布。加布也有人照顾，我们都能回去。但我想一个人待着。我想开车穿过一个万籁俱寂的北卡罗来纳的夜晚，车窗摇下来，让空气带着雪的气息吹入车里。

格蕾西的病房里，我妈妈睡在沙发床上。我爬上床，躺在格蕾西身边。她的头发，丝绸般顺滑的童发，在脖子后面轻轻地打着卷，闻起来有塑料小马的味道。我吮吸着她的气息，带着微微的药物的酸味，刺鼻的塑料味，在此之下，是我的女儿那真实存在的平平凡凡的味道。

妈妈惊醒了："几点了？"

"她怎么样？"

"没事，很好。"

"她吃饭了吗？"

"芝士通心粉。你们吃了吗？"

"没吃什么。"

"宝贝……"

"我们太累了，而且那些吃的感觉都……太饱。"

"布莱恩也觉得那些吃的感觉都太饱吗？"

"我不知道。"

"你看，如果想聊聊的话，我听着。我只听，不发表意见。"

"我们没事。"

"孩子生病的时候有压力是再正常不过的事了。你和布莱恩都在经历着里程碑一样的事情。"

"得了，妈妈。我又不是你的客户。"从十岁起，我就用几乎差不多的厌烦语气对她说这句话。

但我不再是十岁的孩子了，我不想伤害她。"对不起，我不想聊。"

妈妈越过椅子和床之间的狭小空间，揉了揉我的肩膀。"格蕾西会没事的。你是我的女儿，我担心的是你。"

"谢谢。"我的声音带着哭腔。我感觉自己又能感受到情绪了，任何情绪都可以。这让我如释重负。同时，我又感到自己仿佛背叛了布莱恩。真实的感受浮上水面，而他不在这里。

41

第二天，格蕾西的第一句话就是："能不能断开？问问波比！"

布莱恩在看书；膝头摊开一本托尔斯泰的书。他给了我一个充满同情的短暂微笑："你看起来睡得不错。"

"你什么时候来的？"

"来了一会儿了。"

布莱恩亲吻了格蕾西和我的额头，去护士站找波比。我们很肯定她今天休息。我们还没有告诉格蕾西，波比并不是每天都上班。布莱恩回来的时候，回避了波比的问题。

"宝贝，"他说，"你可以下床走走，但必须带上这家伙。"他指了指输液架。

"它想待在房间里，外面对它来说太冷了。"格蕾西说。

"我们可以给它戴顶帽子。"

格蕾西半笑不笑，从输液架那边爬下床，拍了拍它："这是硬汉，它不需要帽子。"就这样，输液架成了我们家庭的一员，有了名字，变成了她的宠物。

她做好了去楼道里的全副打扮：睡袍、口罩、鞋套。她是楼道里唯一一个孩子。病区里有十六张病床，但只有一位患者在走动。大多数其他患者早已开始了治疗，虚弱得无法起床了。格蕾西说："妈妈，我想看看谁在里面。打开他们的窗户。"我解释说百叶窗是从里面控制的，只有房间里的人才能选择打开它们。"他们为什么选择不打开呢？"她问。

旁边的病房里住的是和格蕾西年纪差不多的小女孩，名叫米娅。她的妈妈就是那个漂亮的留着外翻发型的棕发女郎。我们还没见过米娅，但波比已经给格蕾西讲了一些细节情况，格蕾西在走过米娅病房门口的时候不断背诵着，仿佛提供背景信息的新闻播报员：米娅来自加利福尼亚，米娅喜欢狗，米娅有棕色的卷发，米娅有个妹妹，但没有弟弟。她说"没有弟弟"的语气仿佛这是天大的不幸，这让我备受感动。

她在米娅的门前走过好几次，希望能看她一眼。但都不巧。最终，她放弃了，看起来想回床上去了。这时，她想到一个好主意："我能踩着它回去。"她指了指"硬汉"。

她稳稳地站在它的底盘上，紧紧抓住中央的输液架，发号施令："跑！"我尝试着推了起来。布莱恩站在她身边，焦虑不已，随时准备接住她。"快点。"她喊道，我小跑起来。

"再快点！"护士站的人们有的扬起眉毛，有的紧紧抿住嘴，但我们仍然越来越快。我觉得自己不可能拒绝她任何跌跌撞撞的小快乐。

在走廊尽头，她又有了个点子——收放自如。她把一只脚放在地上，快速地一蹬，把"硬汉"向前推去。然后她跳下来，像是在和它比赛，不停地跑着。我追在她身后。连接她和输液架之间的管子几乎被拉直了。如果她再跑得快一些，它们可能就会从她的胸口脱落下来。灾难。布莱恩就在那里，不干涉，但在她需要他的时候及时出现。他把一只手搭在她的肩膀上。"宝贝，"他说，"慢一点，妈妈和'硬汉'得跟上。"

格蕾西回头看了一眼："好吧，跟上。"

走廊的前方是一扇打开的门。一位母亲站在门口，胸前抱着刚会走路的儿子。中央输液管和监护仪线缆从他的毯子下面延伸到他们的房间里，连接在输液架上。那位母亲有种安静而严肃的神色。一开始，她没说什么，只是认真地看着格蕾西踩在"硬汉"上面来来去去滑了几次。我停下来和她聊天。

她名叫拉米亚。她的儿子刚刚一岁多一点，名叫瓦伦。一周以前，他刚接受了移植手术。"他的情况很好。"她的口音带着英式教育所留下的优雅而拉长的音节。她来自印度南部，但她和丈夫已经在新罕布什尔住了很多年。和我们一样，他们也是搬到达勒姆来住院。瓦伦患有致命的先天性自动免疫疾病，移植是唯一的治愈方法。

瓦伦在拉米亚的肩头动了动，看着我，品评着一张新的面孔。他的眼睛又大又亮。那双大大的棕色眼睛始终关注地看着我的眼睛。他还不会说话，但感觉我们好像在交流似的。"瓦伦，"我说，"你好。"

我指指格蕾西："那是我女儿。"

"我知道。"拉米亚说，"只有新来的孩子能这么有精神。"

"你们在这儿多久了？"

"我们现在是第三天，不过来这儿已经差不多两周了。"

两周，又三天，真不明白这是什么意思。

我完全失去了时间的概念。钟表变成毫不相关的东西。时间如同开门时漏出的一缕空气，在我的脚踝边擦身而过。如同楼道里半是偷听来的轻语。医院让我想起赌场，都是全无时间概念的封闭世界。楼道里不会吹拂过秋天的气息，没有春天，没有夏天，也没有冬天。这里一直温度恒定，光线明亮，色彩朴素。一年三百六十五天，一天二十四小时，始终如此。没有丝毫外界生活的迹象，这有点奇怪，因为这个地方的首要目的就是帮助人们恢复生命。

白昼变成黑夜，然后天又亮了。吃早饭、刷牙、梳头、看"美国最搞笑家庭录像"的时间都无关紧要。你做不做这些事都无关紧要。我们要从时间的河流中跋涉而过，才能抵达外面的世界。

我并没有问拉米亚，她说的第三天是什么意思。我想我们很快就会知道的。

42

　　一碰到其他家庭，问的第一个问题就是："你们这是第几天了？"我们发现，移植手术有自己的时间体系，非常特别的时间。

　　移植手术的每一天都有一个数字。倒计时从第 - 10 天开始，一直到第 100 天，那是虚无缥缈的一天。在第 100 天，你就"完成"了。移植手术之前的每一天都用负数来表示，而手术之后的每天都是正数。第 - 10 天到第 - 1 天用于化疗。这是时间开始之前的时间。第 0 天是移植手术的那一天，是一切的起始，是患者重置时间的日子，是他们新生的一天。移植手术之后，时间由正数表达，因为之后的每一天都是一份礼物，额外的恩赐。是你的孩子可能不会拥有的日子，每一天都是上帝的恩赐。

　　我们听说，第 1 天到第 10 天一般来说是患者开始感受到化疗效果的时期。第 10 天到第 20 天，药物冲击肝脏，是最危险的时期。对格蕾西来说尤其如此。

第 40 天的目标是出院，作为杜克医院的门诊患者，直到可以回家——那是第 100 天。这是宏伟蓝图，是一项计划。没人能保证任何患者的治疗能精确甚至粗略地按照这个时间表进展，但我很高兴能有目标，能有目标来让我们弯弓搭箭。

在一本螺旋装订的笔记本里，我用我最小、最整洁的笔迹列了一张竖着的表格，从第 - 10 天开始，写到第 0 天（移植日），然后一直写到了第 100 天。一共 110 天，可以完成。我要在每一天的位置记笔记。

在我还没有孩子的时候，当然更遑论生病的孩子，我读过洛莉·摩尔写的《这里只有那样的人》，在这个故事里，一位丈夫建议自己的作家妻子在儿子接受癌症治疗的过程中"记笔记"。我那时候想，在那种时候，你怎么还能记笔记呢？现在我想，除了记笔记，你到底还能做什么呢？

第－10 天

他们对她进行了第一次化疗。他们把药物装进"硬汉"然后调整剂量分配器的时候，布莱恩一直握着我的手。我们现在不能回头了。我尽量不去想，时间只沿着一个方向奔流，从不回头。

我们有一扇窗户，窗外有一棵树。光秃秃的。远方，冰天雪地，偶尔能看到一角蓝天。一切都给人感觉毫不相干。

第-9 天

波比每次进来的时候，格蕾西都会笑着说："波比，你戴了眼镜！"仿佛应该提醒波比这个令人震惊的事实。昨天夜里，她从深度睡眠中醒来，看到波比的眼镜在黑暗中闪烁，就张开双臂去拥抱她。我想这是她对医护人员第一次展示发自内心的喜爱之情。

第-8 天

继续化疗。

白消安和它毒性相同的兄弟 ATG。用移植医学的话来说，化疗被形容为对身体的"地毯式轰炸"，从内向外的攻击。在非常短的时间里进行大剂量给药，有意清空骨髓。格蕾西的药物计划持续八天，有几种药物只以口服形式给药。

口服化疗药物，这个字眼儿并不直观。药每四个小时来一次，看起来像是金属雪花融化之后的泥泞，黏稠而令人作呕。在准备药物的时候，我们必须戴上橡胶手套保护自己。到目前为止，格蕾西几乎做到了我们要求她做的一切，却在我们要求她吞下"毒"药的时候异常焦躁。今天半夜吃药的时候，有一滴药落在了我的裤子上。波比警觉地看着我，然后说："你最好去换条裤子！"

每四个小时，我们都要把注射器放在她的嘴唇上，对她说："咽下去，拜托了。"

"我会吃的，"格蕾西说，"等爸爸给我买了饮料回来。等波比明天来了之后。我会吃的，等到……这个房间里下雪。"我们坚守阵地。

"她的任务是反抗我们，"布莱恩说，"我们的任务是赢过她。"

如果她不愿意吃药，另外一种做法就是用一根管子通过她的鼻腔将药强行送进胃里。她每次吃药，我都感到一阵安慰：她靠的是自己的力量。她选择去做可怕的事情，而非别人将之加诸她身上。

第−7 天

格蕾西睡着以后，我找到一部拼字比赛纪录片。她醒来以后，看着高中生绞尽脑汁地拼写着诸如"疲惫"和"无聊"之类的词，而没有像以往一样要求我放一些"小孩的节目"。我问她："宝贝，想看小孩的节目吗？"她没有回答。

后来，她翻身侧卧，面对着我，说："如果我把这些都做完了，我是不是就不会再痒了？"

"是的，"我说，"不会再痒了。"如果她要掉头发，会觉得恶心，被困在病床上，那么她想要个理由来解释这一切。对她来说，理由就是摆脱发痒。她看着我，觉出一丝模棱两可。

"好吧，"她说，"我会做的。"

第−6 天

傍晚，我离开医院，回到房子里。这里是场景切换的地方。

陪着加布的时光泛起快乐的涟漪。如果我的恐惧是一架投向地面的飞机，那么加布里埃尔就是下坠途中的一股氧气。

布莱恩陪着格蕾西的时候，我陪加布玩了一会儿，喂他吃了晚饭，又陪他玩了一会儿，给他换上睡衣和蜜蜂靴子，给了他一瓶牛奶，祈祷他能在开车去医院的路上睡着。如果他没有睡着的话，他就不得不看着我又一次消失在旋转玻璃门的血盆大口中。大多数时候他都会睡着，他累了，天黑了，我边开车边给他唱着歌。

但是这种习惯重复了几个夜晚之后，加布发现，如果他不睡着的话，也许就不会一醒来就发现我不见了。整个车程中，他挣扎着用喋喋不休的唠叨保持清醒："卡车。大卡车。爸爸。爸爸的老虎。爸爸的小马。医院。蕾西病了。"

我把车停在医院车道的半圆里，给布莱恩打电话告诉他我们到了，然后在车里坐了几分钟，听着加布的自言自语："加布里埃尔，是的，你有一个爸爸，一辆卡车，格蕾西在医院里。"我抚摸着他的脸颊，哼唱着，快睡吧，小宝贝。

但他无比清醒。当我俯下身亲吻他的时候，他拽住了我的头发。"别走！"他说。

我又亲了亲他："我必须得走，宝贝儿子，但明天我们又能见面了。"

他仍然抓着我的头发："别走！"

我不知道该如何回答。"我得走，"我说，"我得照顾格蕾西。"

他安静了片刻，理解着。然后，他非常从容、非常缓慢地说："照……"他试着回忆我说的"照顾"这个词。然后又是一阵停顿："……加比。"

照顾加比。如果这是他的意思，那么这是一个很好很好的主意。

布莱恩出来买开车回家时要喝的可乐，和医院的小名人加布一起跑进大堂的礼品店。警卫对他笑着说："加布宝贝！今晚也穿着你的靴子吗？"礼品店里的女人送了他一根巨大的窈窕淑男棒棒糖。两个陌生人停下来爱抚他的脸颊（圆滚滚，小酒窝真好看），欣赏着他幸福洋溢的气质。

我又亲了亲加布，以示告别。尽管这告别从不曾愉快。我说："看！爸爸来了！你会和爸爸玩得很好的！"布莱恩痛恨自己作为安慰奖被抛出来。他和加布里埃尔的关系好得不得了，不需要我再大肆宣传。但我不能不设法缓解加布的悲伤。这注定毫无效果可言，我们共同的焦虑形成的浪潮，无处不在地拍打着他。

第－5 天

新年前一天，她在中午的时候睡了一个小时左右，醒来之后情绪好得不可思议，唱着小恐龙巴尼的歌："我爱你，你爱我，我们是快乐的一家人。"

格蕾西继续吃着多力多滋，和她的小马玩着，想和"硬汉"

去楼道里走走，尽管这个时候药物已经增加到治疗的水平。我们知道化疗的副作用推迟出现了，但仍然很担心。她能完全跳过化疗带来的痛苦吗？她的嘴大块大块地干裂脱皮。这远远超出了嘴唇皴裂的程度，更像蛇在蜕皮，她的这种情况已经不能再口服药物了。

八点的时候，波比来了。她今天值夜班。在新年夜值夜班，这像她的风格。来的时候，她带了苹果气泡果汁和三只塑料香槟杯。午夜时分，她、我和格蕾西彼此致意。格蕾西看起来并不明白这怎么就是新年了。她一直追问："有什么不同？"我能理解她。

布莱恩从公寓打来了电话，这样我们可以相互祝贺新年。加布在他的胸前睡着了，格蕾西在我的肩头直打瞌睡。我们是四口的原子家庭，分成两两一组，相隔六英里。我感觉我们之间仿佛隔着永远。

"谢谢你，亲爱的。"他说，"谢谢你为了她每一天所做的一切。""也谢谢你，"我说，"谢谢你不停地上下飞机，即使担心得要命还是继续教书。最重要的是，谢谢你成为老虎、小马。"

"愿我们在新的一年里更好。"布莱恩说。

我们让这个念头渐渐飘逝。

明天，格蕾西就要开始 ATG 了。医生告诉我们可能出现高烧、寒战、腹泻和呕吐、癫痫、膀胱灼热和出血、可怕的红疹或者更严重的过敏反应。我没有追问更严重是什么意思。

我上网查了ATG。"抗胸腺细胞球蛋白（ATG）是将来自马或者兔子身上的抗体注射到人体内，以杀死T细胞，用于防止和治疗对器官移植的急性排异反应。"K医生要选择给格蕾西注射来自马还是来自兔子的ATG血清。格蕾西对马的热爱能不能让她的身体多多少少更倾向于接受来自马身上的药物呢？

第-4天

我想问问拉米亚，瓦伦用了哪种ATG药物，是兔子的还是马的，他的排异反应怎么样。但我没有问，毕竟我们才刚认识彼此。瓦伦比格蕾西的进度提前两周，恢复得不错。他获益于妈妈全心全意的关照。她从不离开他的床边，从不。每一天的每一分钟，她都在那，没有任何中断。我从没有在家长厨房里看到过她，也从没见过她的肩头没有瓦伦。瓦伦的爸爸只要有时间就过来看他。我想，这真是从古至今最受宠爱的婴儿了。

他咯咯发笑，他咕咕作声，他微笑着，他的大眼睛把快乐播撒在房间里。他从不哭。他每天都有无数的原因哭泣，但我从没有听过他的哭声。只有他的笑声，他出于惊讶或者好奇的软软叫声。或者他伏在妈妈肩头发出的叹息声。格蕾西把自己视作荣誉姨妈，仿佛比他大上好几十岁似的，叫他"瓦伦宝宝"。

第-3天

傍晚的时候，我们发现病区里有个孩子死了。我不认识那家人，也不知道是哪个孩子，但备受打击。怎么会发生这样的事呢？

波比今天休息。一个我们不认识的护士走进了病房。"没事的，"她说，"家里人都有准备，他们知道会发生什么。"她化着浓重的蓝色眼影，身上带着微微的 Jean Naté 香水味。她看起来天真到根本不知道刚才自己说了什么。

"你有孩子吗？"我问。

你根本没法准备好有人把你的心脏从胸口提起来，拖过你的喉咙，从你的嘴里搜出来，然后扔进黑暗的深渊。

格蕾西睡着以后，我沿着走廊走向我相信会是那家人居住的病房门口。门关着，百叶窗合着，房间里阒然无声。

那扇门和走廊里的其他门没有什么不同，和另外十五扇门一模一样。厚木板，圆形的工业气息金属把手，窗户，拉着的窗帘。我在那里徘徊着，尽量不让人看出我在徘徊。

我想知道孩子的父母是不是还在里面。他们被允许在那里待多久？我不会离开的。我拒绝离开。但这是自欺欺人。我多半也会离开吧，但想象自己永远不离开那个房间能让我好受一点。

我为什么站在这里？我看起来像是围观事故的样子吗？如果那孩子的父母打开门，不会想看到一个陌生人站在这里。但我想深深地看着他们的脸，我想哪怕只有一秒钟，附身他们之上，只是为了知道，经历了这样的失去，还能活得下去吗？

失去孩子让时光倒流。我想，要想从这么巨大的损失中活下去，你需要成为自己扮成的那个人，从头到脚，终你一生来模仿你自己。

回我们病房的路上，我在护士站前停了下来。那里气氛压抑，但每个人都继续工作着。我想了解一些信息。当然这不可能，我不能问，他们也不能回答。但我想知道。给我一份地图，告诉我哪儿不能去。

回到病房的时候，格蕾西已经醒了，而且很焦虑。

"你去哪了？"她问。我离开了差不多十分钟。

"我去楼道里散了散步，亲爱的。我就在外面。"

"我醒来的时候你不在。"我重新和她躺在床上，尽管此时此刻，我想给妈妈、凯西、苏西和凯茜打电话。我想和别人聊聊那扇门，聊聊它是如何与其他门别无二致，和我们的门一样。

病床不大，但足够躺下我们两个人。我尽量挨着她的身体。我想让她知道，我有把她拉上来的绳子。

第-2 天

死去的孩子是个男孩，六岁大，名叫山姆。他喜欢马。一张他戴着牛仔帽的照片出现在家长休息室里。照片的下方是约翰·韦恩说过的话："勇气是尽管害怕死亡，却仍迎头而上。"还有地址，用于致以哀悼。照片上，他的右手握着缰绳，一片细长的皮革将他和一匹大棕马的嘴连接在一起。

没事的。父母都有准备。

在这以后，我不相信其他任何人会死。我告诉自己，这么巨大的损失，不会有任何人再来承受。这种信念幼稚而盲目。这里会有孩子死去。但我仍坚信不疑。

波比回来以后，我问："你认识山姆吗？"她点点头，眼眶湿润了。我能感觉到，即使她在家照顾自己的四个儿子，心里想的也是她的患者。她偶尔会在休假的时候给病区打电话问格蕾西的情况，还有其他孩子都怎么样。

我们病区的很多护士对失去这孩子持可以理解的冷酷态度。而波比则恰恰相反，她将她的悲伤化为关切的源泉。她并没有对孩子的痛苦司空见惯，而是全心全意地投注在这里。为了他们，和他们在一起。她在每一次日常的交流中，她投注着自己所有的技术、所有的经验，还有所有的爱。

第-1 天

兔子是正确的选择。没有高烧、红疹、呕吐、寒战、膀胱灼烧，也没有"更严重"的过敏反应。也许这并不能长久。这和我们的认知并不相同——接受骨髓移植的小女孩应该感觉糟糕透顶，或者至少应该是不好受。也许我们身处阈限空间，这只是暴风雨前的平静。但我宁愿相信，移植只不过是一个无聊的小女孩一袋接一袋地吃农场口味的多力多滋，希望尼莫能找到爸爸。

今天她既暴躁又疲惫，但可能是垃圾食品和被束缚在病房里导致的，这个原因和其他任何原因一样站得住脚。

明天就要进行移植手术了。

黎明之前，她坐起来说："我不想要这件上衣。"然后又歪倒睡着了。布莱恩说加布里埃尔差不多同样的时间在公寓里醒了过来，说："坏马马！"这两个做梦的人越过整座城市在对话。

我不想要这件上衣！

坏马马！

他们血脉相连，很快就将联系得更紧密。

我们没有强调她的捐献者是加布里埃尔，但感觉应该提一下："格蕾西，明天你就要用加布的血了，然后你的身体就会好起来了。"

她看上去很困惑，还有一点不高兴："你们用加布的血来代替我的血？"

"是的，但是进入你的身体之后，它就是你的了。"

"好吧。"她说，语气仿佛在说，这可不是我的第一选择。

也许她不喜欢用加布的血是因为他是个男孩子，或者他是她的弟弟，又或者人会本能地讨厌让其他人的血在自己体内循环。我们没有告诉她，她的骨头会变空，如果不注入新的细胞，她就像稻草做的，会变成稻草人。

第 0 天

移植日。整整一天，人们都从加利福尼亚、纽约和印度发来邮件，祝愿格蕾西好运，希望了解最新的情况。"移植"这个字眼让每个人都高度活跃起来。这听起来像是对精致的内部空间进行暴力的重新安排。但事实上，这简单得令人震惊。

上周，加布里埃尔的脐带血就从奥克兰通过联邦快递送到了达勒姆。我把这件事告诉库兹伯格医生之后，她的眉毛扬起来："联邦快递？"但那个包裹毫发无伤地抵达这里，准备好它的盛大出场。

我妈妈、加布里埃尔和布莱恩都在场。波比今天值班，真是谢天谢地。大约中午的时候，她拿着一塑料袋红色的液体走进病房。从一个孩子身上收获的生命的力量，经过贮存和冷冻，穿越国家，解冻并倾泻入另一个孩子的身体。一想到我们的两个孩子从生物学上这样结合在一起，我就感觉很奇怪。这就像是一个无聊的夏日午后在车库进行科学实验：好吧，我们有这个芭比娃娃（坏了）和这个肯娃娃（好的），我们把他们结合在一起看看会怎么样吧！

另一位护士跟在她身后，他们对彼此大声读着袋子上的数字，来来回回读了好几遍，以确认这是正确的袋子，交给正确的接收者。错误的袋子里面装的是无法匹配的细胞，将会是个致命的错误。但这就是布莱恩帮助医生装满的那个袋子，就是那个在贮藏设备里耐心等待我们的袋子。

加布里埃尔的礼物。一个密保诺的袋子，从他出生那天起就装满了干细胞。

现在，加布里埃尔已经两岁了，他有自己的想法，会说话，也有好恶之分。他对姐姐有种复杂得不可思议的情感：爱、焦虑、嫉妒和仰慕。但这个袋子多多少少是隐形的。他抬头看着波比手中的它，却并没有真的看在眼里。这只不过是医院里的又一件器具，又一个神秘莫测的东西。

波比说，加布的细胞全部流进格蕾西的血管里大约需要四个小时。她会"把速度调慢"，这样就不会冻着格蕾西。

波比连接血袋的时候，格蕾西拿着蓝绿色的小马宝莉，让它沿着"硬汉"的不锈钢架向上，跑到输液泵的顶端，躺了下来。

波比把含有加布血液的管子准备好，让它通过输液泵，以调节流速，然后将管子的一端连在格蕾西胸口的希克曼导管上。小姑娘和血袋现在连在一起了。波比设置好输液泵之后，它发出一连串快速而带着切分节奏的响声。

"波比，你的机器吵到我的小马了。"格蕾西说，"她喜欢睡在土坑里。"小马躺在那里，一动不动，只是一具塑料的躯壳。

"宝贝，波比在工作。"我说。

布莱恩摸了摸格蕾西的胳膊，说："你想看《小马王》吗？"我抚摸着她的头发，他抚摸着她的胳膊。

格蕾西想看《小马王》，我们就给她放。波比松开中央输液线的夹子，干细胞开始从血袋流向病床上的小姑娘。这一刻终于来了，重要时刻。格蕾西并不知道这一刻的重要性。她目不转睛地盯着片头字幕，一群野马在西部风景中驰骋，跃过一道又一道峡谷。"它们追！"她像每次看的时候那样喊起来，"它们追！"

布莱恩和我分别在她的病床两边，我们都看着输液泵和血袋，而没有看着彼此。布莱恩拍拍她。"是的，宝贝。"他说，"它们追。"

我什么都没说。我希望我们能够交换一个眼神，彼此肯定。但我害怕如果看向布莱恩，看到的不会是信心。我们看着输液泵上的数字不断增加，血从血袋流向她。

格蕾西午饭想吃彩虹冰冻果子露。布莱恩自告奋勇去附近买。很好，就让他当冰冻果子露英雄吧。我想一个人在这儿陪着格蕾西。我想在她身边营造良好的氛围，尽管我并不知道该怎么做。

布莱恩走后，我说："格蕾西？宝贝？"她没有从屏幕上移开目光。"你能听到我说话吗？"她微微点点头。"好事情要发生了，亲爱的，你现在正在接受加比的血，这对治愈你来说很有好处。"我躺在她身边，她把头倚在我的肩膀上。布莱恩不喜欢我把自己成人的焦虑强加到她还是个孩子的现实里。让她看电视吧，他说过。让她享受三岁孩子的生活吧。但我想让她坚信这一点：她会痊愈的。

布莱恩买了冰冻果子露回来，还给加布买了全麦饼干。我妈妈给每个人都买了手撕猪肉三明治，包括波比，她不时进进出出，监测着格蕾西的生命体征。我们吃着午饭，看着加布的血一滴滴进入格蕾西的血管，非常慢，这样不会冻到她的心脏。换班的看护记录上写着："无压力迹象。"

午饭后，格蕾西用她经典的姿势睡着了——头向后仰着，仿佛用心聆听着问题的答案。她的下巴向房顶扬着，脖子弯成一个尖锐的 C 形，做梦的时候眼皮剧烈地抽动着。

醒来之后，她想再看一部电影。布莱恩去家庭室里给她选光盘，在病房外把每一张光盘都贴在玻璃上，这样她就能用大拇指表达接受或者拒绝。这已经成了一个新游戏。他本来可以走进房间里问她，但这种静默的仪式感让她倍感振奋。

血袋快要空了的时候，布莱恩注意到房间里的气味开始变得奇怪。"是三明治的味道吗？"他问，皱起他素食主义者的鼻子。我四处闻着，想找出气味的来源，而每次都循着味道来到女儿身边。我抬起她的胳膊闻闻，又闻闻她的脖子后面和下巴底下。是她。一种让人不舒服的甜味，像是一块在热气腾腾的车里放了太久的糖。

醒过来看到我在闻她，格蕾西问："我身上臭吗？"

我走向护士站。这话该怎么说呢？"呃，我女儿为什么闻起来像腐烂的玉米糖？"

那个护士很愉快："哦，你说的是奶油玉米味吗？"

"我说的是奶油玉米味吗？"

"所有的孩子在接受新细胞的时候都有那种味道，是保存细胞所用的防腐剂 DMSO 的味道。它也用在蔬菜罐头里。"

"好吧，"我说，"谢谢。"

每一滴液体都流尽之后，波比把空了的血袋解下来，将它扔到走廊里的生物废弃物容器中。格蕾西现在脸朝下睡着了，肚子下面垫了两个枕头，病床上形成了一座小山。我妈妈准备带加布回家睡觉。

在门口，我俯身抱住加布。"我爱你。"我说着，亲了亲他的头。

他看着我，慌了：他开始将"我爱你"与我离开或者他被带走联系起来。对他来说，每个吻都是告别之吻。

"别走，"他喊道，"别走。"

"加比，宝贝，"我说，"明天我会去看你的。"但加布还没有固定的时间概念。明天对他来说和 2020 年没什么差别。他所知道的只是自己再次出局，在一出戏的高潮结束之前就退出舞台。

我妈妈把他抱了起来。"加布，我有个计划。"她说。

"是什么，姥姥？"加布看着她，感觉到商店里可能有好吃的在等他，可能是个冰淇淋。也可能是带他去看牛，他最近喜欢上了牛。

路过护士站的时候，加布向每个护士挥手，得意扬扬。两个护士站起身来看他穿没穿靴子，他穿了。她们对他飞吻，他一一接住。在一个满是病人的封闭病房里，他活力四射的健康，他没有丝毫痛苦的咯咯轻笑，都是我们急于吞下的养分。

移植完成了。

布莱恩和我熬夜看着愚蠢的电视节目。我们累得没力气去散步、吃饭或者干任何事情。我们什么都没做，只是在那里坐了一天。我们被自己的惰性和对事情发展的无能为力耗尽了精力。努力营造出平静的乐观氛围，回避彼此，这些都让我们精疲力竭。如果我们仔细地端详彼此，就会在对方身上发现自己的恐惧。我应该和他一起坐在那张充当床的大椅子上，但我没动。

我无法表现出哪怕最轻微的亲密感。布莱恩看起来也是如此。我把格蕾西的头发从前额拂开，给她吹吹气让她凉快下来，然后闭上眼。它们追！没有任何一个女孩能够说得这样准确。我希望这意味着我们的世界不能没有她。

她的身体在我身边放松下来，她的呼吸深长而规律。

一旦干细胞进入血管，它们就有了自我意识。它们知道自己是干细胞。它们对身体进行调查，了解哪里需要它们，然后如同一群盘旋的鸟儿，它们共同前往那里。细胞生物学在微观层面上的这种智能让我深受感动。它们共同穿过血管壁，在肌肉中探索钻研，透过筋膜和骨头，抵达目的地。这一切都是自发的，没有任何医学刺激或者强迫。

它们都出于善意。

第 1 天

这是第一天，从现在开始，她仿佛就是全新的人。事实上，她就是。

没有回头路了。她已经服用了药物，改变细胞的复制速度，让她脱发和恶心，在她的甲床上留下痕迹，损伤她的肝功能，而且让她的整个消化道——从嘴到屁股——都彻底崩溃。药物会进入她身体最隐秘的角落。她的每一部分都浸泡在毒液中，无一例外。就连她的卵子贮存之处——她的未来，可能会有的孩子——也泡在甲氨喋呤里，没法保障她的未来。孕育她花了九个月的时间，而摧毁她的未来只需要几分钟。

同时，我们并不知道哪里出了错。她的坏骨髓已经清除一空，现在她处于青黄不接的时期，必须产生新的骨髓。我们没办法保证能够如愿进行。

在所有其他类型的移植中，你取走一个器官，再放进去一个新的。你把指甲咬掉，不会指望能长出一个新的心脏。但对于骨髓移植来说，你把旧的骨髓清除掉，哭天抢地希望长出新的。没有骨髓，你就活不下去。短期来说，药物可以解决问题。你可以输入红细胞和血小板，但没法输入白细胞。没有白细胞就意味着没有免疫系统。植入是关键。

我们签字同意移植的时候，医生用各种表格和图表，耗费大量时间跟我们解释了好几天。他们说："我们会清除掉她的骨髓，移植捐献者的细胞，然后她就可以植入了。"我们点头，仿佛在确认一份时间表，一切连接都顺理成章，按时发生，毫无差错。出租车换火车换船换飞机换汽车，然后到家。我从来没有想过，我们会滞留在火车拒绝行驶的陌生城市里。

这一路上有无数的小陷阱：她可能无法植入，肝脏可能会摇摇欲坠最后终于衰竭，某种病毒或者细菌可能会要了她的命。我提高警惕，无比警觉。如果我放松哪怕仅仅一瞬，潜伏在黑暗中的厄运便会席卷过楼道，埋伏在我们的门口。

第 2 天

虽然大家都让我们别指望，但她还在进食。尽管药物像德雷诺①一样在她的消化道倾泻而下，引起口疮、胃溃疡和痔疮，但她还是饿，她还是想吃多力多滋。

第 3 天

从昨夜开始，她很疼。

她醒了很多次，将双膝紧紧地抱在肚子前，仿佛想要将疼痛挤出身体。又或者，把她自己从这疼痛中挤出去。

第 4 天

腹痛还在加剧，现在还伴着高烧。她大汗淋漓，昏昏沉沉，在床上翻来覆去，发出轻微的呜咽。如果我们坐在她的身边，她会把我们的手推开："走开。"如果我们起身，她又会焦虑地

---

① 德雷诺，一个生产疏通下水道产品的公司。

问："你去哪儿？"

　　而当我们问她："你疼吗？"她总是摇摇头。"不"扩展到一切事物上，仿佛她在否定自己仍然活着。

　　如果我问："想用凉毛巾擦擦身子吗？"

　　"不。"

　　"给你讲个故事怎么样？"

　　不。

　　"我是不是不说话比较好？"

　　不。

　　"那我继续说？"

　　不。

　　"想让我给你揉揉后背吗？"

　　不。

　　"你确定吗？"

　　不。

　　"想开着电视吗？"

　　不。

　　"想关上电视吗？"

　　不。

　　"要我从床上下去吗？"

　　不。

　　"那我待在你旁边？"

不。

"你疼吗？"

不。

"你确定吗？"

不。

她的世界支离破碎：毯子毛茸茸的边缘，一口水，布莱恩给她讲蚂蚁故事时候的低语，小小的恩赐。任何刺激都会给她带来痛苦，即使光也不例外。

但我仍然犹豫着要不要开始使用很多天以来一直放在格蕾西床边的吗啡泵。波比夜里来病房的时候，格蕾西蜷缩成一个球，没睡着，但一动不动。她说："到楼道里来谈谈吧。"

"她在疼。"波比在楼道里指了出来。

我给她讲了我们在休息室和一个小男孩一起玩多米诺骨牌，他的手是如何颤抖着，他的小脸也颤抖着，他的整个身体都抖个不停。他的母亲低声说："过量的吗啡，神经损伤，千万别用。"另一位母亲告诉我们，她的孩子需要手术来治疗使用吗啡造成的便秘所引起的并发症。

"她在疼。"波比重复了一遍。

我告诉她，我害怕吗啡会把孩子变成老人，身体佝偻，控制不住地颤抖和抱怨。我害怕用了吗啡之后，格蕾西尽管会暂时好转，却永远不会再成为完整的她。

"她说她不疼。"我告诉波比。

另外，我还害怕承认，格蕾西的疼痛剧烈到只有麻醉剂才能消除。

波比看着我，半是同情，半是恐惧。"看看她。"她说。格蕾西软弱无力，没有一丝笑容，变成了一座呆滞的小山。

波比知道什么是痛苦，她曾经在至少三块大陆上目睹过人们受苦。她不会拒绝承认痛苦的存在，从而与之同流合污。她在等待着我的回答，目光一直投注在我的脸上。

我犹豫了。玩多米诺骨牌的男孩颤抖着，颤抖着。

波比说："听着，试试吧。如果她的反应良好，你会知道自己做了正确的事情。"也许我应该给布莱恩打电话问问他的意见，但最好不要。我没有早点开始给格蕾西用吗啡，他已经很生气了。他认为，我把我自己源自加利福尼亚的药物副作用那一套偏执的想法强加在一个在疼痛中挣扎的孩子身上。但他没有听到那位母亲说：神经损伤，千万别用。

"好吧，"我告诉波比，"只用一次，不要连续的点滴。"

格蕾西终于睡着了。真正的香甜的睡眠，没有呜咽，也没有翻来覆去。她悄然无声、一动不动地睡了整整五个小时。醒来之后，她不仅焕然一新，而且还有点兴奋地起来了。她要求调节病床，把头部和脚部抬高又放低，直到找到一种让她舒服的位置：U 型的病床。她爬到一边的顶端，滑到中间的凹陷处。滑下来的时候，她骄傲地说："看看我干的。"

波比下夜班回家了。我不能打电话到她家里说"谢谢你"。

但我让另外一位护士接上了连续的吗啡点滴，同时连接的还有一个红色的自控按钮，格蕾西只要一疼就可以按住。她不用告诉我们她疼，也不用必须承认自己输了，只要按按钮就行了。

第5天

波比走进病房的时候，格蕾西笑了。"波比！"她说，"我想洗个澡。"波比欣喜地看着我，没有一丝一毫的"我就说吧"的意思。

在浴缸里，格蕾西玩着她的塑料小马，用最近变得粗糙的声音沙哑地讲出它们的故事。"我要掉下去了。抓住我。它上去了！"我给她洗了头发。她的头发开始脱落了。我用手指梳着她的湿头发，十几绺头发黏附在我的手掌上，仿佛构成连环图案的黑色蕾丝。

我把布莱恩叫进浴室：我们应该跟她谈谈变秃的事情吗？他在马桶上坐下来。格蕾西一只接一只地把小马开心地按进水里。

布莱恩说："宝贝，听我说好吗？你还记得我和妈妈告诉过你，你的头发会掉下来吗？现在就到时间了。过一段时间你的头发就会掉光了。之后它会长回来的，可能还有卷儿呢。"

"爸爸，我不想失去我的头发。爸爸，"她说，"我不想要卷儿。"布莱恩看着她。她用小马在水下游泳，从浴缸的这头游到那头，然后把其中一只抬起来。"这家伙屁股上有个旗子！"那是一只小马宝莉，后背上有星条图案。

"哇，他运气真好。"布莱恩说，"我希望我的屁股上也有个旗子。"她没笑，但出于善良给了他一个微笑。

我意味深长地看了他一眼。继续。告诉她，她会失去头发。所有头发。"她像所有三岁的孩子一样有准备。"他后来说，"她听见我们说的话了。"

我压下内心一股厌烦的火焰，离开了浴室。他的方法也许更好，但我控制不住地想把一切都解释清楚，想听到她的答案来让自己安心。

她才三岁。布莱恩的声音在我脑海中回荡。三岁，她三岁，很快就要四岁了。

最重要的是让她感受到我们协同一致地爱她、保护她。布莱恩还坐在马桶上，和她聊着那个爱国的小马。

"你，先生，"他对小马说，"你长大了想做什么？你知道，你不可能永远做一只屁股上有国旗的小马啊。"格蕾西终于笑了出来。

我想触摸布莱恩，从手到膝盖，或者从下巴到头顶。但我没有这么做。我所能做的只是待在这间病房里。我俩，还有她，最重要的是她。

我的视野变窄了：我眼中的格蕾西巨大无比，每颗牙齿都有农舍那么大，每只眼睛都像太浩湖那么深。其他人都虚无若蒸汽，失去了色彩，几不可见。

后来，格蕾西睡着以后，布莱恩（永远对没有说出口的想法那么敏感）说："我们不用非得忽视对方，我们可以肩并肩甚至面对面渡过难关。"

"或者，"我说，"我们站在她的两旁。"

第 6 天

她醒来的第一句话是："把头发弄走。"到处都是头发，散落在床单和枕头上，还有她的衣服上。"很痒。"她说道，仿佛再没有什么比这更糟糕了。

我们提出给她剃个寸头，她同意了。这是典型的先下手为强。

给她剪完之后，她转头对我说："现在换我给你剪了。"我早有准备。我喜欢自己的头发，以前有一次把头发染坏之后曾经剃过圆寸。如果我再瘦点的话，可能会面容凄惨或者充满神秘气息，又或者像是六七十年代反主流文化的践行者。但我只是像个被军队淘汰的军人，或者迷惑不已的神职人员。圆寸，往年轻里说会让你成为西妮德·奥康纳，而往年长里说，则会成为乔治亚·奥基弗。要想看上去像别的什么人，还是别尝试了。

谢天谢地，格蕾西转向她最喜欢的两匹小马，它俩都很乐意做出牺牲。她用一把银色的小剪刀剃掉了它们塑料的鬃毛和尾巴，自己哼着歌。"只是头发而已，"她告诉它们，"你们不需要。"

后来，她把一个骑手放在一匹马的头上，让他跳下大海。在她的剧本里，身处险境是剧情发展的动力。其中的人物永远都先坠落然后被救起，先是溺水，然后又起死回生。

睡着之前，她带着马上要进入梦乡的异常满意的感情，转身面向我。"妈妈，"她说，"我所有的爱都给你。"

第 7 天

我们现在又可以看到她脖子后面红色的草莓形胎记了，我都忘了她还有这块胎记。怎么可能忘记你的孩子与生俱来的东西呢？

格蕾西对光头毫不在意。她很高兴摆脱了床上、枕头上、衣服上和耳朵里的头发，那些都让她发痒。摩挲着她的光头，我想起她还是个五英镑重的婴儿时带给我的温柔感觉。摸她的头顶意外地让人安慰：好像她触手可及，就在这里，就活在她的皮肤表面。

她喜欢这样。"摸我的头。"她说，然后把自己的脑袋塞到我们的手掌下。

对我们来说，这很奇怪。她的光头在脑子里引发了一系列连锁反应。不仅仅是因为化疗让她看起来像别的什么人——化疗意味着癌症，意味着死亡。也不仅仅是因为在我对神秘力量的思考中，失去头发象征着活力、生命力和防御力的丧失。最让我们不安的是，她开始像这个病区里的其他孩子一样，好像开始了某种无法停止的下滑，让她离我们越来越远。

我们知道，我们眼看着其他孩子变了面貌。门上贴着他们以前的照片，眼睛明亮、头发富有光泽的孩子们倚在秋千上，双腿直伸向地平线。他们躺在草坪躺椅上，向上伸展着胳膊，仿佛在捕捉云朵。但病房里的孩子们却肿胀而佝偻，秃着头。他们像是坏掉了，就好像孩子们一个一个地被强迫装进老人那衰朽的躯壳里。

我知道她是格蕾西，她自己也知道自己是格蕾西。但她看起来不怎么像我们的女儿。变化逐渐累积起来：她没有了头发，眼周肿胀，四肢肿大。看着你的孩子，却认不出她，这非常奇怪。

苏西从印度写信给我："感谢上帝，她是从里面向外看。"

第 8 天

两种疼痛反反复复地折磨着她。一种是呕吐前急性的绞痛，另外一种是慢性的疼痛，我们猜测可能来自肠胃溃疡。她的体温骤升，还伴有高血压。波比进进出出，对格蕾西低声耳语，按摩着她的脚。医生围在病床边，众口一词：她的痛苦是"正常的"。吗啡的镇痛效果在减弱。她不再把床调高调低了，也很少笑，只是偶尔露出微微的笑容，作为对我们的慰藉。

但她拒绝承认自己生病和无能为力的精神令我震惊，还有一点害怕。前一分钟，她还在吐着胆汁，后一分钟她就擦了擦嘴，拿起小马，继续玩了起来。她内心的旁白从不会哀悼她的处境，说着："哦，我生病了。真难以相信我生病了。"对她来说，呕吐是生病。吐完的那一刻，就没必要再演下去了。对此也无话可说。

尽管钦佩她，但我还是希望她能够不这么克制，能多说说她现在的感受。

"格蕾西，疼的话可以说。"我告诉她。

布莱恩面露怒色。"让她的处理机制自己发挥作用，她比我们强的就是处理这一切。"我知道他说得对，但我同时为此而怨恨他。

我开始在夜里和她一起祈祷，只有在我们独处的时候才会这样做。当她有精力的时候，这就是她的游戏。有一天夜里，窗外唯一一棵树的唯一一根枝条触碰着窗户，她说："那就是上帝。"我们祈祷的时候，她对待上帝的态度很轻松随意。她喜欢用"哒哒"来结束祈祷。有时候，她的结束语是："希望有个美好的夜晚！"

在我的想象里，她的上帝是个混合体，结合了吉米·斯图尔特和奥兹国的巫师，可能还加入了《睡美人》中三个善良的女巫芙劳拉、芳娜和玛丽薇瑟的形象。

我也祈祷，但没有她那么随意。我充满敬畏和屈从，这是毫不掩饰的奉承。我并不相信上帝会通过什么或者谁来掺和孩子的疾病或者康复。但我无法停止匍匐在地，无法停止做任何可能让她感到宽慰的事情。

第 9 天

明天开始就是最关键的时期了，第 10 天到第 20 天。这段时间里，她可能会出现静脉阻塞疾病，也就是 VOD。库兹伯格医生跟我们说过好几次，考虑到她肝脏的情况，格蕾西的 VOD 风险很高，而且化疗药物还会对她的身体带来冲击。我不断地用过去很多酗酒者的例子提醒自己，肝脏很强壮，能够承受巨大的冲击而始终正常工作，但是每个器官都有崩溃点。

VOD 会让肝脏立即停止工作。一旦肝脏无法行使过滤功能，液体就会返回腹腔，然后回到肺中。严重的 VOD 患者最后会溺死在肺部积液中。他们告诉过我们，我们听了，却没有听进去，第 10 天到第 20 天还离得那么远呢。而现在已经是第 9 天了，没有任何方法能逃避明天的到来。

第 10 天

格蕾西并不知道，接下来的十天比任何日子都重要。她并不知道 VOD 是什么，对双盲研究、百分比和发病率都一无所知。

她知道，"硬汉"将会在她身边，寸步不离。她知道，她会在爸爸或者妈妈抚摸自己光头的时候入睡。她知道，自己口舌生疮，嘴唇龟裂，粉色皮肤蜕下厚厚的皮。她知道，高烧会一拨接一拨地袭来。她知道，自己的胃部会绞痛，她可以按那个红色的按钮。她知道，波比离开之后还会再回来。她知道，自己不再吃东西了。她知道自己想念伊顿。她知道，自己彻夜不眠，天黑的时候清醒着，而天亮的时候睡着了。

她昼夜颠倒，这对失去了时间约束的孩子来说很常见。她见不到阳光，体会不到天气的变化，参加不了家庭聚餐，不能去游泳池和牧场玩，也不能围着街区散步。我们白天所做的一切日常活动在这里都不存在。她知道自己想回家，却不能回去。

第 11 天

格蕾西和我在一起看颁奖礼。女演员飘然走过舞台，用玩具娃娃的声音说着话。站稳你那该死的脚跟，我想告诉她们，用你真实的声音说话。但她们对这间病房一无所知。甚至对格蕾西也是如此，她满怀敬畏地看着她们，说："她们的头发会闪光呢。"

格蕾西拿起我的一缕头发，开始吮吸发梢。这本来应该使我陶醉，因为这意味着她想要建立联系。但现在，这却多多少少惹恼了我。这个充满婴儿意味的行为像一根拐杖，出现在我最希望她坚强的时刻。"别这样，宝贝！"我说。她斜眼瞥了我一眼，确认了自己一直怀疑的事：我没在她需要我的地方。

的确。我的心思一半放在观看表演上，而另一半默记着 VOD 的迹象和症状：由水引起的体重迅速增加、腹部胀大、痛苦的肝肿大、胆红素骤增、肾衰竭、黄疸。还有很多，不一而足。决定性的检查是利用超声探测肝脏是否在衰竭，如果是的话，会观察到主动脉"反流"。最终，液体会通过系统回流，充满腹腔和肺部。

我们不想看到反流的情况，没人想看到。我们希望她体内所有的液体都朝着一个方向流动——通过肝脏，进入尿道，排出体外，轻松而流畅。

第 12 天

我在她醒过来之前盯着她的肚子看了一个小时。它比昨天大了吗？很难说。她呼吸困难，整个身体都随着呼吸的节奏轻轻颤动。

一位护士（不是波比）中午拿着测量卷尺来了，好像准备好了要做给衣服包边这种无关紧要的事情。她用卷尺围住格蕾西的肚子，从后到前，就在肚脐眼下面，在表格上记录下数字。

"是好些还是更糟糕了？"我问。

"这是我们的基线。"她说，"现在我们基于这个数字来观察增长情况。"

"为什么不在第 10 天以前量呢？"

"我不太清楚。"她不无抵触地说。我看了看她记在表格上的数字。我们的世界用两位数表现出来。

一楼来看望我们的是佩德森一家，就是加布里埃尔把布莱恩的眼镜从阳台边上扔下去那天我们遇见的那家人。那副眼镜从三层楼坠落却还没有摔坏。那一天，那家的母亲辛迪和我通过交换口香糖成了朋友。

杰克仍然几乎每天都要来医院，他们特意从门诊来我们的病区打招呼。

"她情况很不好。"我在门口告诉辛迪。

"我们不能在这儿待太久，杰克只是想给她点东西。"我看着杰克，他把刚长出来的发茬染成了蓝色。她会喜欢的。

"进来吧。"我希望格蕾西能看到，这个男孩用真正快乐无忧的精神，用蓝色的头发，度过了移植的残酷。

杰克捧着一个装着海绵宝宝泡泡的巨大瓶子走进我们的病房。"这些是给你的，格蕾西。看烦了电视的时候，你可以把它们吹到医生的脸上。"他坐在格蕾西的病床边上，认真地看着她的监护仪，好像要对她的血氧饱和度或者血压发表意见似的。他看着丝毫未动的午餐盘。"格蕾西，"他说，"你的嘴一不疼就可以吃饭了。用后槽牙嚼，然后赶快咽下去。"老手在对新人提建议，这就是如何在困境中适应生活。我没有告诉他，格蕾西也没有告诉他，她已经很多天没吃东西了。

格蕾西从杰克手中接过泡泡，将它们抱在胸前，看着电视，无动于衷。我抚摸着她的头。杰克的妈妈和我用秘而不宣的低语和眼神交换着信息。我们梳理着共同认识的移植患者——谁的情况不错，谁的情况不好。当说到哪个孩子"去楼上"的时候，我们的眼神迅速向上一瞥。楼上是儿科重症监护病房（PICU）。他们在那里进行重症监护，在那里，开始依靠呼吸机活着。

PICU是我们所有人最不想去的地方。我们看到有孩子因为呼吸衰竭被转到楼上，但从来没有看到一个孩子从那里回来。

我们聊到一半，格蕾西又想吐了。她的胃里空空如也，没得可吐。她的身体在作呕中颤抖，吐出一些海藻一样的东西。绿色的，鲜艳的绿色。杰克看着她小小的、颤抖的身体。他没有避而不看。佩德森母子要走了，格蕾西那天第一次将目光从电视上移开，说："再见，杰克。"只有两个词。这是她对他说的唯一一句话，却是难得的谢意。说话耗费她很多体力，她的声带红肿，但她仍然重复了一遍："再见，杰克。"

第 13 天

她的肚子又变大了，跟昨天相比直径增长了两厘米。

无数次地给她掖毯子，不停抚摸她的头，我是不是通过这些动作把恐惧传递给了她？我命令自己别动。不要平整、固定、整理、擦拭、刷洗和安排任何东西。就坐在她身边，静静地坐着。尝试一下。但什么都不做是如此地折磨我，正是因为我对一切都无能为力。

第 14 天

又增加了三厘米。现在腹腔里有大量积液，而且肝脏在变大，两个都是坏兆头。库兹伯格医生为她安排了超声检查，以确定是否有"反流"现象。

超声医师在上午十点来到我们的病房，这对格蕾西来说正是半夜。我坚决要求这个女人在不吵醒格蕾西的前提下完成工作。她需要尽量多的休息。

超声医师五十多岁，我说不好她的口音是哪里的，可能是埃及。她身材丰满，为人温和，完全赞同我希望不吵醒格蕾西的计划。

在格蕾西的睡衣下面，她胀大的肚子皮肤绷得紧紧的，几乎都变成半透明的了。超声医师将温热的凝胶涂在成像棒会滚动的圆球上。成像棒接触到身体的时候，格蕾西动了动，但是没有醒。那根棍子左滚右滚，那个女人全神贯注地看着屏幕上仿佛月球表面的颗粒状画面。我想读懂她的表情。她看起来平静而专注，探测着格蕾西身体的每个角落，以更好地观察里面的情况。我双手轻轻抵住格蕾西的后背，在她的梦中提醒她，我在她身边。

那个女人结束了工作，把成像棒放到一边。我用纸巾擦去了格蕾西肚子上的凝胶，把她的睡衣拉下来。房间里很黑，我们没有开灯。我看着这个陌生人，她刚刚深入检查了我女儿的身体。她知道格蕾西肝脏的真实情况。肝脏就是一切，一切的一切。如果肝脏不能发挥功能，那么没有任何东西可以替代。如果肝脏显示出反流的迹象，如果格蕾西患上 VOD，我们便无处可逃。

我必须知道，我必须问。但是，我不能知道，我不能问。

布莱恩在纽约。我妈妈在加利福尼亚。加布里埃尔和丹妮丝一起待在我们达勒姆的公寓里。我们所有人的命都悬在是否出现反流的平衡点上。

超声医师知道我们的心思。她说："你们的医生会尽快提供完整的结果。"这是套话，但她说得很温柔。

三个小时以后，医生来了。已经是下午了，格蕾西还在睡。布莱恩从纽约回来了，我们在医生走进来的时候并肩站起来。

K医生今天休假。P医生代班，我们很喜欢他。他平静又机敏。他看起来就像那种每天提醒自己"你首先是个人"的医生。但今天，他在这个小空间里离我们远远的，就站在门口附近，仿佛随时准备离开。我们等待着他开口。他张开嘴，停顿了片刻，然后毫无炫耀之意地宣布：肝脏没有反流。我感到身边布莱恩的身体放松下来。

"谢谢。"我说。我真想吻他。

"等等，"他说，"我们还是很担心她的腹腔积液量。"他的语速加快了，效率也提高了。"尽管没有反流，但其他症状显示，格蕾西的确有早期VOD的迹象。VOD有百分之五十的几率会恶化。而一旦恶化，她生存的几率是百分之五十。"说话的同时，他的双手一动不动地垂在身体两侧。他既没有靠近我们，也没有靠近房门。

我恨P医生。

我一动不动地站着，试着呼应P医生笔直的站姿。也许如果我能像他一样平静地站着，他会回避，会畏缩，会败下阵来。如果他不这样做，我会把他赶出门去。

VOD 有百分之五十的可能恶化。

而一旦恶化，她有百分之五十的几率可能无法活下去。

这些数字放在格蕾西的身上显得恶意满满，与格蕾西本人息息相关。

我拒绝数字，既拒绝整体，也拒绝其中每一个个体。这家医院给每个患者的百分比，全世界每家医院给患者的百分比，都去他妈的。它们傲慢而锋利的角落，条分缕析的总数，都去他妈的。它们黏糊糊的小手指左右着你的命运。精确的记录，呈现成整齐的行列，一直精确到最后一位小数。幸运的在左，其余在右。

数字僵硬死板，毫无意义，无法改变。它们所做的只是对你呼出恶意而干净的气息，等着你把它们校对。数字没有爱，没有知觉，也不屑于聆听。

它们还原不出格蕾西的样子。数字可能知道她出生的时间，却描摹不出那天的天空，晴空万里，湛蓝无云。数字不能抚摸她的头，在她耳边哼着小曲儿，在她温暖的呼吸节奏中睡去。数字不知道她会在吃东西的时候哼歌，也不知道比起甜食，她更喜欢羊乳酪、橄榄和一切有味道的食物。那么数字又怎么能够预测她会变成什么样子？

每一个数字，所有数字，都去他妈的。

她属于我，也属于布莱恩。她属于加布里埃尔，也属于她自己。她属于我的妈妈，也属于布莱恩的妈妈。她属于死去的爷爷，他管理一个工会却从未看过她一眼。她也属于还活着的姥爷，他穿着印有她手印的上衣打壁球，有时候会在电话里给她读《霍比特人》，尽管这让她觉得无聊。她属于伊顿，也属于那些她还没有见过的朋友。她属于长大以后最深爱她的那个男人，或者女人。她的真爱，还有他们之间小小的爱的结晶。她属于他们。她是我们的。她属于我们，和我们在一起，和我在一起。她是我的。我不会放弃她。

我知道这家医院的其他父母，就在这个病区，在这间病房里，他们也厌恶数字。他们的爱、正直的愤怒、对魔法的幻想以及他们所拥有的一切交织缠绕，试着把孩子从肉体上与他们自己绑在一起。我知道，我的占有欲和力量与他们的一样脆弱，一样不堪一击。但我竭尽全力。我会把那些该死的数字一个一个地降下来，直到回到最初，回到零。零，意味着她不会被夺走，绝不会。

我给凯西打了电话。我总是给她打电话。我告诉她，我很害怕。我给她解释了数字。

她听起来并不淡定。我喜欢她这一点。

第 15 天

比昨天更糟糕了。她的情况十分凄惨。一整天她都在吐血，血色越来越鲜红，量也越来越大。在她小睡的时候，嘴里蓄满了血。她坐起来的时候，血顺着下巴流到了睡衣上，形成了一只变了形的红色大象，后腿跪着，好像奇形怪状的大象在祈祷。

"我的嘴里为什么在流血？"她问，"我出什么问题了？"

后来，她的体温飙升，血压也居高不下得让人害怕。

她睡着以后，布莱恩说："我们想象今天是她最坏的一天。明天她就会好一些，然后每一天都比之前更好，她会慢慢好起来的。"

这是一种可能性。而另外一种可能性如同一条我们拒绝承认的午夜魔犬，它的呼吸从门下飘过，它在床下伸着懒腰。

第 16 天

我们所拥有的格蕾西比刚住院时少了。头发少了，呼吸少了，饭量少了，每分钟的心跳也少了，她让小马说话的声音少了，开玩笑少了，要求少了，手也不那么经常在空中做出各种形状了。我不明白递减规律是什么意思，但它一直对我穷追不舍。

我开始抽象地做一些荒诞的感情计算。

白天的时候，我想——如果有人（不是我！）要失去一个孩子——有没有一种最好的情形呢？比如一场突如其来的事故。或者温和的绑架，绑匪是个精神错乱的陌生人，并不暴力，也不变态。或者，宁可一点一点地失去你的孩子，疾病慢慢把他们带走，这样你就有时间用爱包裹他们，把一切都告诉他们。又或者，神秘地失去你的孩子，没有死亡的确认，这样你的希望就会与伤心并存？

夜里，我则想象那些我可以救她的情形。如果她出于我不清楚的原因被人带走，绑匪的要求很奇怪，我必须不停地行走，顶着热浪，穿越风雪，背负着以杂物袋、铁棍、沙袋的形式出现的负重。如果我停下来，哪怕只是稍作犹豫，他们都会伤害她，或者拒绝让她回来。我必须不停地走。那我会不停地走。我能走多久？三天？四天？我想我能永远走下去。不需要食物，不需要水，哪怕是极度的炎热和寒冷，最后我会倒下。但我没有看到这个结局，我只看到自己一步一步地走下去。我崇拜的是虚假的神祇：象征父母之爱的偶像。

第 18 天

做超声检查的女人每天早上都来。她温柔而安静，格蕾西在检查的时候一直睡着。每天早上，我都站在高高的悬崖边，准备着经受泥土滑落、岩石松动、最后突然下坠的那种令人恶心的感觉。但每天早上，那个女人都重复一样的说辞："你们的医生稍后会提供完整的结果。"她一连说了五天。每天下午，医生都会过来确认超声检查没有发现反流。我们的危险期还剩两天。今天他也会说一样的话。

第 19 天

我们还在睡觉的时候，布莱恩来了。他给我带了一摞垃圾杂志和一条黑巧克力。他没有给格蕾西带东西，因为她根本没法享受。我读着杂志，他读着多克托罗的新小说。格蕾西吸气，呼气，又吸气。我不确定自己还有没有在呼吸，也不确定布莱恩有没有。我有多久没有深呼吸了？八天？九天？我们没有说话。在过去几周中，我有时候会意识到，我对布莱恩的感觉发生了急剧的变化。

看着他这件事曾经让我快乐，或者给我带来一种富足感。现在，看着他翻动书页，我感受不到任何情感。还是同样那个男人，同样那张和善的充满学究气的长脸，随时能绽开灿烂的笑容。但布莱恩对我来说不再真实了。他影响不了格蕾西的超声结果。他不能开可以救命的药物。他不能保证格蕾西能活下去，他没有那种力量，所以他帮不了我。

他抬起头，对上我的眼神。我的目光回到杂志上，害怕让他看出我的思绪。害怕他已经看出来了。

那天晚些时候，P医生过来见我们。

"所以她没有死亡的危险了？"布莱恩问。

P医生看着我们，对上我的目光："VOD带来的生命危险已经过去了。你知道，移植是很危险的过程，她还需要等着完全植入，在那之前，她对感染和病毒的抵抗力都很差。"

我把后半句阻挡在外，只关注前半句。"你能重复一下关于VOD的内容吗？"

"我们可以肯定，她轻微的VOD恶化失败了。"我喜欢这个词，恶化失败。

我一阵轻松。就像你用胳膊顶住卷帘门，然后当你走出去之后，它们就自动升上去，轻飘飘的。

P 医生很帅，超级帅。我之前怎么会没注意到呢？分得很开的黑眼睛，鹰钩鼻。我轻轻捏了他的胳膊一下。P 医生和善却保守，朝门的方向退缩了一下。"我很高兴能够带给你们好消息。"他说完走了出去。

我转向布莱恩，他也突然之间变帅了。我想开个玩笑，说："你在我这一辈子的时间里都去哪了？"就像我们刚刚才遇见一样。就像我以前从没注意过他。想想还是算了，太戳我们痛处。我用双臂环抱住他，他也环抱住我。"她的 VOD 恶化失败了。"我说，"能成为一个失败者的妈妈，我太高兴、太骄傲了。"

我觉得，仿佛所有重要的事情都发生了：她走到万丈深渊的边缘，往下看看，然后回头看着我们，仿佛在问："我应该留下还是下去？"谢天谢地，她选择留下。

布莱恩和我脸上带着最近刚刚皈依的信徒所特有的无趣而欣喜若狂的笑容。尽管我们知道一切都还没有尘埃落定，尽管我们知道，深渊仍然围绕在她的病床周围，她还是 5200 号移植病区的患者，拥有最脆弱的免疫系统，骨髓仍然青黄不接，还没有植入，无法自己产生足够的红细胞。尽管她沉闷无聊，被盒子里的生活打击得不轻，但她的肝脏正常。她的肝脏正常！

第 20 天

时间分成两部分：之前和之后。之后的时间好过些，过得也快些。日子从焦虑和恐惧那黏糊糊的沥青中抬起了脚后跟，穿着人字拖快步走过我们，喷吐着沙子。我们又能快乐了，又能放松了，一下子又有了呼吸的空间。一个个瞬间跃入我们的视野，成为焦点。

加布里埃尔和布莱恩都在家，我也终于能在家睡一觉。加布里埃尔轻拍着床边说："睡觉，妈妈。""睡觉，爸爸。"即使在没有意识的情况下，他也想让我们陪着他。我们本来想在那里躺一分钟，但他一手缠住我的头发，一只脚牢牢踩着布莱恩的胳膊：他的手脚如同两个睡觉时候的镇纸，确保我们能留下来。

布莱恩向我发誓说，加布里埃尔在刚要睡着的时候喃喃说出了"骨髓移植"。那一天他经历了很多事情，在他的小床上喃喃自语地说着各种各样的事情。我们让他重复一遍，他重复了。虽然发音不够标准，但他一连说了好几遍同样的内容，听起来像是"骨髓移植"。他快要两岁了。

他睡着以后，我说："你的细胞们做得很好。"我俯身去亲吻他的小脚："它们在帮助格蕾西。"这个概念可能和大树不喜欢他一样模糊和人格化，但我相信这是真的。

我一直希望格蕾西能见他。在她的小病房里，他会像是坛子里的袋獾一样横冲直撞，而且对于这个病区来说，他身上的细菌太多了，但他能让她打起精神。他们在电话里聊过一两次天。

"嗨，加布里埃尔。"

"蕾西，你病了吗？"

"嗨，加布里埃尔。"

"你病了吗？"

第 24 天

我们最新的关注点是植入。

"她需要植入。"库兹伯格医生说，"这样我们就不用一直给她输血。我们得看到骨髓实现功能，得看到加布里埃尔的细胞能起作用。"

"快起作用。"她睡着的时候，我对着她的脚心和手掌说着，对她体内的细胞说着。

植入的定义是一连三天 ANC（白细胞）的计数超过五百。理论上说，如果人体在制造那么多的白细胞，那么干细胞已经分化成了骨髓细胞，在发挥作用。她的 ANC 计数每天都不稳定，有时候达到了五百，之后又下去了，然后又到五百，然后又降低了。我们的情绪也随之起伏，幸福感也与之有直接的关联。

第 25 天

格蕾西植入的那天，是我们来到达勒姆之后最冷的一天。窗外，一层薄薄的冰覆盖了一切。格蕾西的骨头里，加布里埃尔的细胞融合到骨壁上，分化、增殖，把他健康的基质注入新的生态系统。

得到消息之后，我去散了个步。杜克的花园如同水晶仙境，上方是雪白树枝交织而成的面纱；撒落而下的阳光织成了蕾丝。我对植人的想象与此类似，令人瞠目结舌的微缩建筑设计指令，在她的体内工作着。我走着，祈祷着，一切正常，一切正常，一切正常。

回到房间的时候，我的脸又冷又红。

"可怜的妈妈，"格蕾西说，"我来让你暖和起来！"她把自己的脸蛋贴在我的脸上。她很高兴和其他人分享，甚至自己的体温也不例外。我能感受到她的温度，她体内的发动机。我抱住她，抱得很紧。她把我推开。"看看我在你出去的时候学会了什么！"她把自己的床头和床尾抬起来，变成 U 形。她早就学会这个了，也给我展示过了，但这对她来说是全新的。然后我庆祝了这次发现。她爬上床头，滑下来，到中间的凹陷里，如同悬崖跳水一样。布莱恩和我不停地鼓掌。这是十分夸张的赞许，但我们无法抑制自己。我们站在那里，一个劲儿地鼓掌。

后来，布莱恩说："要说钦佩一个三岁的孩子，这挺奇怪的。但我的确有这种感受。"

我完全理解他的意思。她可以在垃圾堆里淘到金子。

第 30—33 天

有一天早上，我意识到，她的肚子已经不再营养不良般地胀起了，甚至她脱皮的嘴唇也几乎恢复了正常。她更像她自己了。她还没有头发，但就算是光头，也更加精致可爱了。身体上唯一的痕迹是她的指甲，苍白的月牙从指甲中间一直延伸至顶端，因为化疗药物影响了细胞的生长。它们看起来像是老树的树桩，展示着多年以前火烧的痕迹。

她的胃口恢复了。

她第一个想吃的就是露娜糖果条，然后是多力多滋。我想我们应该让她吃点有营养的东西。

布莱恩说：“你疯了吗？她想吃什么就给她什么。吃是对生命的肯定。”

但还是有很多限制——她现在遵循的是中性白细胞减少症患者的饮食，她不能接受任何形式的细菌或者真菌。不能吃可能携带活的有机体的食物，不能吃生的水果和蔬菜，不能吃她最喜欢的羊奶干酪，也不能吃蓝纹奶酪。基本上什么健康的食物都吃不了。她要么就是毫不在乎这些新规定，要么就是假装不在乎。

她说：“他们不让我吃山羊乳酪，这没关系，妈妈。不让我在油煎面包块上加蓝纹奶酪也没关系。面包圈上不抹奶油干酪也没关系。”这在我看来仿佛自我安慰的咒语。我觉得她的意思是：不能吃那些我喜欢吃的东西了，我很难过，所以我不想吃了。

又或者，她的同情心并没有作用在自己身上。一天以后，她对着正要吃的白饼干，轻声说：“不能吃你的朋友羊乳酪了，真对不起。"

　　格蕾西能吃东西之后不久，凯西来看她。她给我们做了饭，给布莱恩做了素菜汤，给我做了味噌三文鱼，给格蕾西和加布做了芝士通心粉。她用吸尘器打扫了公寓，给我们叠了衣服。她把一双筷子变成打架的兄弟俩，让格蕾西哈哈大笑。她创造了一个狠角色，名字叫复仇厨师伊迪斯。她很粗鲁，所以一直对人颐指气使，总是大喊大叫。如果你不听她的话，她就会对你不客气。"你不喜欢我的汤？"伊迪斯对格蕾西说，"我会切掉你最喜欢的手指头。你最喜欢哪根？告诉我！"格蕾西，作为一个生病的孩子，受人溺爱，被人照顾，让人同情，此时为伊迪斯强烈的情绪和对她的欺负所折服。"这根。"她说着，举起左手拇指。

　　凯西回去的时候，格蕾西已经焕然一新。她问："凯西阿姨去哪了？"当我告诉她凯西不得不坐飞机飞回纽约的时候，她把双手举在空中。"哦不！"她说，仿佛凯西在遭受极大的不幸。她是不是以为凯西是被迫上的飞机？我常常忘记她才多大，有多么容易理解我们字面上的意思。我很惊讶也很开心地看到，她又能关注其他人的来去了，她能注意到，能关心。

　　她回到了舞台中心。看！这是我的幽默感，我对食物的偏好，我现在又拥有了同情别人、八卦和担心别人的力量。她的世界在扩大，现在包含了凯西，还有伊迪斯。她的想象力在重新扩张。

第 34 天

我们醒来之后看到厨房有一份传单，是为在过去八周里病区里死去的四个孩子所办的一场简单的追思会。

拉米亚和我坐在一起。在过去的八周里，四个孩子死去了。瓦伦听不懂牧师在说什么，坐在拉米亚的膝头，兴致盎然地环顾着房间。我们身处公共游戏室中，这个房间名叫"连接室"。格蕾西在我们的病房里看视频，可能在想我。我感到有些愧疚，但还是留了下来。这些人认识那些逝去的孩子，我想和他们待在一起。

瓦伦咯咯笑了。他每天都更强壮，很快就能回家了。他抓着拉米亚手腕上的金手镯，让它们碰在一起，嘴里发出长长的气声。我注意到，他眼睛很大的一部分原因是他的睫毛，又长又重。这是个好兆头。我想摸摸他的脸蛋，但没有这么做。我们不碰别人的孩子，交叉感染是每个人最深的噩梦。

牧师说完了最后的祷告："安息在他身边，在他的房子里。"这时响起了一阵电子声音，宣布消防演习开始。"1571 号。"这个声音带着尖锐的鸣叫穿透了一切。拉米亚和我对望一眼。病区里的生活是神圣和非神圣的交织。但我知道她和我有同样的感受，感谢这次活动，感谢有坐在一起共同哀悼的机会。

这四个孩子中的每一个都曾经在这个房间玩耍过。他们摸过门口盒子里的蜡笔。他们拿过视频光盘，他们拿出过游戏机。我们周围满是他们拿起又放下的东西，却永远也唤不回他们了。

我从医院哭着开车回家，不知道自己是在为那四个我们不认识却在我们身边死去的孩子而伤心，还是为了我自己的孩子活下来而感到欣慰，又或者是因为挥之不去的恐惧。我擦擦脸，打开音乐，准备好照顾加布。

在家里，我想把加布放进我们的蓝色施文牌自行车的儿童座椅，他拱起后背，大喊着："唔哩巴巴！"这是他最近的信念。

"加比，让我把你放进去！"

"我来！"

如果你想帮他，比如说，帮他穿上蜜蜂靴子，他就会忿忿不平地要求自己来。如果他搞不定，他会对你让他一个人挣扎而愤怒无比。两岁，意味着处于持续的精神分裂之中，在"我能"和"我不能"之间剧烈摇摆。

他终于坐了进去。我们在傍晚凉爽的空气中向山下滑去。沿着森林的边缘，刚刚翻过的潮湿土壤那富饶的香气扑面而来。加布称之为"好闻的空气"。我疯狂地骑着车回到我们的小山顶上。"再来！"加布里埃尔在我们每次回到山顶的时候都这样喊道。我给他唱了会儿歌，唱了几段琼尼·米切尔，又唱了几段范·莫里森。但大多数时候，我们沉默地骑着车，聆听着树木在一天将尽的时候发出的叹息声，聆听着葱茏树林中各种嘎嘎声、吱吱声、啁啾声和咔咔声交织成共通的语言。

加布喜欢这一切。我也喜欢。

一群野鹅排成锯齿状的 V 形，沿着地平线飞过，灰色的群鸟衬着橘黄色的天空，彼此呼唤着。这边，这边，这边，跟着我。

"加布，看到那些鹅了吗？"

"鹅，我的。"加布说。

"加比，下周就是你的生日了。你就要两岁了，准备好了吗？"

加布说："再快点！"

四个孩子，八周时间。三个男孩和一个女孩。三个孩子在我们来之前就去世了，一个是在我们来之后。山姆，那个小牛仔。

我和穿着蜜蜂靴子的加布一起骑车穿过黄昏，此刻的快乐几乎惹人憎恶。而曾经住在我们病区里的孩子看不到天空，看不到野鹅，也闻不到湿土地的味道弥漫在空气中。但我不停地蹬着车。

艺术治疗师玛丽·玛格丽特也参加了追思会，带来了其中两个男孩山姆和拉蒙的作品。山姆的作品是杂志页的拼贴画，条纹交织成大海的蓝色，这是他母亲所喜爱的。拉蒙的作品则是一个大十字架形状的天鹅绒镂印模，复杂而精细地手工上色，像彩色玻璃一样。这是为他虔诚的奶奶所做的，她在他的床边守了十一个月。这些自我表达的小物件生机勃勃地振动着，带有他们独特的情感。即使这两个孩子已经不在了，他们的意念依旧长存。

在追思会上，大家一致希望孩子们已经到了天堂，骑着小马，玩着宾果游戏，探索海洋。但我不觉得天堂和人间如此相似。如果天堂真的存在，我希望它远远超出我们世俗的想象。

对于我来说，没有天堂也没关系。凯尔、帕里斯、莎拉和瑞恩曾经活过，这已经足可以称为奇迹。他们曾经在这里，在人间，作为他们自己。从虚无中自动爆发出个体意识。我知道，光是嘴上说说容易——我有一个正在康复中的孩子，还有另一个坐在蓝色的自行车后座上，哼着安慰自己的歌谣。这太容易了。但他们是我的心头肉，他们会死，但在此之前，他们活过。

第 35 天

格蕾西第一次能够走出病区。她全副武装，穿着黄色袍子，戴着口罩，穿着鞋套。当我们走到将她禁锢在 5200 超无菌环境中将近两个月的双层门前时，她犹豫了，透过门上的窗口看着外面的走廊，问道："我在那边安全吗？"

走出病区的她感觉像月球漫步一样，是陌生又不安分的行为。迈进走廊的时候，她的嘴歪着，双腿成了 O 形腿，左脚的脚趾向内，蹒跚而行，这是在床上躺了好几周的结果。她在一处扶手前停下来，想把脚搭上去，头朝下挂下来。住院之前，她经常这么玩。但是现在她没有力气，脚只离地几英寸。

我说："你的身体可能需要一些时间来想要怎么跑，怎么跳，怎么玩。"

"没关系。"她说，"我的身体不会忘记怎么跑的。"她一瘸一拐地凑过我身边，理所当然地说："你知道我的脚腕为什么不对劲，因为我在床上躺得太久了。"

能站在一个新的楼道里让她高兴得眼花缭乱。米黄色的楼道，和我们5200病区楼道里平平常常的海边艺术装饰没什么两样，但对她而言则是全新的。对我来说，想到路过的任何一个心怀善意的人所咳出的无形细菌都会让她不得不插上呼吸机，这让我看到她"跑"起来的激动之情荡然无存。或者是扶手上的病毒，我拿着一罐消毒纸巾跑在她前面，恳求她在我擦过之前不要碰任何东西。她在这方面是把好手，指着想摸的任何东西说："请擦一下。"这样我就能提前把它擦干净。

第 38 天

加布里埃尔两岁了。

我爸爸和他的妻子坐飞机来参加生日聚会。他们在沙伊面条店定了八人份的餐送到了医院。加布里埃尔把他们看作一个单一的整体，叫他们"姥爷姥姥"。"姥爷姥姥来了！"他对我们说。我爸爸是出了名的家务无能（他曾经把一只永远不洗的锅放在炉子上，里面的东西如果少了，他就再加一罐新的食物进去），而这次，他包揽了我们所有的家务，小心地叠了我的衬衫，还挂起了布莱恩的长裤。

我妈妈也飞来了。我的妈妈和爸爸坐在格雷西病床的两边，各伸出一只手抚摸她，这个场面让我陶醉。这是一个完整的基因之环。他们离婚已经三十六年了，但还都想为他们中间的这个小女孩做到最好。

加布一整天都在对姥姥或者姥爷说："今天是我的生日！"这天也是林肯的生日，还是达尔文的。

但他们回答："加布里埃尔，今天是你的生日。"

我们在"连接室"举行了聚会，一切都罩在淡黄色的无菌容器里。加布里埃尔也穿了一件这样的纸罩衣，即使他穿了最小号，还是会在他走路的时候扇动，仿佛一朵模糊的云。

加布像是醉鬼一样从一个礼物冲向另一个礼物，把包装纸撕开一个口子，然后彻底撕掉，摇晃着盒子，然后把它们扔到地上，又抛起来，然后又撕开更多的礼物。一团欣喜若狂而模糊的黄色身影，为格外的焦虑和庆祝之情而神魂颠倒。

我试着拦住他。

布莱恩说："他没事。他这是在用加布的风格拆礼物呢。"

我又一次觉得被他纠正了。"哎哟，布莱恩，你是从哪学来的这些了不起的父母经？书里？冥想？还是你在加利福尼亚的时候偷偷请了人生教练？"

妈妈抬起头，为我的语气吃了一惊。我怎么会生气呢？格蕾西在好转，加布里埃尔两岁了，我吃着美味的越南沙拉。我声音中的尖刻甚至连我自己都感到惊讶。

后来，我们往垃圾袋里塞撕掉的礼物包装的时候，我妈妈提出，那天夜里她在医院陪格蕾西，这样布莱恩和我可以在家共度这个夜晚。这非常罕见。那天是 2 月 12 日，离情人节只差几天。

我们穿过乡间的小路回家。我很高兴加布没有醒着唠唠叨叨抱怨树不喜欢他。拐过一个弯，一弯新月挂在地平线上。弯弯的月牙，纤细而不真实，看上去仿佛自己会发光一样。月牙像摇篮，倚在大地上，近得似乎触手可及。我们可以爬上去，进入梦乡。我想对布莱恩建议，我们停下车往月亮走去。但这个念头刚一闪现，我就想起在加利福尼亚的时候，有一次我说："看，满月！"他回答说："还没有，月亮只是快圆了而已。"

我们在沉默中行驶着，谁都没有提到月亮擦到地面这不可思议的情景。我们也没有聊加布里埃尔两岁和格蕾西已经植入的事情。我们没有聊在 VOD 的日子里是多么害怕。我们也没有聊给孩子们举办的追思会，还有最近一个转到楼上接上呼吸机的孩子，就是来自苏格兰的小莎拉。我们也没有聊有多想念对方，还有父母来探望的时候压力有多大，尽管他们帮了不少忙。我们甚至都没聊杰克·鲍尔。

到家之后，我们给加布里埃尔换上睡衣，把他放进小床里做生日的梦。很快他就要和格蕾西一起住在这个房间里了。我们希望如此，但同样什么都没说。

我们刷了牙，爬上床，一言不发。床上应该发生什么显而易见，我们已经有好几个星期没做爱了，也可能好几个月了。我都记不清了。但同样显而易见的是，这不会发生。我转过身，但脚还触摸着布莱恩的腿。这是最轻微的安慰动作。他没有挪走，也没有挪向我，只是让我的脚贴着他的腿。脚趾贴着小腿，这是我们所能做的一切。布莱恩翻身面对我："孤独是度过困境的一种方式，但是不是最好的方式呢？"这是我们之间有时候会开的玩笑。是……一种方式……不管那是什么……但是不是最好的方式呢？我没有回应。没有笑，没有抚摸。一片沉默。

"在困境中，"布莱恩说，"人们挤在一起取暖会好得多。"

"你是谁？沙克尔顿[①]吗？我知道怎么应对困境，布莱恩，谢谢你的说教。"

这让我们都沉默下来。我不知道自己怎么突然发飙了。格蕾西很好，她在离我们不到六英里的地方睡着。但我奇怪地怒不可遏，像是找不到东西的那种愤怒。

我们被绑着脚踝吊在半空，身边不断有孩子掉下去，这应该是什么人的错。

第 40 天

我在病房里一串心形彩灯下给格蕾西读书，就这样度过了情人节。这是波比的礼物，她注意到格蕾西现在对光越来越敏感，这是另一种副作用。我们把心形彩灯挂在她的病床上方，它们将整个房间笼罩在夜晚柔和的光晕中。

第二天早上，K 医生走了进来。"她的数值好极了。"她说，"她准备好了。"

---

① 沙克尔顿，南极探险家。

"做什么？"我问。我很害怕她的意思是准备好了接受新的治疗。

K医生看上去觉得有点好笑。"回家，"她说，"她准备好回家了。"

我哭了起来。库兹伯格医生懂得她所医治的所有孩子的网状细胞数、血红蛋白还有肝功能的数值，却不懂得应该如何应付现在这种情形。

"这是好消息。"她说。

"我知道。"我说着，哭得更厉害了。只有这一次，我没有因为哭泣而道歉。

格蕾西问："妈妈，你为什么伤心呀？"

"我是因为太高兴了。"我说。

"妈妈。"她说完，不再理会我。对于像我这样陷入痴狂的人，说什么都没用。

我走出病房，去父母休息室给布莱恩打电话。"我们可以出院了。"我说。

"这真是个大好的消息。"他说。我能听到他声音中的哽咽。这个消息对我们来说比对任何人都要重要。

格蕾西在出院观察期间无数次看了《绿野仙踪》。桃乐茜踏上一段危险而充满荆棘的旅途。桃乐茜昏倒在三色堇丛中，放弃了旅程。桃乐茜回到家，别人告诉她这一切都是一场梦。格蕾西把胆小的狮子叫作"勇敢的狮子"。这是她的最爱。在最后，格蕾西转头激动地对我们说："勇敢的狮子现在什么都不怕了！"

呃……

挑起眉毛，摊开掌心。"他们是真的吗？"

"如果他们是真的。"我说，"你觉得勇敢的狮子现在在做什么呢？"

她瞪了我一眼："在刷他的牙。"

一个孩子能通过运用反讽来学习所有格代词吗？

"他可能在刷他的牙。"我说，"他可能在科学地刷牙。"这是布莱恩让加布去刷牙时说的话。

"我不知道，"格蕾西说，"因为我没有见过他。"我喜欢她对真相充满怀疑和逃避的态度。告诉我吧，该死的——他到底是不是真的？

第 44 天（出院日）

格蕾西醒来的时候很紧张，第一句话就是："波比会来跟我告别吗？"她害怕离开波比。波比让她安全。波比知道该怎么办。波比有泡泡和果汁，还有秘密办法停止疼痛。我们在期待中把房间收拾干净。所有的卡片、玩具还有这些天积聚起来的东西都不见了，但心形彩灯还挂在那里。空空的房间，挂着一串闪耀的心。"我能把我的心带回家吗？"格蕾西问，"它们在家还亮吗？"

波比带着调皮的气质出现了，戴着她的猫眼眼镜，带着她的平静与幽默：没有她，我们怎么能继续康复呢？

"好了，格蕾西姑娘，准备好跟'硬汉'说再见吧。"波比说。

格蕾西给了我们一个微笑："波比来了。"

"我当然会来。"波比说，"我得确保你没把我的机器偷走！"格蕾西咯咯笑了起来，轻快的笑声在空中绽放。

"格蕾西，这是我最后一次把你和'硬汉'断开。在这之后，你就永远自由了。你准备好了吗？"

格蕾西严肃地点点头。

波比拧开连接"硬汉"和格蕾西胸前导管的塑料静脉输液管，用酒精擦了擦导管的接头，又用盐水和肝素冲洗了管线子内部，然后盖上了盖子。我专注地看着。回家以后，这将是我的任务。确保没有细菌进入管子非常重要。任何进入管子的细菌都会直接到达格蕾西的心脏。

格蕾西抬头看着波比。"干得好。"她说。这句话似乎涵盖了过去的四十三天中波比为她所做的一切。凭空变出来的口香糖，除夕夜的气泡苹果汁和塑料香槟杯，一按红色按钮就会有的吗啡，心形彩灯。波比，四个儿子的母亲，让格蕾西仿佛成为她生命中最重要的小朋友。

"硬汉"现在已经是个独立的输液架，波比推着它向门口走去。出门之前，她停下来问："格蕾西，还有什么话想对你的朋友说吗？"

格蕾西上下打量了一下"硬汉"。"对下一个小姑娘好一点。"她说。

我以为我们的离开会默默无闻，与来时截然不同，就像有的时候巨大的变化会在毫无差别的细节中消耗殆尽。但我忘了这里有"彩纸大游行"。当一个家庭离开病区的时候，医护人员和身体状况良好到能够站起来的患者都会在走廊里排成两排，欢呼着，抛撒着彩色纸屑。

这英雄主义的形式震惊了我。患者和他们的家人，庆祝一个人出院，而他们自己还留在这里。我们低头穿过飞向我们的彩色纸屑，其他患者则鼓掌欢呼着。格蕾西止不住地笑着，庄严地挥着手，沉浸在这个时刻中。

拉米亚站在他们拐角房间的门口，温柔地向格蕾西的膝盖撒出彩色纸屑，俯下身向她告别："在家好好玩，格蕾西。我们会去看你的。"她站起身，我们拥抱在一起。

拥抱的时候，我看到她身后瓦伦宝贝在床上睡着。他的身上连着各种标准的东西，各种电线、线缆和输液管。而在这一切的中心，是那个小男孩，有着黑色头发和大眼睛的瓦伦，做着一岁的梦。我想象着他梦见母亲的脖子和头发，他每天在此度日的小窝。拉米亚的手托着他的后脑勺。

我不想对拉米亚说再见。但同时，我在这里一刻也不想待了。

在洗手室里，我打量着终于重获自由的女儿。她不再受"硬汉"的限制，可以穿着粉色的运动鞋和户外的衣服无拘无束地走动。我仔细观察着她。她看起来几乎恢复正常了，不太肿，毛发也不太重，目前还是如此。这些情况稍后会因为类固醇药物而逐渐出现。但现在，除了光头以外，她看起来还是像往常一样，这真让人高兴。但她即便是光头也非常可爱。她暴露着的皮肤是一种精致而半透明般的粉色，显露出头骨正圆形的轮廓。有几片彩色纸屑粘在她的头顶和耳廓上。她就像一只人形的杯子蛋糕。

走出病区的时候，她混乱了。作为一个刚刚才获得释放的囚犯，她被阳光晃花了眼。她通常都有极好的方向感，但将近两个月足不出户，她甚至都不记得电梯在哪里了，而且还不让我们给她带路。

尽管布莱恩和我一刻也不想在这儿待了——在有人改变主意之前快走！——我们还是尽量耐心地任由她牵着我们的手四下乱走，从一条不知名的楼道走向另外一条不知名的楼道。终于抵达大堂的时候，她问圣诞树去哪了，为什么外面没有雪。她就像瑞普·凡·温克尔①，震惊地发现时间并没有停下脚步。在鱼缸前，她寻找着以前曾经宣布据为己有的一条畸形金鱼。每当这条鱼或者和它类似的鱼出现的时候，她都会喊："看！我的橘黄色小鱼还记得我！"

她向大堂里的喷泉走去，那是层叠交错的复杂造型。她指

---

① 瑞普·凡·温克尔：小说家华盛顿·欧文的著名作品《瑞普·凡·温克尔》中的主人公。

着附近一个花盆里的一块树皮，问："我能摸摸它吗？能用消毒纸巾擦树皮吗？""戴上手套就可以了，亲爱的。"我说。她没有抱怨就戴上了手套，捡起一块树皮，研究着喷泉。她把树皮扔到最上层，然后看着它打着转被冲回她所在的这一层。她把它捡起来，又重新扔回最上层，等着它再次回到她面前。一次又一次。

我们终于走到外面，她抬头看看，环视四周。"我出来了。"她说着打了个寒战。我想给她穿上毛衣，但她不想穿任何给自己增加负担的东西。布莱恩去开车的时候，她和我站在一起。我快速地捏着她的手，她也回捏我，但力度很轻，因为她的注意力被分散在了那些车和路上的声音以及鸟儿还有我们周围的人在进行的谈话上。很长时间以来，她的世界一直那么小。现在，它又变大了，吸引着她。一辆汽车在街对面停了下来。她拽着我，用尽全力拉着我的手。"来啊，妈妈，"她说，"我们去坐汽车吧。"

只有我俩，一起开始新的生活。这种可能性让我悚然一惊。尽管我们身边有形形色色的无数人，但格蕾西和我却一起完成了一件事——康复。布莱恩也在那里，他当然在。但从某种根本意义上来讲，帮她从疾病中撑过去像是一场双人舞。又或者，我把它变成了独舞。

我童年时代描绘的母女蓝图死灰复燃，跃跃欲试。同时，布莱恩正在开着车过来。加布里埃尔在家里等我们，就要和姐姐重聚了，他既兴奋又紧张。

是时候破除旧的格局了。时间把我们构成四个人的部落，尽管扭曲，但我们是一家人。

同样是时候停止计数了。我们要回到纽约真正的家里还需要一些日子，还需要很多天。医生们暗示而非保证，我们在第100天就能回家了，这在我看来非常渺茫。那只是医生用来刺激你前进的胡萝卜。没关系，我们不着急，今天已经足够珍贵。

43

看着眼前真实的格蕾西，而不是永远神神秘秘地"在医院里"的她，加布里埃尔不太确定她回来对自己意味着什么。加布里埃尔上下打量着格蕾西。"蕾西？"他可以看出她在住院期间外形发生了改变。但现在她回家了，应该看起来像原来一样，但并不是这样。"蕾西要睡在我的房间吗？"他的声音半是高兴，半是为未来而感到恐惧。"加布，"格蕾西说，"你睡在我的房间。"布莱恩靠近我，说："好像黑帮大佬出狱之后重新收复地盘，然后第二把交椅不愿意放权。"

但出生顺序所决定的地位很快就恢复了，在去卧室的路上，加布把她去的地方都去了个遍，她摸过的地方摸了个遍。

他们玩游戏的时候，布莱恩和我布置了一个小区域，用来通过输液泵给格蕾西注射五种不同的药物，每一种都要精确在一天固定的时间注入。规定很复杂，我们买了一块白板，用来记录药量、时间和温度。我们把每种药放在一个托盘上，和相应的管子还有说明放在一起。有些药需要冰箱储存，然后在注射之前需要恢复至室温，这样不会冻坏她的心脏。有一种药分类为剧毒，它接触过的所有材料都要扔到盛放危险物料的容器中。

我是负责给药的人。每天早上和夜里，我都要给她接上管子，急切地祈祷着，上帝，求求你别让我搞砸。

第一天晚上，他们一起洗澡。格蕾西的管子用胶带贴在肩膀上，这样就不会弄湿。洗完澡以后，他们换上睡衣，带着法式研制皂和酸酵种面包的味道，好闻到不像话。他们并排站着刷牙。加布里埃尔讨厌刷牙。布莱恩哄着他，说："让我们科学地选几颗牙来刷。"

"科……学……地？"加布说。

"非常科学地。"布莱恩说。加布刷了牙。

我用酒精清洁了格蕾西的管子，连上输液泵，开始输液。加布炫耀着刚刚科学刷过的牙，爬上他们一起睡的双人床，躺在她身边。我们在他们蒙眬入睡时讲了个故事，我们陶醉地拉起一只胖乎乎的小手，放在一个胖嘟嘟的小脸蛋上，而不会惊醒他们；陶醉在他们接连起伏的小身体中。两个孩子肩并肩呼吸着。这再平常不过的情景，此时看来有如奇迹。

几个小时以后，她出现在我们的房间里，一只胳膊下面夹着她的输液泵。她睡着的时候我们把输液泵断开了，但是她没有注意到。她小心地夹着这个小伙伴。看到她对没有连接在自己身上的输液泵呵护有加，我十分动容。它是她无法抛下的朋友。我伸手去接，她用双手把它递给了我。"你睡着的时候我们断开了。"我说。她自由地扭了一下。"哦，"她说，"我是个没有泵的小姑娘！"仿佛它是自己的老朋友，又像是自己的口袋书。

这里距离杜克医学中心五英里远，格蕾西在这儿很安全，但我们害怕走到更远的地方。她的骨髓还没有制造出足够的白细胞用以抵御感染和病毒。在她的免疫系统重新构建起来之前，我们都要困在达勒姆。最重要的是，我们不能去任何人群聚集的地方。细菌可能会随着中央通风系统吹出的气流进入她脆弱的肺部。

但如果生活在界限之内，我们还是可以扮演普通家庭的角色：在小区周围散步，去当地的户外商场往喷泉里扔硬币，黄昏的时候坐在附近的湖边，趁着那些身上带着细菌的孩子在家里吃晚饭的时候。

我们活动的范围有限，但我们至少在一起。有时候，加布里埃尔对格蕾西的情感强烈到无法控制，他会从背后双手抱住她，紧紧地抱着她："我的西西。"格蕾西在输液结束断开输液泵之后，会滑下自己的床，爬上我们的，窝在布莱恩和我中间，用一只手的手背碰着我的脸，用一只脚趾碰着布莱恩的胸口。她的身体是一座桥。这一直是她的方式。在她还是个小婴儿的时候，如果我哄她的时候布莱恩也坐在我们身边，她会伸直了身子，让自己的脚趾或者脚心能碰到他。

加布一般会跟着她钻进我们的房间，爬到最上面，四肢摊开。经典的加布姿势，把心爱的人都集中在一个地方。抗议无效，加布快乐的力量让人无法拒绝。我们就这样，像一堆小狗一样睡好几个小时。

一天夜里，孩子们没来我们的房间。布莱恩在天快亮的时候起床去看他们。他轻声叫醒了我，招手把我叫到门口："你来看看。"她围着一个枕头蜷缩起来，他卷在被单里。她穿着连脚睡衣，他穿着尿布和蜜蜂靴子。他们手拉着手。一种仿佛出现在家庭电影里的奇异姿势。她的手指攥住他的拇指。他们没有听到我们的声响，并没有动，只是做着所有孩子在夜里完成的秘密工作——细胞的增殖，无法停止的默默成长，酝酿着秘密的计划。

44

我们"回家"的第一个周末，格蕾西坐在餐厅的餐桌旁玩着苏西和大卫从泰国海边寄给她的贝壳。这是一部即兴表演、高潮迭起的歌剧。

一个粉色贝壳庄严地唱道："我们把孩子给你。"

一个黑色贝壳不可置信地倒抽了口冷气："你把你的孩子们给我？"

粉色贝壳回答："是的，先生。是的，先生。"

另一个贝壳——暗淡平凡的蚌壳——喊道："哦，不，我的孩子。请不要拿走我的孩子！"

我对那个蚌壳产生了意识形态上的深深认同，谁都好，但我的孩子不行。

是时候呼吸一下新鲜空气了。我提议午餐去野餐。布莱恩说："为什么不在屋里吃完饭再出去散步呢？"我给了他一个凶神恶煞的眼神。

"怎么？"他说，"我是个扫兴鬼？反对户外运动的纽约人？"

"我们仨去。"我说，"你可以待在这儿写作。"我们会去野餐，或者知道野餐的原因。加布跑到前门口，打开门。"我们去散步。"他说。然后又说："让我们去外面的世界走走。"

我装上花生酱和果酱三明治，把几个水果扔进一个包里。我可能忘了带水，或者驱蚊虫喷雾。我们在人工池塘附近找了个地方坐下来吃午饭。水边有一群闷闷不乐的鹅摇摇摆摆地兜着圈子，仿佛一队茫然无措的小丑。

格蕾西研究着它们："鹅吃不吃掉到地上的多力多滋？"

"我不知道，宝贝。"

他们看起来对加布的三明治的确有兴趣。

其中的一两只鹅拍打着翅膀拦住了我们的去路。我挥挥胳膊，发出低吼。它们的几只朋友蹒跚地走过来，是我适得其反地把它们吸引过来了吗？我又挥挥胳膊，发出尖叫。另外五六只鹅也加入了鹅群。我们突然被一群愤怒地大叫着的鹅群团团围住，它们的目标是加布沾了花生酱的手指。有好几只鹅的脑袋侵略性地探了过来，还有几只鹅的脖子向我们伸过来。鹅群嘎嘎叫着，嘶嘶低吼着，不断前进。

我开始朝鹅群的方向拳打脚踢，它们并没有退却。

在欧洲，鹅守卫着敏感的军事设施。但这些并不是训练有素的忍者鹅，而是来自加拿大。它们能有多危险呢？但它们组织严明：它们不断逼近，在我们仨周围形成密不透风的包围圈。终于，有一个我能够看到、摸到、踢到和扼住的威胁。

我会拎着它们的头，把它们抡圆了扔出好几百英里远。我会一只接一只地打败它们。

孩子们并没有像我这样把此时看作一个机会。

格蕾西拽着我的手。"我们走！"她不停地拽我，"妈妈！"

我从加布的三明治边上撕下一条，向鹅群的包围圈外扔去。很多个灰色的脑袋同时调转了方向。我们向家里跑去。

我希望孩子们不会对布莱恩提起鹅的事情，我不想加剧他的野餐妄想症。但加布一向最喜欢传播新闻，而这可是个令人着迷的头条新闻。

"爸爸！"他说，"鹅吃我。"他的小脸因为愤怒和不平而洋溢着激动的神采。

格蕾西说："妈妈要踢那些鹅，她想和它们打架，但是她没踢中。"她看起来为此又惊讶又好笑：妈妈尝试，妈妈没打中。妈妈的故事。

"妈妈要踢那些鹅？"布莱恩问道，孩子们点点头。

布莱恩看着我，半是惊骇半是崇拜。"这就是妈妈，她总是能赶上一场恶战。"

那天夜里在床上，我说："鹅的事，我很抱歉。"我以"我就说吧"的态度来审视自己，来调查自己的动机。我以为布莱恩会问为什么我把事情搞得这么复杂，带孩子们走出舒适圈来满足我自己的需求。另外，鹅是水禽，身上充满了细菌，我在此之前从来没想到过这点。

但他在被子下面握住了我的手。"没必要道歉，野餐总是伴有一定程度的风险。而且那些鹅根本不可能赢过你，你是了不起的防御者。"

我感激他这段话所表现出的大度。可能不够准确，但足够真诚。我亲昵地用鼻子蹭他，这在达勒姆是不常见的姿态，超出了我们的日常行为。他看着我："你不跟我对着干了？"

"我什么时候跟你对着干了？"

"从来了这儿就开始。"

"我的本意并不是跟你对着干。我只是拉着绳子。"

"哦，绳子。"布莱恩说，"这解释了一切。"

精疲力竭的我们没有继续谈下去。

45

几乎每天晚上，我们都要去小区里一座死气沉沉的运动场。一开始，格蕾西有点胆怯，还不能适应那些秋千、滑梯和攀登架。加布则畏缩不前，等着她来把一切搞清楚。渐渐地，她更加自信和有想象力了。

有一天，她伸直了身体，占据了管道滑梯的整个长度。就在一周以前，她在光滑的金属上找不到落脚点，像是卡通人物在疯狂地跑着，却哪也到不了。现在，她爬到了顶端，站在那里，挺起胸膛，骄傲之情溢于言表。"看啊，妈妈！我上来啦！"

加布里埃尔永远是后来的那个，往上爬，又滑下来，最后挣扎着也到了上面。他们一起探索着下面，树木的碎片，空荡荡的秋千，逐渐黑下来的天空。极细极细的一弯银色新月出现在天边，透明的薄薄一片。"蕾西，"加布说，"洋葱月亮。"

一阵感激之情袭来。在这么多可能存在的人里，我们拥有这两个对月亮表示出善意的小家伙。

除了……与我的喜悦相伴而生的，是"这个时刻可能不会出现"的念头。她有可能爬不上滑梯，他有可能不会跟着她。她有可能看不到此时的月亮，或任何其他时候的月亮。未来从我们眼前绵延开来的一长串日日夜夜，有可能急转直下，消失不见。

回到公寓大约一个月后的一天晚上，格蕾西正要去睡觉。走到一半，她在门口停下来，像把话语从肩膀上抛过去一样随意地说："你知道，我不会永远住在这儿的。总有一天我得回到另外一个家里。我得回到我真正的归宿。"

"你的归宿是哪里？"布莱恩穿过黑暗的房间凝视着她，试图读懂她的表情。她没有回答。布莱恩又问："你的归宿是哪里？"

"你醒着的时候到不了的梦之国度。"她说。

"梦之国度什么样子？"布莱恩问。

"是一座森林。我和我的姐姐跑过森林，丢了鞋子。我们得光着脚跑。然后我弄丢了我的姐姐。我得和她一起回到我的归宿。"

布莱恩给了我一个眼神，让我不要小题大做，她只是随意联想。

格蕾西抬头看看我，放松下来，但感觉到了我的紧张。"别担心，妈妈，就算我离开你了，我也依然爱你。"

你搞错了，孩子。我会离开你。当我是一具脆弱的躯壳，是一根弯曲的电线的时候。

我在门口把她抱起来，紧紧地抱着。她扭动着挣脱，把我向她的房间拉去。我把她抱上床，掖好被子。她没有光着脚在森林里跑向姐姐。她没有丢。

我打开她的壁橱。他们的鞋在里面凌乱地堆成一堆，格蕾西的平底皮凉鞋有着橘黄色的鞋带，还有加布的蜜蜂靴子。我想把其中一双举到昏昏欲睡的她面前，这是你的。你属于我们。

她睡着以后，布莱恩和我坐在沙发上喝红酒。他觉得她是在复述《绿野仙踪》的故事。"想想看，"他说，"回家得穿正确的鞋。"

"又或者，"我说，"她可能是在把自己所经历的那些可怕又不理解的事情组织在一起，创造出一个死去的姐姐，来运用始终围绕在自己身边的死亡概念。"

"也许。"布莱恩说。

你醒着的时候到不了的梦之国度。

"又或者她有预见的能力。"我说，"也许她看到有什么将要发生了。"

他看着我。冷静点。我知道，他觉得我们的任务是开始把她看成一个正常的孩子，不要把我们的恐惧和她自己的混为一谈。也许他是对的，但当我看着她的时候，我看到的是一个插着各种针头和管子、半夜被开车送去医院的孩子。我看到的是，就在离她不到十五英尺的地方，另一个孩子死去了。她从来没有见过他们，但他们的危险和他们父母的悲伤弥漫在她所呼吸的空气中。

我们上了床，一言不发。布莱恩睡着以后，我翻身侧卧，看着布莱恩睡觉。他长长的、倾斜的额头抹去了一天的生活所留下的皱纹。现在，我希望他能醒过来，和我一起担心。

布莱恩总是有种神秘的方式能够知道我在以任何特殊的情感想着他或者我们。

他睁开眼，看着我："没事吧？"

"我不知道。"我说。

"猜猜吧。"布莱恩说。这是求和的信号，给我们一个笑出来的机会。但我没有笑。

"布莱恩，"我说，"我可没劲儿——细数。"

我想解释，但我要说的内容太奇怪了——我想让你把耳朵贴在格蕾西的潜意识那玻璃墙上，聆听着信号。我想让你警惕起来。

如果让我列举一下自己交织在一起的恐惧，指出我俩从中生出的嫌隙，他会说一些安慰的话，能让一切重新恢复正轨。

但我不想恢复正轨。我想让他的内心和我一样——一片杂草丛生的田地，火柴人疯狂地绕圈跑着，双手高举，慌张地瞪圆了眼，紧攥着玉米芯烟斗。我不知道布莱恩的内心是什么样子，我很久都没有关注过了。但我肯定，如果他也有一个拿着玉米芯烟斗的小人，他一定很淡定。

"你有，"布莱恩说，"你对自己在意的事情有一万个太阳那么大的劲儿。说出来。"

"你的玉米芯烟斗小人太淡定了。"

"知道了，我的玉米芯烟斗小人。他是不是还拿着绳子？"

"我想让你和我一样担心每一件事。这就是我的愿望。"

"我认真对待你的担忧，和你共同分担。但我们必须要处在相同的精神状态下才能够心灵相通。而我觉得你没太在意我想要什么，甚至都不关注我能给予你什么。你就好像把我当成了那种慷慨的叔叔，对我礼貌性地笑笑，连馅饼都不给我吃就把我推出门去。"

我终于笑了。但布莱恩却严肃和悲伤起来。

"最近，我感觉你是假装自己还处于我们这段关系里，而实际上你并没有。好像我们在一起只是因为位置临近，而并不心甘情愿。如果你能回到西海岸，而我还能去看孩子们，我们可能就会这样做。"

我目瞪口呆，大大超出目瞪口呆所可以形容的程度。我们以前是在冰山上，但现在这是冰冷得让人无法动弹的汪洋大海。能说出这番话，他一定非常的孤独。我能理解，我也孤独。但并不只如此。

如果我理解正确的话，布莱恩的意思是，一切都可能发生，包括我不可想象的事情，包括我们分手。

你在乎的人会一个原子一个原子地经过你的身体，然后消失在虚空之中。我们看到过这种事情。有的孩子，拥有前往最远的星星然后再折回来那么多的爱，却还是从这个触手可及的世界上消失了。

"布莱恩，我爱你。"我对他说，"我想和你在一起。"

这是真的，我说着就能感受到其中的真诚。但我同时感到既僵硬又脆弱，像是包裹着薄薄一层冰壳。

我们共度第一个情人节的时候，我在一张卡片上写下菲奥娜·艾波的歌词：我的盔甲卸去，在脚边落成一叠。我的冬天在温暖面前节节败退，在我为他哼唱催眠曲的时候。

那仿佛已是十万年前。

他说得没错，从我们来到达勒姆以后，我对我们之间的关系没有任何努力，但我以为布莱恩和我有着相同的想法：在这之后会有属于我们的时间。

"我只是想，我们可以等到事情过去之后再关注彼此。而现在事情还没过去。"

"事情过去的时候告诉我。"

46

几天后，孩子们在外面的门廊上玩。格蕾西尖叫起来："退回去！走开！"我以为她是在和加布抢玩具，就没管他们。布莱恩走出去查看情况，发现格蕾西弯着腰，双手拽着加布的尿布，把他从一包鸟食旁边拖开。而加布则反抗着，挣扎着想把手伸进包装里。在他俩上方，浮着一只肚子上有红色沙漏图案的黑色大蜘蛛——黑寡妇。布莱恩把他们抱起来，走进屋里："孩子们，那可不是我们应该碰的。"他们紧紧抱住他的脖子。"别放下我们！"他没有。

"格蕾西，"布莱恩说，"干得好。你保护了你的弟弟。"

"加布，"格蕾西说，"我救了你的小命。"

"加布用他的细胞救了你的。"我说。我想让他们挽救彼此生命的努力听起来旗鼓相当。

布莱恩看了我一眼。我们不这么斤斤计较会更好。

后来，我们躺在床上，布莱恩说："我们得回到文明社会里。外面是荒野，鹅和不知分寸的虫子让我们睡不着觉，现在还加上了该死的杀人蜘蛛。"

外面，阿里克先农场修剪过的草坪在每一处接缝处都围着篱笆，树木修剪成井井有条的方尖碑形状。我翻了个白眼。

"翻白眼是蔑视的表现。"布莱恩说，"在戈特曼评分表上是非常坏的表现。"

我们最近在读《婚姻成功与失败的原因》这本书，作者就是戈特曼。

"我收回。"我说着，向另外一个方向翻了个白眼，贴近了他。

布莱恩吻了我。我很快吻了回去。随时随地，疲惫的面纱会飘然落地，我的情绪也可能不受自己的控制。

"谢谢收回。"布莱恩说。

他拿起遥控器："看吗？"

我们看了《火线》。看《火线》不能等同于做爱，但的确举足轻重。

47

为了庆祝格蕾西的四岁生日，我们安排了凯茜、斯蒂夫、伊顿和克洛伊来家里玩。他们来之前，格蕾西和伊顿通了电话。

"伊顿，你以为我还是三岁吗？"格蕾西说，"不是啦，我四岁了！"

就在他们来的前几天，格蕾西醒来之后和欧内斯特·博格宁[①]惊人的相似。这是为了防止她对加布的骨髓产生排异反应而使用的环孢霉素所导致的多毛症。毛发又黑又软，长成了菲斯特叔叔的样子：浓重的一层毛发沿着发际线和额头生长，然后向下延伸至眉毛和脸颊。布莱恩说，她看起来像小朗·钱尼演的狼人。

当她看到自己脸上的毛，她说："妈妈，有一件可怕的事

---

① 欧内斯特·博格宁，美国著名男演员。

情，我们之前没有注意到。就是这里。"她指着嘴唇上方不断加重的胡子。然后她从自己一直站在上面的桌上跳下来照镜子，喊道："伟大的跳高运动员格蕾西来了。"问题圆满解决。但晚上上床以后，她说："我知道，我会进入深深的、深深的森林，在那里，他们找不到我。"好像在解决一个无法言喻的问题。

伊顿会怎么看待她的朋友呢？狼人？

周四夜里，他们来了，开车开得精疲力竭。伊顿冲进格蕾西的房间，喊道："嗨，格蕾西。"大人们沉默地站着，偷听着，久久的沉默，然后（我们想）伊顿衡量着朋友外表的变化。最后，"你是女孩还是男孩？"

"我是女孩。"仅此而已，说自己是谁就是谁，她们对此感到心满意足。

他们在这里的最后一天，我们带着孩子们一起去了生命和科学博物馆，去参观久负盛名的蝴蝶馆。到了那里，我才意识到自己有多愚蠢。这里当然没有网子，而是一座封闭的圆形屋顶建筑，格蕾西不能进去。她不能在封闭的地方接触人群，没得商量。不能去商店，不能去电影院，不能去购物中心，甚至不能去蝴蝶馆。格蕾西觉得这很荒唐，蝴蝶能对她有什么害处呢？

她央求着要进去，当我告诉她里面有太多人，所以可能有太多细菌的时候，她说："我不会呼吸的，我保证，妈妈。"

伊顿为了表示团结，和她一起等在外面。刚才下了一场大雨，她们开始转圈跑着踏过小水洼，漫无目的。她们只是奔跑着，两个小女孩，很高兴一起淋湿了头又打湿了脚。"还记得吗？"凯茜说，"她们在科尼岛淋成了落汤鸡，还觉得这是发生在自己身上最美妙的事情。"

我想，这就是朋友：这个人能看到你的有趣之处，即便你不能去那些好玩的地方。无论你是女孩还是男孩，这个人只要略作考虑就可以全盘接受。这两个人还不会写自己的地址，也不会煎鸡蛋，却享受着彼此之间复杂的关系：她们会让彼此伤心，会原谅，会怀念，会让彼此奔跑着再次笑起来。

后来，我们在公寓的车道上与凯茜、斯蒂夫、伊顿和克洛伊道别。

他们为这次旅行买了一辆新的小型厢式旅行车。我们围在周围对它诸多帅气的功能啧啧称奇。加布和格蕾西按着按钮把自动后备厢开了关关了开。"加布，"格蕾西说，"你站在它后面，我会撞到你。"布莱恩把加布抱了起来。

孩子们在院子里玩耍着，拖延着。凯茜和我靠在他们的旅行车上，拖延着。我们都想再从这最后几分钟里挤出点时间。大人们在过去的三天一直聊着天，但我们也得喂孩子们吃饭，给他们洗澡，几乎都没有真正聊些什么。

"你们开心吗？"我用下巴指了指斯蒂夫，问道。

"大部分时候都还好。主要是周末和晚上十点以后。你呢？"

"马马虎虎和大部分时间之间算是什么类别？"

她伸出一只胳膊搂住我的肩膀，我也搂住她。我们还想说得更多，却没有时间了。

　　"你还写作吗？"

　　"还在写。"凯茜说，"在脑子里写，就在我睡着之前的五分钟里。"

　　我们笑了，同时也很悲哀。我们用来了解这个世界的时间少得令人震惊。

　　他们一家坐上车，开走了。我们一家则站在车道上挥着手。格蕾西说："我希望回到布鲁克林的时候伊顿还会认识我。"加布里埃尔看到，格蕾西的脸色随着旅行车消失在视野中而沉了下来。

　　"格蕾西，"他说，"要是我离开你，你会伤心吗？"

　　"我不知道，加布。"她说，"要是我离开你，你会伤心吗？"

　　我们不要知道。我们都维持现状就好。

48

第 100 天到了，我们没有回家。

我们就知道回不去。第 100 天是推动我们艰难跋涉的海市蜃楼。我们吹泡泡，潮湿而仍带几分凉意的夜晚最适合吹泡泡。春天把移植家庭这个特殊的群体聚集到傍晚的草坪上。我们三五成群站在一起，念叨起孩子们身上奇怪的副作用，借此作为抵御更坏情况的咒语：脱发，多毛，肌无力，脚指甲变形，真菌感染，眼部分泌物过多，细菌侵入中央输液管，没有食欲，食欲过强，听力丧失，脚部、手指和膝盖神经疾病，光敏感。还有很多很多。

我们开始每天晚上都吹泡泡：我们聊着还有多久才能回家，聊着我们都认识的家庭，细数起自己理智和不理智的恐惧。要是某个孩子再次入院或者转到 PICU，我们会聊一聊。为那个家庭感到痛苦，又带着具有负罪感的轻松，"还好不是我们"。

我们一边聊着天，一边吹着泡泡。

泡泡越大越薄越好，这成了心病。我们带了特殊的肥皂、甘油、特制的桶和复杂的吹泡泡装置，它们也可以当作套索、跳绳或者戳自己兄弟姐妹的小棍。每次，孩子们都屏住呼吸，看着我们把吹泡泡棒浸入桶里，再拿出来，滑动小棒上的圆柱体，撑开圆环。大多数时候，我们只能得到肥皂膜，上面闪动着一圈圈彩虹色的光芒，却无法形成球形。它们颤动着，只有片刻泛着涟漪胀大，然后就破了。

有一天晚上，我撑开泡泡棒上的圆环，

一个巨大的青豆形泡泡颤巍巍地浮到空中。它向上飘了一点，然后又落下来，悬在一丛还没有发芽的玫瑰丛上方。离得最近的几个孩子大声地倒吸一口气。泡泡非常美丽，出人意料。战战兢兢，又浑圆完满。"她做到了。"格蕾西说，却并无所指。我们共同屏住呼吸。泡泡的表面上各种色彩打着转，它随时可能破灭，它一定会破灭，但此时此刻，它是我们的荣耀。

一天晚上，我们在吹完泡泡回家的路上碰到了瓦伦宝贝。他最近刚出院，大大的棕色眼睛充满好奇和活力，但身体却很平静。他拥有一个从出生开始就被父母抱在怀里、悉心安抚、为人期待和细心照料的婴儿所特有的深刻而放松的情感。没有什么让他焦虑和烦躁。他出生的头一年，拉米亚从来没有和他分开超过两个小时。说起儿子，迪帕克会露出灿烂的笑容，就像我那张海报上的男人，放射出柔和的色彩。

拉米亚、迪帕克和我站在一起聊着天，瓦伦用胖乎乎的小拳头捶着塑料托盘，为自己制造出来的声音而感到既愉快又骄傲。我和拉米亚交换着其他移植家庭的药物水平、检查结果和信息。我把吹泡泡的地方告诉了拉米亚。"明天去那儿吧，"我说，"那儿很不错，我们刚去过。"

"我们会去的。"拉米亚说。

孩子们躁动不安。"我们走走走走走走吧。"格蕾西说，"虫子听起来吓死人了。"

我对拉米亚道了歉，开始向家走去。

树林从三面环绕着小区，满是昆虫的勃勃生机，虫子的叽叽喳喳和嗡嗡声让孩子们又害怕又兴奋。我有一种感觉，只要越过沥青路的边缘，就是一个野性无序的世界，什么事情都可能发生。他们想走进那个世界。但他们没有。我们继续向前走去。

孩子们睡觉以后，布莱恩和我坐在门廊上。他转身面向我。"你觉得她通过游戏来排解自己的恐惧，"他说，"我同意你的看法。她那些可怜的娃娃是我所知道的最走投无路和多灾多难的人。"

"谢谢。"我说，"我也同意你的看法。"

"什么看法？"

"就是，你知道，慷慨的叔叔没馅饼吃。"

他笑了。"接着说，"他说，"再说说这个不得志的叔叔。"

你永远没法模棱两可地对布莱恩道歉。你一定要具体，要真诚，要全力以赴。这真让人生气。但同时，也真是太好了。

大约一周以后，也是晚上在小区里散步的时候，我们又碰到了拉米亚和瓦伦。瓦伦在婴儿车里睡着了，大眼睛闭了起来。"他在发低烧。"拉米亚说，"迪帕克一到家我就带他去医院。"

后来，拉米亚打电话说："我们又住院了。"第二天，她给我发了一条信息："我们进了PICU。"

我害怕去PICU。那里的候诊室是整个医院最冷冰冰的地方，也是用得最多的地方。父母们不被允许在PICU里睡觉，所以他们跌跌撞撞地出来休息一两个小时，然后再回到孩子的床边。烦躁不安的父母左右偏斜的头给躺椅的靠背留下了污渍。总是至少有一张椅子向门口倾斜着，仿佛有人从上面一跃而起。其他椅子则被推到一起，搭成无法入眠的小床。这是一个令人可怜的地方，容纳着心情最差的人们。

我第一次去的时候，拉米亚到候诊室见我。我们聊了聊天，她告诉我瓦伦的情况很不稳定。他的肺有问题，呼吸机的设置值很高。他们希望能很快降下来。我问能不能看看他，拉米亚说："我们等下次吧，拜托了。"

我能理解，或者我以为我能理解。如果我的孩子上了呼吸机，我也想保护他们在别人心目中的形象。我不想让任何人看到他们面目全非的样子。所以，我的心里保留着最后一次见到瓦伦时他的样子，肉乎乎的小拳头砸着婴儿车的托盘，棕色的眼睛扫视着拉米亚的脸庞，扫过格蕾西，扫过加布，但最后总是回到拉米亚身上。拉米亚，他的北极星。

我第二次去的时候，拉米亚请我进入病房。瓦伦的身体卡在机器和管子中间。被单下的身体小小的，随着呼吸机的节奏而颤抖着。他闭着眼，但眼皮经常颤动。

迪帕克也在。我看着他们在房间里走动，彼此擦身而过，俯身亲吻瓦伦，抚摸他的脸颊。迪帕克抚摸着拉米亚的后背，很随意，却有意为之。充满爱意的抚摸，传递着支持和温柔。我惊讶于他在全心全意给儿子奉献的同时，内心竟然还有力量给予妻子任何情感。母亲和父亲身处地狱，却并肩战斗。迪帕克把手放在拉米亚背上的时候，她抬头看着他，脸上的神色像是承认他们的痛苦，没有气势汹汹的责难，而只有理解。他们的痛苦并没有使他们疏远，而是让他们亲近。如果他们之间爱的引力这么强，那它一定能让瓦伦留下来。像这样，一定可以的，我告诉自己。

几天后，瓦伦下了呼吸机，这简直是个奇迹。他从 PICU 回到移植病区。他在康复，摆脱了那些可怕的、发抖的机器。他对父母微笑，嘴里快速地胡言乱语着。他还住在医院里，没有完全脱离危险，但在逐渐好转。

49

　　我们一直去医院，检查各种药物水平，或者给格蕾西检查，看有没有感染细菌。一天下午，护士苏俯身听着格蕾西的肺部。我们充满担心地来到医院：格蕾西开始咳嗽了。她皱起眉，撇着嘴，伸出一根手指示意加布安静下来。他正把我的围巾当作降落伞，嘴里还不住模仿声响。我身上一冷，警觉起来。脚下的地板突然有了浓得化不开的质感。

　　"别玩了。"我说着，用力把围巾从他的手里夺走。然后问苏："你听到了什么？"

　　"只是有点罗音，在左侧肺。"

　　苏进行了浅呼吸快速指数（RSB）检查：普通呼吸病毒结果呈阳性。好了，我想，这就开始了，左侧肺几声罗音，普通的感冒，但威力非常。没有外部的协助，格蕾西的身体抵抗不了普通的感冒。我们疯狂地打扫着，避免着细菌，就是为了让她远离感冒，而她还是感冒了。

每个移植后的孩子家长都担心肺的问题，在所有问题中最担心孩子的肺部。我给布莱恩打了电话："她的肺有罗音。"

"哪边？"他问。

"左边。"

"他们现在在干什么？"

"免疫促进输液，苏说他们会密切观察。"

"好，他们让你们住院还是回家？"

"还不确定。"

布莱恩在医院和我们碰头，把加布接回家。走之前，布莱恩亲了亲格蕾西的头，说："记得让妈妈给你买点机器里的好吃的。"然后，他和加布离开了。我想和他们一起走——回家去吃晚饭，洗澡，上床，喝红酒，吃黑巧克力，看无脑的电视节目——但输液还需要几个小时。

格蕾西放松又无力地看着电视，不时发出尖锐的咳嗽声。我不停地想起移植之前最开始几次来医院时候遇到的那一家人。那个来自爱尔兰的小女孩发出短促的咳嗽声，咳出的血染红了她母亲的上衣，医生和护士围在她身边忙碌的时候我抱他的弟弟抱了一个小时。我一定是在格蕾西发出一声咳嗽之后给了她一个阴郁的眼神，因为她问："怎么了？妈妈，你生气了吗？"

"我没有生气，宝贝。"

将近午夜的时候，她终于输完了液。穿过大堂的时候，格蕾西想坐一个静静停在角落的轮椅。我不喜欢让她显得病恹恹的。但她今天度过了难过的一天，我想想让她开心，于是说："好吧。"

她爬上座椅，发出一声喘息和一声短促的咳嗽。来吧，左肺，跟上。

夜深了，她没怎么吃晚饭，一整天都连在一小份一小份给药的机器上。但她的情绪很好。我们穿过双开门，走进停车场。我深深地吸了一口潮湿而温暖的空气，这是充满生机的空气，充满了达勒姆之春不计其数的绿色植物成百上千万的呼吸所制造的氧气。这当然比医院里不流通的空气对她要好一些。医院，真是个坏主意，除非你需要它。我们的头顶，一颗孤零零的星星在黑暗的苍穹上射出一点银光。我停下推轮椅的步伐，为她祈祷，也为仍然身处这座建筑中的瓦伦祈祷。

格蕾西注意到我们停了下来，想知道原因。我说我在为一个小男孩祈祷，他生病了，今天晚上要住在医院。

格蕾西问："谁病了？"

"一个小男孩。"我说道。我不想告诉她，希望她能别再追问。

"他为什么生病了？"

我说没什么理由，就是生病了，有时候就是这样。她却并不满足。

"告诉我为什么。"

我强调，她，格蕾西，已经康复到可以回家了，而且我们并不总是知道为什么。

"那个小东西跟着我们。"她说着，抬手指着那颗星星。

我们回家的路上，她说："你猜怎么样？是魔法。那个小东西在跟着我们呢。"过了一会儿，她又说："妈妈，你猜不到，它现在在云后面，然后又出来了。这难道不是魔法吗？"我不知道什么是魔法，什么不是。我不知道为什么我们可以开车回家，聊着星星，而瓦伦却不能。我不知道能依靠什么，格蕾西的咳嗽会不会恶化，或者第二天早上就好了。

我在焦虑不安中向家里开去。这个世界具有令人沉醉的美丽、与生俱来的智慧和开诚布公的残酷。在这个世界上，我们又算什么呢？

我试着接受这些共存的事实：瓦伦下了呼吸机，不过还没回家；格蕾西开始咳嗽，随时可能恶化；夜空永远那样无动于衷，又那样美丽。

第二天早上，春天突然就来了。那些鹅，有着优雅的深灰色羽冠，光滑的羽毛，聚集在我们的门廊上，在彼此耳边咕咕作声，仿佛害了相思病的少年。格蕾西好些了，她本来可能恶化，这有可能发生，但她好些了。感谢上帝，感谢每一位神祇。

瓦伦本来在逐渐康复，但突然之间，病情又恶化了。他又转到楼上的PICU，重新连上了呼吸机。然后病情不断恶化。波比来电话的时候，我正在开车去医院看他的路上，格蕾西也在车上。我们计划的是，在我上楼去见拉米亚的时候，波比看着格蕾西。看到波比来电，我把车停在杜克森林边上。身边车来车往，收音机里播放着布鲁斯·斯普林斯迪恩的歌。格蕾西在自己的座椅里表演着嘻哈动作，胳膊猛然抬起，肩膀放下。

"别来。"波比说，"回家去。"

我懂了，但我并不想懂。我知道，她的意思是，瓦伦走了。这不可能。但的确是真的。

"迪帕克和拉米亚在一起吗？"

"是的，他们都在这儿。"

我感到一声抽泣哽在胸口。波比一定比我们任何人都听到过更多的悲伤，她也最乐于聆听别人的悲伤。

但格蕾西不行。

"谢谢你告诉我，波比。"说完，我挂了电话。

"怎么了？"格蕾西问，"他们说了什么？"

我知道我不该回头。我知道她会看到我脸上的悲伤和恐惧，但我不想做唯一知道这个消息的人。我根本不想知道。

"怎么了？"她又问。

我解开安全带，"待在车里。坐在你的座位上。我很快就回来，我保证，等会儿你会看到我的。"我下了车，往前走了几步，转身对她挥挥手。她也对我挥挥手，不明白这是在做什么。是游戏吗？我又往前走了几英尺。挥手，挥手。我走进了树林。

我的周围是南方的春天里令人憎恶的生机勃勃——光滑柔

嫩得仿佛打过一层蜡的绿叶，垂柳那黄绿色的面纱，山茱萸树绽开无邪的白花，紫藤沉浸在温暖的光芒中。万里无云的蓝色天空撕碎了层层叠叠的银绿色树叶。

渐次蓬勃的生命容不下死亡。

我的每个原子都在拒绝这种可能性，将它绝对驱逐。

北美脂松，猩红栎，矮桦，弗吉尼亚松，美国水松。如同树木的哨兵，秘不可知，寂静无言。

告诉我为什么。

我走得离车足够远，格蕾西听不到我，而且远得让她担心了。我能看到她眯着眼皱着眉朝我这边看。我一脚踢在最近的树上。去你妈的。我的脚好像并不属于身体。我对树又踢又打又扇。我的脚上穿着运动鞋，一下下重击感觉麻木而不满足。我的脚踝开始抽痛，但我仍然踢打着。

头顶上一对北美黑啄木鸟镇定自若地啄击着树干。两个脑袋同步地一前一后，头顶红色羽冠醒目地颤动着。走开，我挥舞着胳膊。它们却仍然啄着洞。走！依然如故。

我的脚麻了。我一瘸一拐地回到车上。

"怎么了？"格蕾西问，"你很难过吗？还是很生气？"

"我既难过又生气。"

"为什么？"她看着我，那是一种毫不动摇而直指人心的凝视，"告诉我。"

她才四岁。我没法在告诉她这件事的同时不向她指出这也可能发生在她自己身上。她能感受到我对她避而不谈的关键信息。

"现在就告诉我。"

"我会的，宝贝。"我说，"总有一天我会告诉你的。"

但我不会告诉她。我会告诉布莱恩和我妈妈，我会告诉凯茜和凯西。我会告诉苏西，每次我们长途打电话的时候，她都会说："把一切都告诉我。"我会给她讲，我最后一次见到瓦伦的时候，他的身体如何随着呼吸机的震颤而颤抖着，我是如何感受着他右手大拇指脉搏的跳动，他们是如何向他的眼睛里注入凝胶以保持湿润，还有他脚上的瘀青。我会告诉她，迪帕克是如何触摸着拉米亚的后背。

我会告诉任何愿意听我讲的人，瓦伦有多漂亮，他被那些机器折磨得有多惨，他是如何倍受宠爱，又是如何离去。我会告诉所有人，除了格蕾西。

第一个在我们病区死去的孩子凯尔离开的那一天，我想知道一切。而现在，我却有了与那时截然相反的情感。对于瓦伦，我不想知道。

到家以后，格蕾西跑向布莱恩："我们不是医院人，我们是家里人。"

他抱起她，用鼻子蹭蹭："你是家里人！"

"是的，但是妈妈既难过又生气。"

他放下格蕾西，她蹦蹦跳跳地跑去找加布了。他看着我，我投入他的怀里。

"瓦伦死了。"我在他耳边说。

"我的天。"他说,"亲爱的,我非常难过。"

"我也是。"我们在那里站了一会儿。然后我离开他的怀抱,走进我们的卧室。

我关上门,躺在床上。布莱恩也跟着走进来,躺在我的身边。他握住我的手。我翻过身,后背对着他。他也翻了个身,抱着我。我躲开了。而他重复了刚才的动作,拉近了我们之间的距离。

"我做不到。"我说。我不知道自己做不到什么。作为一个母亲,自己的孩子活着,而其他孩子死去了。作为一个母亲,从来不相信自己的孩子是安全的。让我自己承受这些痛苦吧,与其他人无关。

"我做不到。"我重复一遍。

"亲爱的,"布莱恩说,"恕我不能赞同。我想你做得到。我想你已经做到了。"

我转过身。他在哭,我也在哭。孩子们在客厅看电视。他双手捧住我的脸。

我知道布莱恩不会放弃,会跟着我哪怕走到天涯海角。

"世界颠倒了。"我说,"他们是我见过的最善良的人。"

"没错。"

"这不是上帝的意愿。那又是谁的意愿呢?"

"没有人想这样做,亲爱的。"

"上帝创造了树叶和河流，还有什么鬼分子结构，还有大麦田。半圆顶和软蓬蓬的云彩足够把你切成两半。但不是意愿。我不相信。"

　　"你不相信。"

　　"人才有意愿。我们可以随意对待别人。"

　　"我们可以。"

　　我相信 PICU 里迪帕克放在拉米亚后背上的手。我相信其中的圣洁，那是有所选择的温柔所造就的避难所。

　　彼此对视着说"是的"让我害怕。这是我们最终发现的事情。我相信布莱恩。他对我们的爱无边无际，永不止息。我对他、对孩子们的爱也是如此。这一切都生发于我们的二人世界中——从手到脸，从脸到大腿，从胳膊到腿——无论多长时间，只要足够让你想起你是谁，某个人对于你来说又是谁就好。只要能够被召唤回家就好。嘿，记住我，我是你的，你是我的。

　　拉米亚和迪帕克离开的前一天，我去公寓里看他们。他们在收拾行李准备回家。拉米亚给我讲了瓦伦的追思会，也告诉我这对他们来说是多么有意义。迪帕克带着惊讶和感激一再重复着殡仪馆减免了他们的费用。我非常震惊，拉米亚和迪帕克能注意到这一点。如果是我失去了孩子，我所能想象的只是伤害这个世界。但他们不是这样，他们给其他的移植家庭留下了一大堆医学用品和罐头食物。他们扫视着房间，问我有没有什么能用得上的。

最重要的是，他们一直问起其他的孩子，问起格蕾西。拉米亚很关心他们。如果有什么发生了变化，那就是拉米亚对格蕾西更关心了。

"她挺好的。"我说。拉米亚笑了，我也笑了，然后我们都哭了。

我离开的时候，迪帕克告诉我，他的表兄弟会过来陪他们开车回家。"我们是三个人来到这里的，不能只有两个人回去。"

没有任何词语来形容失去了孩子的母亲或者父亲。如果你失去了配偶，人们会称你为寡妇或者鳏夫。但如果你失去了孩子，你仍然是一位母亲或者父亲。没有任何词语来形容这个状态，因为我们拒绝对这种可能性让步，割让我们的权威。这种痛苦无法言喻。如果我们叫不出他的名字，它就不会发生。但它发生了。

50

我们快要离开达勒姆的时候，布莱恩的妈妈塔莎来看我们。她在这里的最后一天晚上，我们带她和孩子们去附近玩，一排排的野餐桌，摆放在漂亮的小花园里。在一片紫藤的花幕后面，格蕾西找到了一片蒲公英。

"加布，这些花是心愿。"格蕾西说。

"我们把心愿吃掉吧！"

"不，它们是用来吹的。"

格蕾西拔起一根蒲公英，轻轻吹向它纤细的白色顶部。"我希望成为一匹小马，从不想成为别的，只是小马。"

他们开始四肢着地玩耍起来，手掌翻着土地，把头扬向空中，嘴唇触碰着草地假装在吃草。在暮色中，他们前倾弯曲的脖子犹如两座苍白的小桥。

塔莎看看她们，又看看我们，说："所以，她没事了？"

"她没事了。"布莱恩说。

"那你们到底还在这儿干什么？"

典型的塔莎风格，一针见血。

"我们害怕离开。"布莱恩说。这是真的，和当时害怕来这里一样，我们几乎害怕离开。杜克是我们的安全毯。

"但她没事了？"塔莎又重复了一遍。

"是的，她没事了。"

"那么，"塔莎说，"你俩干得不错。"

说实话，格蕾西脱离危险的那一刻是不可见的。我们在毫不知情的情况下已经度过了很多次。移植就是这样，很少有清晰的界线。你的孩子肿胀、光头、在疼痛中受罪，但他们还是让你们出院了，告诉你们远离人群。你的孩子重新长出头发，可以同时和两个人聊天，但重感冒仍然能要她的命。

对孩子得了重病的家长来说，恐惧从不曾止息，即便孩子赢了游泳比赛、在一家大公司跳芭蕾或者有了自己的孩子，也不例外。另一只鞋永远悬在他们的头顶，够不到，却随时准备掉下来。

同样，在漫长而让人备受折磨的一段时间以后，和伴侣回归亲密的互相理解状态并不在一夕之间。对布莱恩和我来说，这个过程缓慢而痛苦，常常一连很多天都无知无觉，而且少有连续。

我记得有一次，布莱恩从纽约给我带来了一件意想不到的礼物——一条项链，一条美丽的镶着珍珠的短项链，和他以前给我买的东西都不一样。银制的项链，看起来和摸起来都像蕾丝一样，是他在大都会博物馆的礼品商店买的，非常珍贵，与一切无关，却与一切都有关。

布莱恩总是求我告诉他，我生日想要什么礼物，圣诞节想要什么礼物。他在塔吉特的货架间闲逛，对我说："把你喜欢的小玩意儿指给我看（问题是我不喜欢小玩意儿）。"布莱恩会在一个小黑本上把孩子们或者我喜欢吃的东西记下来，而这次，他冒了个险。

他给我买了一件东西，明白表示着，在我眼里你是这样的。

与项链同时交给我的还有一张纸条：你是我的开始和终结。

我戴上项链的时候哭了。戴着它，我感觉自己拥有了来自另一时空和地域的优雅。仿佛是属于旧世界的地方，文质彬彬，也许是布拉格，反正绝不是达勒姆。我们去了市中心一家舒适的法国餐厅"红酒"吃晚饭。

"一个会给自己的伴侣买这种项链的男人也许相信，他们并不只是物理上接近而已。"我说。

布莱恩用两根手指触摸着我的脸颊，然后下滑到我的喉咙，然后抚上项链："也许。"

我们的腿在桌下交缠。我是你的，你是我的。

我们初次坐在一个房间里的情景展现在我们眼前，我无法直视他的眼睛，只是低头咧着嘴傻笑。还有在第十二街他第一次吻我的情景，他靠过来，自信得令人震惊，又让人战栗："现在我要吻你了。"这是相互承认的吻，哦，你好。还有我独自一人走在我长大的那间房子后面的山上，一手拎着布莱恩的网球鞋，另一只手拿着宣示格蕾西存在的验孕棒。还有他在中餐厅里从我手中夺走那张二十美元钞票的情景，但同样还有我生孩子的时候他在电话里说的"我爱你"，仿佛这句话能够让五个月的分离消失无踪，如同火舌吞噬一张餐巾纸。还有他第一次见到女儿的样子，她四个月大，穿着玫瑰花蕾图案的婴儿服，他静静地流着泪，生怕打扰她。还有他不在时格蕾西每次输液时的哭喊，和他在场时颈静脉的那次输液。还有我们刚和好的时候，布莱恩对我余怒的克制，还有发现我怀了加布时的喜悦。加布穿着蜜蜂靴子，做个小马，老虎。加布带着胜利的神色站在另一侧就是车水马龙的宽篱笆旁边。加布混乱地喊着自己发明的唔哩巴巴。还有我们对格蕾西永远不会完全康复的恐惧，以及对她已经康复的坚信。我们之间充溢着对那些孩子的哀挽，他们死去了，永远也不会回来，然而永远也不会被忘记。我们之间还有未来，有我们老了之后、孩子们离开家之后的样子，还有我们挚爱的两个小人儿的未来，他们会成为什么样的人，他们会从现在的样子成长成什么样子。

所有这些都回荡在我的手掌和布莱恩的大腿之间那处小小的空间里。

布莱恩举起红酒杯，我们碰杯，圆弧形的杯壁与杯壁相碰，然后顿住。"敬终结，"布莱恩说，"也敬开始。"

家

Home

尾　声

移植结束后不久，完全结束或者说彻底结束之后，布莱恩和我住在塔马林郡的一座小屋里，有一座伸展在塔玛佩斯山上的露台。那是我长大的地方，也是我们的两个孩子出生的地方。我们两个人站在露台上，在夏夜里包裹塔玛佩斯山的黑暗和雾气中，单膝跪地，先是布莱恩，后是我，询问对方愿不愿意与自己结婚。答案在过去、现在和未来都不曾改变，我愿意。

一年后，孩子们分别五岁和三岁的时候，我们在那座同样俯瞰大海的小屋举行了婚礼。格蕾西是戒童，加布里埃尔是花童。在走上红毯的关键时刻，格蕾西扛不住压力，哭了起来。仪式举行到一半，就得把加布里埃尔抱起来。这和我想象的乐队伴奏的优雅婚礼大相径庭，但依然非常美好。

十一年前，我们离开了达勒姆。一直以来，格蕾西都始终平安无事，她痊愈了。这是我们生命的礼物：我们能做梦，能醒来，能吃早饭，一切都是因为我们的孩子活下来了。她活下来了。

和很多很多其他的孩子不同，她活下来了。

有一件事与我如影随形，我却不愿想起：我能记得我们所在的那个移植病区里的十六间病房里每一个死去孩子的名字。

我仍然不知道，除了无时无刻祈祷他们的灵魂长存之外，我该如何对待这一切。谢谢，对不起，对不起。谢谢。谢谢。

格蕾西十四岁了，有一头赤褐色的头发，就像长发公主的头发一样闪亮耀眼，波浪一样披散过腰间。她有腰！你可能不知道，穿着迷彩色工装裤和松垮的格子衫。她有种狡黠的幽默感，还不顾一切地热爱着皮卡德船长①。她是个小书虫，在学校里大家叫她艾米莉亚。她睡得晚，睡得沉，也是我们的秘密作家，永远都在改写着一本书的第一句话，她希望日后能够完成。"我想当个作家，"她说，"如果我写得足够好的话。"

加布里埃尔十二岁了，留着披头士乐队 1964 年第一次来美国时的那种蓬乱的刘海。他热爱约翰·列侬和弗兰克·盖里。他对世界充满好奇。十二岁的他和两岁的时候一样，是我们精力充沛的儿子，没完没了地提问题。如果你重新编辑一首歌，改写了一句歌词或者一个字眼儿或者一段曲调，它会变成什么样？如果你能一直一直重复人生中的一分钟，你会选择哪一分钟？如果你能创造任何真实存在的东西，你会选择成为什么的创造者？

---

① 皮卡德船长，电影《星际迷航》中的角色。

呃，你。

我们接受了我们的命运，我们的幸福。这不是我们挣来的，也不可能知道我们有没有资格拥有，但我们双手紧紧抓住了它。可是，我们知道，没有什么是永恒不变的，财富、健康、美梦和早上的咖啡，女儿或者儿子、丈夫、情人、朋友、母亲。任何事，一切，都可能被夺走，回到它们的来处。

2012 年，飓风桑迪吹倒了我家院子里的一棵树。树倒下来的时候断了一根树枝，大风把树枝吹了起来，在半空中转了个方向，参差不齐的断面朝前，标枪一般插进了我们房子最大的一扇窗户。碎玻璃片飞溅在卧室的地板上，小玻璃碴掉进了窗帘里、抽屉里、地毯的凹陷中，还有我们种的植物那柔软的土壤里。我们瑟瑟发抖，四个人一起躲在床上的一床厚被子下面。我们没事，但这提醒我们，看似完整的事物可能在须臾之间变成碎片。

几个月前，我们的梦想家和读书大师格蕾西在吃早餐时从书中抬起头，问："你会为了救我的命去死吗？"

加布里埃尔停下了自己意识流的谈话，确保自己也参与进来。"是啊，你会宁愿吃枪子儿吗？"加布作为我们的第二个孩子，而且有个接受了移植手术的姐姐，永远都在思考自己是不是获得了和姐姐一样多的爱。他们都想知道：你们最爱谁？你们会先救谁？你们会为我去死吗？死得很惨？在这个问题背后还隐藏着另一个更大的问题：你能保护我吗？你有办法保证我的安全吗？我是孤身一人吗？

"也许会吧，"我说，"尤其你求我的话。"他们都翻了个白眼。我应该更认真地对待他们的问题。我应该说实话，那就是，我愿意在任何地方做任何事来救他们。但那样的话我就不得不承认一个必然的真相：有些事情我做不到。谁也做不到。

布莱恩和我应该处在应接不暇的感恩之中，为我们的运气感到惊讶，一周七天，一天二十四小时，毫不停歇。但我们不是。如果你和我们坐在一起，让我们聊天，戳破表面，你看到的是——瞠目结舌的幸福。但同时我们开车送孩子上学，争论谁有足够的时间花在写作上，每周三晚上带格蕾西去上表演课。洗衣服，吃饭，如果幸运的话，还有玄关的一个吻。

我们的相处毫无效率，漫无目的，但与此同时，我们却也深深知道，这一切都可能是完全相反的模样。

我们过着自己的生活，看着格蕾西过她的生活，满怀着劫后余生的喜悦：我们曾经探身越出世界的边缘，俯瞰着我们所不可及的黑暗空间，呼吸着一片虚空——稀薄、空洞、无菌的空气无法滋养你——然后站定身子，回到有着重力、氧气、古老的大树和深深的蔚蓝海洋的世界。

格蕾西对自己的过去泰然处之。八岁的时候，她说："我过去生病了，但是如果我不告诉你，你就不知道。你会觉得我是个普通的孩子，除非看到这些。"她撩起衬衫，给我们展示胸口上的两只海星。这些还有"管管"曾经进入她身体的伤疤，那是唯一能够展示她曾经经历过什么的外在标记。她并没有特意去寻找能够遮住它们的泳衣。她随意地带着这两个模糊不清的粉色海星：它们是对她活下来的肯定。

不像加布那样喜欢跟人打交道，格蕾西更安静些。她喜欢独处，常常看起来像在聆听来自地下平原的声音。

我希望她听到的是幸福的指令、幸福的蓝图。

但我并不认为有所谓的幸福蓝图。如果说我们主动追寻幸福的话，那也是意外才找到了它。我们在前往别处的路上被它绊倒，它交织在最意外的情况里。有时候，我们沉浸在自己的感受中：我的天，多好的酒，多好的朋友，烟的味道汇集着性爱的眩晕、怀旧的期待和最原始的安乐。其他时候，我们所拥有的是安静的幸福，反直觉的幸福。

在伯克希尔的一座山顶上，看着你的孩子从你身边跑开，穿过站在夹道道别和给予美好祝愿的家长，你会感到一种复杂的喜悦。营员们从家长们高举起的胳膊下面跑过。"欢笑。"一位家长说。"睡眠。"另一位说。"相信虫子的生活。""鸟鸣。""在河边玩。""朋友。""无遮无碍的思想。""纯洁的爱情。"然后又是："欢笑。"

"别被蜱虫咬了。"布莱恩在我耳边轻声说，"也别招上别的什么虫子。"

"幸福。"我喊道。但太迟了。

格蕾西和加布里埃尔背着大包，带着伤疤，带着他们自己没有喊出的愿望，已经经过我们身边，抵达了山顶。他们可以看到山的那一边，然后他们没有回头。

后　记

　　描述真相是不可能完成的任务。但是，我在这些书页所记述的旅途中做了很多记录：起先是给未出世的孩子所写的信，然后是博客。我尽量不归因于语言，特别是对于孩子们来说，除非我逐字逐句地记录下他们的话语。在一些地方，我选择使用化名或修改了典型特征细节。但我并没有把他们混为一谈。当我写一个孩子的时候，我清楚地知道他是谁，不管我有没有用他的真实姓名。我知道我们在达勒姆照顾过的每一个孩子的名字，也知道每一个死去的孩子的名字，我记得你们。

　　最后一个想法和希望：格蕾西的移植完成以后，布莱恩的姐姐被诊断出得了白血病，需要干细胞移植才能活下去。不幸的是，布莱恩不能像加布里埃尔对格蕾西那样给梅琳达配型，但洛杉矶附近一位好心的小伙子则为她提供了配型。这位年轻人拯救了梅琳达的生命：我们也可以为别人做到这一点。我敦促这本书的每一位读者都去注册成为骨髓干细胞捐献者。注册的方式简单无痛，只是在嘴上轻轻一擦，就有可能在不损害自己健康的前提下延续别人的生命。

致　谢

　　写作散发着孤独艺术的光芒，但任何一位完成一部手稿的作者都知道，这其中实则汇集了许多人的思想、手、眼睛和情感。对我来说，我还应该感谢许多人，帮助我们度过书中所描写的这些事并活下来，然后我才能够把它们都写下来。

　　我的妈妈，杰西卡·弗莱恩和我的弟弟们，伊凡和迪伦·弗莱恩，他们在我最需要的时候在家里给了我一席之地。

　　还有那些帮助格蕾西活过人生最初五个年头的医生和护士们。他们的专业精神、高超的医术和充满同情的举动让我们承受住了生命不可承受之重。这些人包括：埃里克·斯各医生和马林综合医院新生儿及儿科病房的医护人员们；加利福尼亚大学旧金山分校医学中心的玛丽安·科尔普尔医生；"儿科替代疗法"的斯塔西亚·科耐特医生、林迪·伍德阿尔德医生；纽约大学的马克·赛格尔医生；国家卫生研究所的布兰奇·阿尔特医生；哈肯萨克医学中心的乔尔·布洛克斯坦医生；波士顿儿童医院的萨姆·勒克斯医生；以及乔安娜·库兹伯格医生和杜克儿童血液和骨髓移植项目的整个团队。特别是负责照顾格蕾西的护士们，他们为我们一家带来了无法计量的友善（比如波比·卡拉赫）。"谢谢"无法表达出我们的感受，但我们每一天的每一刻，都在感恩。

我们的朋友和家人在我们身边形成了保护网，帮我们撑过移植，也度过移植后的日子。他们包括：布莱恩的妈妈塔莎·莫顿；布莱恩的姐姐梅琳达·莫顿·伊林沃思一家；我的父亲霍华德·哈芬和他的妻子露易丝·哈芬；我的继母玛丽·哈芬（我一直低语着把它写下来）；我的妹妹霍莉·罗特鲁维兹和继母带来的兄弟姐妹：布莱恩·伊万斯、德比·伊万斯还有杰森·伊万斯，阳光的男孩，但离去得太早；对我们关怀备至的两家希腊亲戚：马诺里斯一家和卡尔桑特一家；苏西·亚当斯和大卫·克雷曼；马克·列文森和梅丽莎·布朗；大卫和林恩·库敏；克里斯蒂·斯派萨德一家；霍威和克里斯滕·怕恩斯；史蒂夫和凯茜·希尔斯；安和梅·伍兹，恢复健康后交的头两位朋友；弗吉尼亚·维奇和莱斯利·吉布森，一个带我们进入这个世界，另一个领我们脱身离开；还有我们挚爱的莎拉·劳伦斯学院、《异议》杂志编辑部、创意艺术团队和世界学院西区。

丽塔·德尔芬娜和《纽约邮报》的编辑团队把格蕾西的困

境呈现在读者面前，激励很多纽约人为这个素昧平生的小女孩捐款治病。儿童器官捐献协会恰当地管理了这笔基金。

有时候，生命中英雄般的力量并不曾出现在纸面上：丹妮丝·鲁宾菲尔德推迟了研究生的深造计划，陪伴我们一家来到达勒姆，用她的幽默和爱意照料着加布里埃尔。她年仅二十二岁，自己没有孩子，却在做妈妈这件事上教会了我许多许多。娜迪亚和娜迪恩·巴茨这对双胞胎有着同样善良的心灵，也在达勒姆照顾过加布里埃尔和格蕾西。还有艾米莉亚·马丁，她就像我们的卫星姐妹或女儿，给我们的餐桌带来欢笑和启迪。

我们也对两处少有而很好培养了两个孩子的环境心存感激——莎拉·劳伦斯学院的早期儿童中心和西奈亚克蓝石学院——在这两个地方，格蕾西和加布里埃尔以最好的方式重新学会做普通人。

黛博拉·梅罗拉、露丝·扎坡拉和戴布·玛戈林这三位老师和引路人的艺术在我对人格、戏剧、语言、故事和创意性创造的理解上留下了深刻的效果。虽然她们并没有读过这本书的草稿，但她们也帮我写就了这本书。

凯茜·塔尼克的诗意的想象和依靠潜意识来唤醒最好的自己这种想法从我十岁的时候就一直激励着我。希望这一思想在本书中也能够跃然纸上。

凯撒琳·麦德维克在《更多》杂志上为本书的早期版本开辟了专栏。吉姆·拉尔森、佩妮·沃夫森、凯特·雷诺兹和芭芭拉·费恩伯格组成了写作小组，信奉使人自由的理念：把一切都写下来，之后再删就行了。特别要说的是，芭芭拉优美的散文、全心投入的阅读和每天坐下来写作这一具有感染力的习惯，都激励我笔耕不辍。

克里斯蒂·戴维斯举起连贯性的大刀对这本书做了修改，削去枯枝，并温柔地要求我注入更真实的感情。没有她，这本书不会是今天这个样子。

劳伦·维恩，哦，她慷慨地通读了早期版本，并将我推荐给了莎拉·伯恩斯——她是所有作家的梦想，也是帮我实现我自己梦想的人。莎拉对这本书不可想象的热忱让我坐下来重新修改，以让它变得更像她心目中的那本书。她是强悍的倡议者，是有力的斗士，也是我们内心深处都想要的仙女教母。

在霍尔特出版公司，卡洛琳·赞肯对自己所负责作品的深切敬意使她带着医生誓言般的精神进行编辑，无损于病人为先。同时，她让这本书更清晰、更复杂，也更具新意。霍尔特出版公司还有很多奇迹的缔造者，包括凯利·库伦、玛姬·理查兹、艾瑞尔·库珀、杰森·列伯曼、杰西卡·怀纳、吉利安·布雷克、莫莉·布鲁姆、梅丽尔·列瓦韦、凯伦·霍顿、特雷西·洛克、薇琪·海尔，当然还有史蒂夫·鲁宾。霍尔特出版公司在每个转折时刻的热情让我感觉这里好像我的家一样。

对于他们与我分享生命中最艰难的时刻所表现出的宽容和慷慨，我对杰克·彼得森一家与拉米亚和迪帕克·巴斯卡兰的感激之情无以言表。

最后，我要将最深切的感激之情献给我的家人。感谢他们对我不能和他们在一起的耐心，我总是忙于做很多事情，比如做蛋糕，而写书就更不必提了。格蕾西和加布里埃尔，谢谢你们让我试着用文字来捕捉你们（如果这真的是一项任务，那它简直是注定失败的）。布莱恩·莫顿，我的伴侣，用他的信念贯穿这本书始终：他坚信，写作可以把人性、幽默和真心带给这个毫无理智的世界，而我们在其中寻找理智。没有他，就没有这个故事。有了他，每一个故事都更加甜蜜和真实。